HEYNE
HARD
CORE

Das Buch

15.000 Euro, so viel Geld hat der Taugenichts Meise noch nie in seinem Leben besessen. Das ist die Summe, die er nach dem Tod seines Vaters geerbt hat. Doch er will dieses Geld nicht behalten, sondern es möglichst so ausgeben, wie es sein Vater nie getan hätte: fürs Reisen. Als Meise nach ein paar Monaten in fremden Ländern nach Berlin zurückkehrt, kommt er in seinem alten Leben nicht mehr zurecht. Kurzerhand nimmt er seine letzten 1.000 Euro und verbringt ein Wochenende auf einem Weingut im Moseltal. In der tiefsten westdeutschen Provinz wird er mit ein paar unbequemen Wahrheiten konfrontiert, denen er sich wohl oder übel stellen muss.

Der Autor

Nagel, geboren 1976 als Thorsten Nagelschmidt in Rheine, ist Autor, Musiker und Künstler. Er war Sänger, Texter und Gitarrist der Band Muff Potter, die sich im Dezember 2009 nach 16 Jahren auflöste. 2007 erschien sein Debütroman *Wo die wilden Maden graben*. Eine musikalische Umsetzung seines zweiten Romans *Was kostet die Welt* wurde 2011 auf dem Label Audiolith veröffentlicht. 2015 erschienen seine Reiseerlebnisse *Drive-By Shots*, 2018 veröffentlichte er unter seinem Geburtsnamen den Roman *Der Abfall der Herzen*. Thorsten Nagelschmidt lebt in Berlin.

NAGEL

WAS KOSTET DIE WELT

ROMAN

WILHELM HEYNE VERLAG
MÜNCHEN

MIX
Papier aus verantwortungsvollen Quellen
FSC® C014496

Verlagsgruppe Random House FSC® N001967

3. Auflage

Vollständige Taschenbuchausgabe 02/2012

Neumarkter Straße 28, 81673 München
Redaktion: Thomas Brill
Umschlaggestaltung: Melville Brand Design GmbH, München,
unter Verwendung eines Linolschnitts von Nagel
Satz: Schaber Datentechnik, Austria
Druck und Bindung: GGP Media GmbH, Pößneck
Printed in Germany

ISBN 978-3-453-67619-0

www.heyne-hardcore.de

»Wenn jeder an sich selbst denkt,
ist an alle gedacht.«

Unbekannter Philosoph

1

»Bitte schalten Sie jetzt alle elektronischen Geräte ab, bringen Sie Ihren Sitz in die aufrechte Position, klappen Sie Ihre Tische hoch und stellen Sie sicher, dass Ihr Sitzgurt fest angezogen ist. Danke.«

»Bitte!«, ruft die Frau im Sitz vor mir und lacht wiehernd über ihren eigenen Scherz.

Sie hat offensichtlich einen Eid geschworen: Sie darf niemals aufhören zu sprechen. Seit wir hier sitzen, kommentiert sie alles, was sie sieht, liest oder hört. Noch auf dem Rollfeld müssen die fünf Reihen vor und hinter ihr unfreiwillig ihren lautstarken Exkursen lauschen. Über den Sonnenuntergang, die Temperatur, das schwüle Wetter. Den geilen Dollarkurs und den Ami an sich. Beim Durchblättern der *Frankfurter Allgemeinen*, die die Stewardess ausgeteilt hat, kommentiert sie jede Seite, wie ein Kind, das gerade erst lesen gelernt hat.

»Oh, Shopping! Oh, Reise!«, und dann: »Wat iss'n ditte für 'ne Scheißzeitung, sind ja nur Stellenanzeigen drinne!«

Sobald wir in der Luft sind und die Anschnallzeichen erlöschen, klappt sie ihren Sitz zurück. Rammt ihn mir ohne Vorwarnung fast ins Gesicht. Wälzt sich ungelenk hin und her und beschwert sich über das Wackeln des Flugzeugs.

»Bin ich hier im Karussell, oder was!«

Sie trägt eine Kurzhaarfrisur mit blonden Strähnchen, geordnet strubbelig, wie es deutsche Frauen über fünfzig mögen, die gerne von sich selbst behaupten, für ihr Alter noch »ganz flott unterwegs« zu sein. Ihr Gesicht ist stark geschminkt. Augen, Nase und Mund schwimmen in einer Pfütze aus Fett und Talg. Über diesem unappetitlichen See aus Farben thront eine randlose Brille mit kleinen eckigen Gläsern und neongrünen Schnörkeln am Gestell. Drum herum spannt sich die verbrannte Haut wie ein alter Lederlappen.

Mit den Fingern wühlt sie sich in den Haaren, und damit mir fast im Gesicht herum. Ihre Fingernägel glänzen, als wären sie mit Zuckerglasur überzogen. Lang und manikürt wuchern sie aus stumpigen Fingern, die ihrerseits ohne Übergang an den Armen sitzen. Man sieht nicht mal Handgelenke, nur am rechten Arm eine winzige goldene Uhr, die fast in den Wülsten ihres speckigen Unterarms verschwindet.

Ihre Kapuzenjacke ziert ein eBay-Logo. Vielleicht arbeitet sie dort, das würde zu ihrem Akzent passen, der nach Bürojob in Kleinmachnow klingt, nach Doppelhaushälfte in Ludwigsfelde, nach Wohnwagenurlaub am Zeuthener See, das New-York-Wochenende für zwei bei Antenne Brandenburg gewonnen.

Ihr Mann sitzt daneben und verhält sich still. Er ist das Gegenteil seiner Frau: unauffällig, grau, dünn, leise. Das Haar schütter, der Pullover ein paar Nummern zu groß, so dass er darin verschwindet wie ein Erstklässler in Mamas Bademantel. Sogar der Oberlippenbart wirkt irgendwie zu schmal.

Die Frau hat hier eindeutig die Hosen an. Es sind weiße Jeansshorts. Ihre Beine stecken in pinken Socken mit der Aufschrift *Princess*, aus denen fast gleichfarbig ihre Waden hervorquillen.

Auch das Essen wird ausgiebig kommentiert. Wie erwartet kommt es nicht gut weg.

»Das ist doch 'ne Zumutung, ist doch wahr!«

Sie stößt ihrem Mann verschwörerisch den Ellbogen in die Rippen.

»Jau.«

Niemand hat ihr je den Punkt gezeigt, an dem Dummheit in Penetranz umschlägt. Ich würde gerne eine rauchen. Bestelle noch ein Bier. Einen Wodka dazu.

Das amerikanische Ehepaar neben mir blättert in einem *Lonely Planet* für Germany. Die Frau ist hübsch und geschmackvoll gekleidet. Anfang vierzig. Typ erfolgreiche Geschäftsfrau. Vielleicht Inhaberin einer Casting-Agentur. Oder Staatsanwältin? Von Zeit zu Zeit schaut sie sich irritiert um, wenn vor uns wieder eine laute Wolke Unsinn durch das Flugzeug gejagt wird. Ihr erster Eindruck vom originär deutschen Lifestyle, das ist jetzt nicht gerade die sanfte Einführung.

Ich verspüre ein leichtes Ziehen in den Schultern. Auch ich hätte mir den ersten Kontakt mit meiner Heimat nach der langen Zeit etwas weniger brutal gewünscht.

»Schönheit!«, bellt Frau Randlos, als ihr Mann niest, und kriegt sich gar nicht mehr ein vor Lachen. Ein nach Luft schnappendes Gequieke, wie eine kaputte Sirene. Bis sie einen schlimmen Hustenanfall bekommt. Der Mann klopft ihr mit seinen schmalen Fingerchen zaghaft auf den Rücken. Es sieht aus wie ein Dackel, der ein Nilpferd massiert. Kurz darauf beginnt sie zu schnarchen.

Es ist dunkel und ruhig. Frau Randlos schläft, das Ehepaar neben mir schläft, und Verena schläft vermutlich auch. Sie sitzt einige Reihen hinter mir, wir haben zu spät eingecheckt, es waren nebeneinander keine Plätze mehr frei. Ich kann damit leben, nach den mehr als zwei Monaten, die wir aufeinandergehangen haben. Es war gut, aber es reicht jetzt auch.

Ich frage mich, ob sie ahnt, was ich weiß. Nämlich dass wir zwar ein paar schöne Wochen hinter uns, aber keine Zukunft vor uns haben. Zumindest keine gemeinsame. Wenn wir um neun Uhr Berliner Zeit landen, werden wir zu mir fahren, noch ein paar Stunden in meinem Bett schlafen, vielleicht ein letztes Mal miteinander, und abends wird sie ein Taxi zum Bahnhof nehmen und den Zug nach Hannover. Ich werde sie nicht begleiten, sondern mich leise und unaufgeregt auf der Straße von ihr verabschieden, weil es so einfacher für alle ist. Sie wird in ihr Leben zurückfahren, und ich werde in meinem bleiben, bis wir uns vielleicht irgendwann mal wiedersehen. Und dann mal gucken.

Ich versuche einzuschlafen, doch es klappt nicht. Ich ziehe die Kapuze über den Kopf, klappe den Sitz nach hinten und setze mir sogar zum ersten Mal in meinem Leben eine Schlafbrille auf, so ein dämliches rotes Ding, das sie einem mit Kopfhörer und Ohrstöpsel in die Hand drücken und das einen aussehen lässt wie einen dieser gestörten Typen aus *Eyes Wide Shut*.

Es geht einfach nicht. Müde und aufgedreht zugleich schalte ich das Licht wieder ein und blättere in einem amerikanischen Frauenmagazin, das ich am Flughafen gekauft habe. Es geht um Mode, um Style, um Musik und um Anzeigen. Eigentlich sind die Anzeigen das Beste am ganzen Heft, besonders die mit den gut gekleideten hübschen Frauen, von namhaften Fotografen in interessanten Posen abgelichtet.

Als ich die Klotür schließe, wird die enge Parzelle von einem breiten Strahl aus weißem Licht überflutet. Ich lasse meine Hose auf die Knöchel sacken, breite die Zeitschrift auf dem zahnarztpraxisfarbenen Waschbecken aus und onaniere mit dem Blick auf das magersüchtige Model aus der Hugo-Boss-Werbung, das sich mit halboffenem Mund und den Beinen auf der Lehne eines weißen Designersofas räkelt. In meinem Kopf räkelt sich dort meine amerikanische Sitznachbarin.

In 10.965 Metern Höhe über dem Atlantischen Ozean, bei 876 km/h und minus 58 Grad Celsius Außentemperatur, tropft mein warmer Samen in die Toilette und wird mit Hochdruck weggesaugt.

2

Mein Nachbar hat seinen Wecker auf 05:44 Uhr stehen, und ich somit zwangsläufig auch. Zwar höre ich kein Klingeln, Piepen oder irgendein anderes Weckgeräusch, aber es kann kein Zufall sein, dass der Mann jeden Morgen um die gleiche Zeit anfängt zu husten. Und er hustet sich die Lunge aus dem Leib, so laut und exzessiv, dass ich wach im Bett liege und gar nicht glauben kann, dass da überhaupt noch eine Wand zwischen uns ist.

Ich weiß nicht, wie mein Nachbar aussieht, habe aber ein Bild im Kopf. Es beinhaltet schlechte Haut und jede Menge Körperbehaarung.

Seine morgendlichen Hustorgien jedenfalls klingen nach achtunddreißig Jahren Kohlebergwerk, nach zweiundvierzig Jahren Reval ohne Filter, ein Röcheln und Würgen aus den tiefsten Tiefen seines Körpers, der einem rostigen alten Kahn zu ähneln scheint. Er macht sich keine besondere Mühe, das zu verstecken. Es klingt eher, als ob er extra laut hustet, damit er nicht als Einziger darunter leiden muss.

So geht das in unregelmäßigen Abständen bis ungefähr halb sieben. Dann scheint er aufzustehen, das Husten entfernt sich. Seit ich wieder hier bin, werde ich jeden Morgen so geweckt. Ich weiß nicht, ob das neu ist oder ob ich es früher nur nicht gehört habe.

Nachdem ich mich eine Weile im Halbschlaf hin und her gewälzt habe, stehe ich schließlich auf. Ich koche mir einen starken Kaffee und setze mich in den schmutzigen Plastikstuhl auf dem Balkon. Die Junisonne klettert gerade über die Hausdächer. Es ist noch ziemlich frisch, aber die Straße sieht schon erstaunlich belebt aus. Leere Gesichter auf dem Weg zur Arbeit, oder zur Schule, oder zur Uni, was weiß ich, wo die alle hinwollen. Vielleicht auch alle nur zum Jobcenter Neukölln, um sich dort mit den anderen Hartz-IV-Empfängern die Beine in den Bauch zu stehen.

Meine Straße um sieben Uhr morgens, eine Welt, von der ich selten etwas mitbekomme. Wenn ich überhaupt mal um diese Uhrzeit unterwegs bin, dann auf dem Heimweg vom Feiern. Das zählt nicht. Es ist dann zwar hell, aber eigentlich noch Nacht, weil ich besoffen bin und der nächste Tag erst beginnt, wenn man geschlafen hat.

Jetzt habe ich sogar diesen Rest an Lebensrhythmus verloren. Nach all den verschiedenen Zeitzonen, in denen ich die letzten Monate verbracht habe, ist meine innere Uhr nicht um soundso viele Stunden verschoben – sie ist schlicht und einfach nicht existent.

Ich weiß nicht mal, welcher Tag heute ist.

Na gut, das passiert mir sonst auch schon mal. Wenn ich zum Beispiel nachts im Radetzky hinterm Tresen stehe und mich wundere, warum es plötzlich um zwei Uhr nochmal so voll wird, bis ich registriere, dass schon wieder Wochenende oder der nächste Tag ein Feiertag ist.

Aber jetzt ist alles durcheinander. Ich schlafe, wenn ich schlafen kann, und bin wach, wenn ich nicht schlafen kann. Ich esse selten und rauche ständig. Trinke einen starken, zuckrigen Kaffee nach dem anderen. Ich versuche zu lesen, kann mich aber kaum auf zwei aufeinanderfolgende Sätze konzentrieren. Mein Hirn ist ein poröser Klumpen hinter einer Wand aus Watte, und mein Körper hat sich zu einem tauben Brei zusammengeschoben. Manchmal habe ich das Gefühl, meine Wirbelsäule wäre aus hartem Gummi, dann wieder spüre ich meine Füße nicht mehr. Irgendetwas zieht mich zu Boden, als hätte ich einen schweren Stein verschluckt. Und ständig verwechsle ich, was ich gesehen, gelesen oder geträumt habe.

Ich müsste eigentlich mal meine Sachen waschen gehen. Staubsaugen könnte ich auch mal wieder, und wischen, und die Fenster müssen auch mal geputzt werden, man kann kaum noch durchgucken. Kein Bock. Später vielleicht.

Es wird ein schöner Tag werden, freundlich und warm. Mir fallen die Augen zu, also schlurfe ich zurück ins Schlafzimmer und lege mich nochmal hin.

Als ich das nächste Mal aufwache, ist es schon fast Mittag. Ich gehe ins Badezimmer, wasche mir mit kaltem Wasser den Schlaf aus den Augen und setze mich auf den Badewannenrand. Dort bleibe ich ein paar Minuten sitzen. Wenn die Balkontür und das Badezimmerfenster offen stehen, entsteht genau an dieser Stelle so ein warmer Luftzug, es hat etwas von Südsee. Ich war noch nie in der Südsee, aber so stelle ich mir das vor – immer eine warme Brise, die einen einlullt. Der Badewannenrand ist im Sommer auf jeden Fall der beste Platz in meiner Wohnung.

Irgendwann hat sich aber auch das erschöpft. Außerdem knurrt mein Magen, also verlasse ich die Wohnung in Richtung Siebenbürgen.

Wie in den letzten Tagen staune ich auch heute wieder darüber, wie sehr sich dieses Viertel in meiner Abwesenheit verändert hat. Das Sonnenstudio gegenüber ist nicht mehr da, stattdessen gibt es dort jetzt ein Café, das auf seiner Scheibe mit kostenlosem Internetzugang wirbt.

Verschwunden ist auch der Second-Hand-Ramschladen, der auf dem Bürgersteig wacklige Stühle, kaputte Spiegel und alte Bongotrommeln feilbot, nicht zu vergessen die zwei Bilderrahmen mit welligen Livefotos von Howard Carpendale, selbst geschossen aus der ersten Reihe vor einer schmucklosen Bühne, obsessiv und überbelichtet. Nun befindet sich an gleicher Stelle ein Fahrradladen, dessen Betreiber mit ihren sorgfältig zerzausten Frisuren aussehen wie Schauspieler. In der schmierigen Videothek daneben gibt es neuerdings eine kleine Ecke, in der die Filme nach Regisseuren geordnet sind, und wenige Hundert Meter weiter die Straße runter hat die erste linke Kneipe des Viertels eröffnet. Wo vor meinem Abflug noch schnurrbärtige alte Türken in grellem Neonlicht Karten gekloppt und um die Wette geraucht haben, wird nun in schummrigem Kerzenschein bei einem Glas Merlot die Gentrifizierung des Kiezes diskutiert. Der Laden heißt VeränderBar. Abends gehen dort Typen ein und aus, deren Frisuren Protest signalisieren und auf deren Klamotten meistens irgendwo irgendwas mit »Capitalism«, »Fascism« oder »Sexism« steht. Antifa rein, Türken raus.

Im Café Siebenbürgen machen sie einen ganz hervorragenden Espresso, und es gibt Frühstück bis siebzehn Uhr. Vor einem halben Jahr stand diese ehemalige Eckkneipe noch leer. »Zu vermieten« konnte man wochenlang in Krakelschrift auf einer Pommesschale lesen, die mit Tesafilm ins Fenster geklebt war. Darunter eine Telefonnummer.

Ich habe die Nummer damals angerufen und mich erkundigt. Die Miete betrug keine Tausend Euro im Monat, als Abstand wollten die Vorbesitzer fünfzehntausend Euro haben, für Theke, Zapfanlage, Schanklizenz und alles. Das war genau der Betrag, den ich auf dem Konto hatte, nachdem Silvia mir meinen Anteil von unserem Erbe überwiesen hatte.

Ein eigener Laden, das war ein reizvoller Gedanke. Holger wollte gleich einsteigen. Er war völlig aus dem Häuschen, so kannte ich ihn gar nicht.

Einen Namen für die Pinte hatte ich auch schon: »Alter Vatter«.

Holger präferierte »Bredouille«.

»Klingt doch super: *Gestern war ich in der Bredouille und hab zu viel Schnaps getrunken!*«, rief er, als wir im Radetzky standen und uns ausmalten, wie das alles werden würde: die Musik, die Werbung, die Wände, die Gäste.

»Los, wir gehen zum Alten Vatter und saufen uns einen an!«, entgegnete ich, und wir lachten und umarmten uns und tanzten auf der Stelle, bis einer von uns dem nächsten Gast ein Bier zapfte, denn man weiß oft nicht so genau, wer von uns beiden gerade Schicht hat und wer nur zum Trinken da ist.

An diesen feuchtfröhlichen Abenden verliebte ich mich in die Idee, einen eigenen Laden zu haben – nach all den Jahren, die ich in den Kneipen anderer malocht hatte.

Alter Vatter oder Bredouille – dass es eine Goldgrube werden würde, galt uns hier, in diesem boomenden Viertel, als absolut sicher. Yolandas Segen hatten wir auch. Sie sagte, sie würde ihre beiden besten Barkeeper zwar vermissen, uns aber auf jeden Fall bei dem ganzen Behördenquatsch helfen, den sie mit dem Radetzky vor Jahren schon hinter sich gebracht hatte.

Nachdem sich die erste Euphorie gelegt hatte, wurde mir aber klar, dass ich die Verantwortung für einen eigenen

Laden eigentlich gar nicht wollte. Mir wäre ja schon das Haus meines Vaters zu viel gewesen. Allein die Idee, Hausbesitzer zu sein, jagte mir richtig Angst ein.

Mieter suchen? Renovierungen anleiern? Kostenvoranschläge prüfen? Noch bevor die Formalitäten für den Erbantritt geklärt waren, brachte ich Silvia dazu, alles für den Verkauf des Hauses vorzubereiten.

Außerdem war da noch so eine Ahnung, die immer mehr zur Gewissheit wurde: Ich durfte das geerbte Geld nicht investieren. Es war einzig und allein dazu da, verschleudert zu werden. Nichts übrig behalten von dem Besitz, der immer nur für Streit und Hass gesorgt hatte. Ich sah es als meine Pflicht an, aus den Fehlern meines Vaters zu lernen und gar nicht erst in Versuchung zu kommen, diese zu wiederholen. Nichts sparen, nichts auf die hohe Kante legen und auf keinen Fall versuchen, das Geld anzulegen oder zu vermehren. Ich musste es benutzen, es ausgeben – und zwar alles, bis auf den letzten Cent.

Weihnachten in Portugal wurde mir dann endgültig klar, was ich mit meinem Erbanteil zu tun hatte. Holger hatte drauf bestanden, dass ich die Feiertage mit ihm und Anne an der Algarve verbringe. Er dachte vermutlich, er müsste sich um mich kümmern. Ich wiederum dachte, ich müsste ihm einen Gefallen tun, als Dankeschön dafür, dass er sich so um mich gekümmert hatte. Allein die ganzen Schichten, die er für mich übernommen hatte. Die Hilfe mit dem Steuerberater und das alles.

Wir kraxelten gerade die Felsen des Cabo de São Vicente entlang. Der südwestlichste Punkt Europas, das sogenannte Ende der Welt. Über uns stand ein großer Leuchtturm, unter uns tobte der Atlantik, und als ich die beiden eingeholt hatte, zeigte Holger schweigend auf eine Steinplatte, die in einen Felsen gehauen war.

IN ERINNERUNG AN UNSEREN SOHN UND FREUND,
ZUR WARNUNG AN ALLE,
DIE SICH HIER NICHT AUSKENNEN.

Wir setzten uns hin und schauten aufs Meer hinaus. Vor ein paar Jahrhunderten war hier für die Menschen die Welt zu Ende gewesen, weil sie nichts ahnten von Amerika und Indien und so. Ich dachte darüber nach, wie beschwerlich die Reisen damals gewesen sein mussten, wie einfach sie dagegen jetzt waren. Dann dachte ich an meinen Vater, der so gut wie nichts von der Welt gesehen hat. Und mir fiel auf, dass es bei mir ja bisher nicht viel anders aussah. Ich war sechsundzwanzigeinhalb Jahre alt und hatte den Kontinent noch nie verlassen. Ich war noch nicht mal in Paris, London oder Rom gewesen.

Die Liste der Orte, die ich nicht gesehen hatte, war endlos. Und es war keine sehr exotische Liste.

Warum eigentlich?

Weil ich mein ganzes Erwachsenenleben lang notorisch pleite war?

Vielleicht, aber das Argument zog jetzt nicht mehr. Ich kam mir plötzlich so klein vor, und das war genau der Moment, in dem mir klarwurde, dass ich das Geld meines Vaters benutzen musste, um zu reisen.

»Holger, das mit dem Alten Vatter ...«

»Du meinst die Bredouille?«

»Wie auch immer. Jedenfalls, das wird nichts.«

»Ich weiß.«

Als ich abends in unserem Häuschen in Albufeira ins Bett fiel – ich hatte das Kinderzimmer und konnte meine Beine nie ganz ausstrecken –, fühlte es sich an, als hätte ich gerade Tag eins meines neuen Lebens hinter mich gebracht.

Ich weiß noch, wie ich erschrak, weil mir so ein Gedanke eigentlich viel zu kitschig war.

Aber so fühlte es sich nun mal an.

Und nun trage ich mein Geld in genau den Laden, der meiner hätte sein können. Ich sitze zwischen mit Zeitungen, Laptops und Babys bewaffneten Menschen an einem Tisch in der Sonne und kaue apathisch auf meinem Croissant herum, und Weihnachten an der Algarve kommt mir irre weit weg vor. Obwohl es gerade mal ein halbes Jahr her ist.

Nachdem ich bei dem hübschen Mädchen mit den kurzen dunklen Haaren bezahlt habe, mache ich mich auf zum Kanal, mit einem kurzen Schlenker zum Späti an der Ecke.

»Morgen, Frau Schenk. Einmal Benson & Hedges Lights, bitte.«

»Es ist nicht Morgen, sondern Mittag, Herr Meise. Und das heißt auch nicht *Lights*, das heißt *Silver*!«, sagt Frau Schenk. Frau Schenk ist die Besitzerin dieses Spätkaufs, der den guten Namen »Spätkauf« trägt. Seit ich vor drei Jahren in dieses Viertel gezogen bin, habe ich es noch nicht erlebt, dass sie nicht selbst hinter der Kasse saß.

»Ach ja, *Silver*!«, sage ich, gucke an die Decke und schlage mir leicht die flache Hand vor die Stirn. Meine »Was bin ich nur für ein Dummerchen«-Geste. Frau Schenk lacht, und ich lache auch. Es ist so ein Ritual zwischen uns. Manchmal ärgere ich sie und verlange von vornherein eine Schachtel Benson & Hedges *Silver*, dann gibt sie mir jedes Mal einen beleidigten »Spielverderber!«-Blick, bevor sie umso lauter loslacht.

Als Verena und ich vor einer Woche vom Flughafen kamen, ging ich gleich rüber zu Frau Schenk. Ihre Augen leuchteten, als sie mich sah. »Ach, sieh einer an!«, rief sie freudig erregt. »Ich dachte schon, ich könnte die Silvers ganz aus dem Sortiment nehmen!«

Ich glaube, sie hatte mich in den letzten Wochen und Monaten wirklich vermisst. Kein Wunder, vergeht doch kaum ein Tag, an dem ich nicht mindestens eine Schachtel Kippen bei ihr kaufe.

»Bis später«, sagt Frau Schenk.

»Bis später«, sage ich, öffne die Schachtel und zünde mir eine an. Ich rauche nicht nur sehr viel, sondern vor allem sehr gerne. Es ist mehr als eine Sucht. Zum Beispiel diese Zigarette jetzt gerade, die erste nach dem Frühstück, wie gut die schmeckt! Der erste Zug, dieses bewusste, tiefe Inhalieren des Rauchs, das kurze Innehalten und Wiederausatmen. Wie schön betäubt dann alles für einen kurzen Moment ist. Herrlich.

»Du bist ein Gelegenheitsraucher – du rauchst bei jeder Gelegenheit«, sagt Silvia immer. Meine Schwester war noch nie die lustigste Person auf dem Planeten. Ich mag sie trotzdem. Weil sie so schlau ist. Oder eher: klug. Ich weiß gar nicht, ob es da einen Unterschied gibt, aber klug, das passt irgendwie noch besser. Wenn man in einem Lexikon nach dem Begriff »klug« sucht, ist da bestimmt ein Foto von meiner Schwester.

Manchmal schießt sie aber auch übers Ziel hinaus. Seit ein paar Jahren versucht sie mir ständig eine Aufmerksamkeitsdefizitstörung unterzujubeln. ADS. Ihrer Meinung nach leide ich an Dopaminmangel oder so was. Ihre Theorie ist, dass dieser Botenstoff in meinem Körper zu schnell abgebaut wird, womit sie mein angebliches Suchtverhalten und mein Verlangen nach neuen Kicks durch Nikotin, Kaffee, Alkohol, Drogen und Sex erklären will. Schon mehrmals wollte sie mich zum Neurologen schleppen. Sie als Akademikerin will die Dinge immer benennen, alles muss erklärbar sein, nichts passiert einfach so, und wenn ich sie nicht stoppe, schmeißt sie so lange mit Begriffen wie »Neurotransmitter«, »Impulsivität« und »Dysfunktion« um sich, bis mir ganz schwindelig wird und ich mich tatsächlich völlig labil und hilfsbedürftig fühle. Irgendwann hat sie sogar mal meinen angeblich so hohen »Frauenverschleiß« damit begründet.

So klug meine Schwester auch ist, aber das hört sich für mich eher nach einer dieser hilflosen Erklärungen für alles und nichts an. Modekrankheiten, Verlegenheitsdiagnosen, Zeitgeistquatsch.

Da fällt mir ein, ich habe mich noch gar nicht bei ihr gemeldet, seit ich zurück bin. Na ja, mache ich später mal. Jetzt erst mal ans Wasser, ein bisschen abhängen.

Diese Parkbank ist so was wie mein Stammplatz geworden. In den letzten sieben Tagen habe ich jeden Tag mehrere Stunden im Schatten der großen Buche am Paul-Lincke-Ufer verbracht. Morgens, mittags, abends, nachts. Der Boden ist gesäumt von Kronkorken, ausgespuckten Kaugummis und Zigarettenkippen. Die meisten sind wahrscheinlich von mir.

Ich habe hier mehrere Sonnenuntergänge erlebt. Auch einen Sonnenaufgang. Vor ein paar Tagen gab es abends ein plötzliches Wärmegewitter. Ich blieb einfach sitzen und ließ die dicken Tropfen mein Gesicht hinunterlaufen. Ich habe einen Ehestreit beobachtet, eine Schlägerei zwischen drei arabischen Kids mit dunklem Flaum auf den Oberlippen und einen Unfall mit zwei Fahrrädern und einem Hund.

»Können Sie mal Ihren Scheißköter von mir entfernen!«

»Ich entfern gleich deine Scheißzähne, Alter.«

Ein Mann schrie eine Frau an, die ein Kind anschrie. Das Kind weinte, woraufhin ein anderes Kind in seinem Kinderwagen vor Schreck aufhörte zu weinen. Einmal bin ich in der Abenddämmerung auf der Bank eingeschlafen, und als ich im Dunkeln wieder wach wurde, saß zwei Meter neben mir ein Fuchs und starrte mich an. Vorgestern, oder vorvorgestern, sank ein schlafender Mann auf der Bank neben mir zu Boden und schiffte sich komplett ein. Dem Geruch nach hatte er drei Wochen lang nichts anderes als Benzin getrunken.

Manchmal duftet es vom Kanal her ein bisschen nach Kloake, und aus den Büschen weht ein Hauch von Müllhalde herüber. Man gewöhnt sich dran.

Heute ist es ziemlich windstill, da riecht man gar nichts. Ein traumhaftes Wetter. Trocken, freundlich und heiß. Normalerweise stehe ich ja nicht besonders auf Hitze, aber nach den letzten zwei Wochen in New York kommt mir hier alles absolut erträglich vor. Besonders Manhattan war tagsüber kaum zu ertragen.

Ich lockere die Schnürsenkel meiner Turnschuhe, stelle die Füße auf die kleine Mauer vor mir, zünde mir eine Zigarette an und betrachte, was mein Blickfeld kreuzt.

Jogger und Radfahrer. Raver, Hippies, Punks. Schüler und Studenten, Eltern und Kinder, Arbeitslose und Künstler, Rentner und Jugendliche. Paare und Schwangere. Schwule und Lesben. Boulespieler und Gitarristen. Kiffer und Pillenfresser. Säufer der verschiedensten Schattierungen, manche alt und melancholisch, andere jung und albern. Pfandgeier und Landeier. Wochenend-Berlin-Besucher, die in Stadtpläne oder Reiseführer vertieft den Joggern im Weg rumstehen. Betrunkene, die vor Fahrräder torkeln. Halbnackte und komplett Verschleierte. Frauen in Kopftüchern und Frauen unter Burkas, ganz in Schwarz in der prallen Sonne. Streitende, Küssende, Feiernde, Fluchende und Verwirrte, die wild gestikulierend mit sich selbst reden. Ein junges Mädchen weint in ihr Telefon, in einer Sprache, die ich nicht verstehe. Es gibt Hunde, Ratten, Mäuse, Katzen, Schwäne, Enten, Spinnen, Vögel. Und Schiffe. Ausflugsdampfer voller Menschen mit Sonnenbrillen und Schlapphüten. Und eine Ansagerin, die ihnen vom Wasser aus die Stadt erklärt. Die Bootsgäste gaffen die Menschen am Ufer an wie Affen im Zoo. Die Menschen am Ufer gaffen genauso zurück. Da ist die Kreuzberg, die Schöneberg, die Charlottenburg, die Prenzlauer Berg, die Rixdorf. Die Brasil und die Sanssouci, die Spree Athen, die Spree Comtess, die Spree-Prinzessin, die Spree-Perle, da sind Schlauchboote, Tretboote, Motorboote – beladen mit jungen Leuten, die den Sommer in der Stadt genießen.

Das sollte ich vielleicht auch mal machen.

Aber irgendwie werde ich einfach nicht richtig wach. Es erscheint mir viel zu anstrengend, mich zu amüsieren.

Plötzlich eine vertraute Stimme.

»Meise, alte Hütte!«

Es ist Heiko. Heiko ist einer der Stammgäste im Radetzky. Wenn er nicht da ist, nennen wir ihn Psycho-Heiko. Manchmal auch, wenn er da ist. Er hatte wohl mal eine Psychose. Ich habe aber nie mitbekommen, wie sich das äußert. Ich kenne ihn nur als stillen und ausdauernden Zecher mit gut trainiertem Schluckmuskel. Wenn man in einem Lexikon nach dem Begriff »Durst« sucht, ist da bestimmt ein Foto von Psycho-Heiko.

Er existiert für mich nur als Barfliege, ich weiß nicht mal, ob ich ihn schon mal bei Tageslicht gesehen habe. Ich hätte eher erwartet, dass er sofort zu Staub zerfällt, wenn seine dünne gelbe Pergamenthaut mit der Sonne in Berührung kommt. Jetzt haben seine Wangen einen leicht rötlichen Touch, und er sitzt auf einem Mountainbike, was nun wirklich gar nicht zu ihm passt.

»Hallo Heiko. Wie geht's?«

»Gut, und selbst? Was machst du hier?«

»Abhängen. Und du?«

»Bin auf dem Weg nach Hause. Mann, long time no see. Ich dachte schon, du hättest dich abgesetzt oder so was.«

»Ja, ich war 'ne Weile unterwegs.«

»Hab ich gehört. Wo warste denn gewesen?«

»Ach, so hier und da.«

»Erzähl mal. Auch in den Staaten, meinte Holger.«

»Ja.«

»Richtiger Globetrotter, was?«

»Na ja.«

»Und, wie war's?«

»Gut war's.«

»Ja, lass dir nicht alles aus der Nase ziehen.« Heiko lächelt. Das kann der also auch?

»Erzähl ich die Tage mal. Ich bin gerade auf dem Sprung«, lüge ich.

»Okay. Arbeitest du denn mal wieder, oder haste das jetzt nicht mehr nötig?«

»Doch, doch. Ich werd mir nachher mal neue Schichten holen.«

»Alles klar, dann sieht man sich später, machet jut.«
»Ja, bis später, Heiko.«

Hallo Psycho-Heiko, alte Saufziege.

Eigentlich pflege ich ja keinen privaten Kontakt zu Stammkunden, und ich hab jetzt auch gar keinen Bock, mich mit dir zu unterhalten, aber wenn du's genau wissen willst: Ich war Weihnachten mit Holger und Anne in Portugal, im Januar ein verlängertes Wochenende in Krakau, und dann habe ich verschiedene kürzere Trips gemacht, nach Paris, Bilbao, Barcelona, Madrid, London, Stockholm, Oslo. Dann war ich in Nordafrika. Marokko, Tunesien, Ägypten, und rüber nach Israel.

Dort habe ich eine Frau aus Hannover namens Verena kennengelernt und bin fast zweieinhalb Monate mit ihr durch die USA gefahren. Einmal die Westküste rauf und runter, nach Mexiko rein, dann im Zickzack durch den Süden bis zur Ostküste, da hoch und noch zwei Wochen in New York abgehangen, bei Brian, einem Kumpel von Holger, der war mal eine Weile in Berlin, vielleicht hast du ihn mal im Radetzky gesehen.

Seit einer Woche bin ich jetzt wieder hier und komm nicht so richtig klar. Weiß nicht, warum.

Das alles sage ich natürlich nicht, weil ich mir dann nur vorkommen würde wie ein kosmopolitischer Angeber und Psycho-Heiko wahrscheinlich noch stundenlang an der Backe hätte. Stattdessen schnüre ich mir die Schuhe zu, damit er glaubt, dass ich wirklich gerade abhauen wollte. Er radelt weiter, und ich gehe tatsächlich. Ich stehe einfach auf und laufe los, obwohl ich das doch gar nicht vorhatte.

Irgendwie habe ich mich nicht mehr unter Kontrolle. Es ist, als würde ich nur noch auf Impulse reagieren. Der Körper tut, was er will, und auch mein Kopf hat sich selbstständig gemacht. Plötzlich stehe ich vor meiner Haustür, gehe die Treppen hoch, stecke den Schlüssel ins Schloss, stelle den Fernseher an und lasse mich aufs Sofa fallen. Und frage mich, was ich hier eigentlich mache, da läuft doch sowieso nur Schrott.

Am späten Nachmittag werde ich wieder wach, schalte den Fernseher aus und gehe zurück zum Kanal, wo ich mich auf dieselbe Bank setze, auf der ich vor ein paar Stunden schon saß. Irgendwie zieht es mich immer wieder hierher.

Wenigstens bin ich nicht der Einzige, dem es so geht. Auf der anderen Bank wartet schon mein Kollege, der Nichtstuer. Der Nichtstuer hat das Äußere eines Obdachlosen: weiße Haare, weißer Bart, fleckiger Pullover, sackartiger Anorak, schorfige Füße in ausgelatschten Lederslippern und dazu eine Jeanshose im Stonewashed-Look, der vor zwanzig Jahren mal angesagt war. Die Hose sieht aus, als wäre sie kurz nach dem Mauerfall gekauft und seitdem auch nicht mehr ausgezogen worden.

Der Nichtstuer sitzt jeden Abend hier. Er liest nicht, er schreibt nicht, er telefoniert nicht, er schläft nicht, er redet nicht. Er hockt einfach nur da. Auch die vorbeiziehenden Menschen scheinen ihn nicht im Geringsten zu interessieren. Alle zwanzig oder dreißig Minuten zieht er eine große Flasche Sangria aus den Untiefen seines Anoraks hervor und nimmt einen vorsichtigen Schluck, als müsse er noch den ganzen Sommer mit dieser einen Flasche auskommen. Manchmal dreht er sich eine streichholzdünne Kippe, langsam und bedächtig, um bloß nicht zu viel Energie zu verschwenden.

Ich bin mir ziemlich sicher, dass er nicht obdachlos ist, sondern irgendwo ein kleines Zimmer hat. Hier auf der

Bank wohnt er jedenfalls nicht, und Gepäck hat er auch nie dabei. Scheint eher so was wie sein Wohnzimmer zu sein, ein Freiluft-Wohnzimmer am Wasser, so wie bei mir.

Wir sind schon eine gute Gang, der Nichtstuer und ich. Weder reden wir miteinander noch mit anderen. Wir kommen immer allein. Wir sind der harte Kern. Das schweigsame Duo, das lethargische Tandem, die stillen Wasser vom Landwehrkanal.

Während ich darüber nachdenke, warum mir dieser verlotterte Typ, mit dem ich noch nie ein Wort gewechselt habe, wie ein alter Kumpel vorkommt, ich aber seit meiner Rückkehr meinen wirklichen Freunden aus dem Weg zu gehen versuche, ertönen von der gegenüberliegenden Uferseite die zähnelockernden Schreie einer Frau. Es hört sich an, als würde sie bei lebendigem Leibe ausgeweidet, doch es ist nur ein Orgasmus. Ein sehr langer und intensiver Orgasmus, der aus einem offenen Fenster irgendwo hinter der mächtigen Trauerweide in die Abenddämmerung gebrüllt wird.

Der Nichtstuer verzieht keine Miene. Vielleicht ist er ja nicht nur stumm, sondern auch noch taub. Auch ich traue meinen Ohren nicht mehr richtig. Ich fühle mich wie unter einer Glocke, in der sich das libidinöse Geblöke der Frau mit sämtlichen anderen Lauten zu einem dumpfen Geräuschteppich vermischt. Die singenden und schnatternden Vögel, das Knirschen des Kiesweges, die Fahrradklingeln, die kreischenden Kinder, das Stimmengewirr und Geschepper aus den Biergärten hinter mir, das Akkordeonspiel der Schnorrer davor, die bimmelnden Mobiltelefone und das Gelächter – alles wird geschluckt und in meinem Kopf zu einem konstanten Rauschen zusammengebacken. Sogar die mit schrillen Sirenen die Glogauer Straße runterbretternden Krankenwagen schleichen sich verschwommen wie eine weit entfernte Melodie in meine Gehörgänge. Meine eigene Stimme höre ich kaum noch.

Vielleicht brauche ich ein Hörgerät, eine Brille und ein Megaphon, um zurück in die wirkliche Welt treten zu können. Oder eine Schocktherapie. Oder eine infernoartige Sauftour. Zweimal habe ich probiert, mich zu betrinken. Es blieb bei dem Versuch. Die befreiende rauschhafte Wirkung wollte sich einfach nicht einstellen.

Das Blödeste auf der Welt ist, wenn man es nicht mal schafft, sich einen anzusaufen.

In der Hosentasche klingelt mein Handy. Es ist Holger. Ich drücke ihn weg.

Auch Verena hat schon zweimal angerufen. Nachdem wir uns beim ersten Telefonat nach ein paar Floskeln eine halbe Minute lang angeschwiegen haben, bin ich beim zweiten Mal nicht mehr rangegangen. Das war vorgestern. Ein paar Stunden später hatte ich dann eine E-Mail von ihr.

Hallo Meise,
ich habe vorhin schon mal versucht, dich telefonisch zu erreichen, aber du bist nicht rangegangen und hast auch nicht zurückgerufen.

Ich frage jetzt mal ganz direkt: Kann es sein, dass du nicht mit mir reden willst? Bei unserem letzten Telefonat hatte ich das gleiche Gefühl. Nachdem wir aufgelegt hatten, war ich total down. Ich weiß, du telefonierst nicht gern, aber es kam mir alles so oberflächlich vor, und das finde ich sehr schade. Vielleicht täusche ich mich ja. Ich will dich auch nicht zutexten, aber ich muss das irgendwie loswerden, sonst fresse ich es in mich rein. Vielleicht war ja gar nichts, und ich mache mir nur unnötig einen Kopf.

Ich wollte eigentlich auch nur sagen, dass ich eine wunderbare Zeit mit dir hatte. Je länger ich zu Hause bin, desto mehr fällt mir auf, dass die zwei Monate mit dir mit das Beste waren, was ich in meinem Leben jemals erlebt habe. Und dass du so viel bezahlt hast, Mietwagen und Sprit und so, das werde ich dir nie vergessen. Nächstes Mal habe ich vielleicht Geld und du nicht, und dann werde ich mich revanchieren.

Apropos nächstes Mal ...

Ich habe ja jetzt mitbekommen, wie du tickst. Ich mache mir da nichts vor, ich weiß, dass das jetzt nichts Festes werden kann. Allein schon wegen der 300 Kilometer zwischen uns. Also fühle dich nicht gestresst von mir. Du fühlst dich doch nicht gestresst von mir, oder?

Ich will nur sagen, ich würde mich freuen, wenn wir uns bald wiedersehen, ich mag dich sehr, ich genieße jede Sekunde mit dir.

Ich bin mittlerweile wieder gut zu Hause angekommen. Heute Abend gehe ich mit Lisa und Nadine ins Open-Air-Kino. Die fragen auch schon alle nach dir. Vielleicht habe ich ein bisschen zu viel von dir geredet ... Ich fänd's echt schön, wenn du jetzt hier wärst.

Also, auf bald und schönen Abend,
deine Verena

PS: O Mann, wahrscheinlich findest du diese Mail gerade extrem uncool. Ich kann förmlich sehen, wie du beim Lesen die Augen verdrehst. Trotzdem werde ich sie jetzt abschicken. Du brauchst mir nicht zu antworten, wenn du nicht willst. Aber freuen würde ich mich darüber schon. Ich schätze, das weißt du.

Ich bekam leicht schwere Schultern, weil ich beim Lesen tatsächlich die Augen verdreht hatte. Was aber nicht böse gemeint war. Ich hatte sogar angefangen, ihr zu antworten, doch dann kam mir das alles so lahm vor. Ich dachte, ich müsste sie wenigstens anrufen, und darauf wiederum hatte ich in dem Moment überhaupt keine Lust – und habe seitdem auch keine Lust drauf bekommen.

Menschen, die ich kenne, kann ich gerade einfach nicht ertragen. Ich will ihnen nichts erzählen, und ich will nichts von ihnen hören. In Gesellschaft des Nichtstuers dagegen fühle ich mich gleichermaßen geborgen und in Ruhe gelassen. Silvia würde jetzt wieder mit Begriffen wie »Verbindlichkeit« und »Verantwortung« kommen, damit habe ich ihrer Meinung nach nämlich ein Problem.

Ich halte auch das für Quatsch. Allerdings kann es nicht allein der Jetlag sein, der mich in diesen merkwürdigen Zustand versetzt. Da ist noch irgendetwas anderes, das vom Hinterkopf aus Körper und Geist lähmt.

Es ist, als hätte man etwas nicht zu Ende gebracht. Als gäbe es im Kino zehn Minuten vor Ende des Films einen Stromausfall, und obwohl man das Ende kennt, muss man den Film noch einmal sehen, weil es einem einfach keine Ruhe lässt, so aus der Handlung geschmissen worden zu sein.

Es kommt mir vor, als wäre ich noch gar nicht wieder da. Ich bin auf einem weit entfernten Planeten, und niemand schafft es, mich dort abzuholen.

Vorgestern habe ich mich mit Holger und Itchy getroffen. Ich hätte ja eigentlich eine Menge zu erzählen gehabt, schließlich war ich lange weg. Vielleicht zu lange. Wir haben bei Holger ein bisschen Musik gehört und Bier getrunken. Später sind wir noch ins Radetzky, und Yolanda hat gefragt, wann ich wieder arbeiten könne. Ich sagte ihr, ich würde mich die Tage melden, was ich aber immer noch nicht gemacht habe. Dabei brauche ich die Schichten, ich muss schließlich meine Miete zahlen.

Ach ja, die Miete.

Da fällt mir ein, auf dem Erbkonto müssten noch knapp tausend Euro sein. Die hatte ich fast vergessen. Und auf einmal wird mir alles klar: Das Geld meines Vaters, es ist noch nicht weg!

Tausend Euro. Das ist viel Geld, aber dann auch wieder nicht. Ich könnte es gut gebrauchen, für die Miete, zum Leben. Ich könnte mir auch ein paar Dinge kaufen, die ich schon lange haben will: einen vernünftigen Schreibtisch, eine neue Matratze, einen richtig guten Anzug. Oder ich könnte den Betrag einfach auf dem Konto lassen, als Puffer, um nicht mehr ständig mit einem Fuß im Dispo zu stehen.

Das alles wäre sinnvoll, keine Frage. Aber es geht nicht. Ich habe mir damals an der Algarve geschworen, das Erbe meines Vaters fürs Reisen auszugeben. Und zwar komplett. Fast ein halbes Jahr lang hat seine Kohle mich jetzt über den Globus getragen. Ich habe Flüge davon bezahlt, Mietwagen und Hotels. Auch Restaurants, ein paar Klamotten, Bücher, Platten. Oft habe ich für Verena mitgezahlt. Das ist okay, fällt alles unter Reiseausgaben, weil ich das Geld in fremden Ländern ausgegeben habe. Mir hier etwas anzuschaffen wäre dagegen nicht okay. Ich weiß selbst nicht, woher dieser Dogmatismus kommt. Aber ich habe mir nun mal vorgenommen, seine Ersparnisse auf eine Weise zu benutzen, wie er es nie getan hätte.

Wenn jetzt noch tausend Euro übrig sind, dann bin ich noch nicht fertig. Zwar fast, aber eben nicht ganz.

Vor der Sparkasse am Kottbusser Tor liegt ein Penner auf dem Bürgersteig. Eine Frau läuft mit ihrem Sohn daran vorbei, zeigt mit dem Finger auf den Penner und brüllt: »Guck dir das genau an, Marcel!«

Marcel blickt verunsichert zwischen seiner Mutter und dem Penner hin und her.

»Der Mann hat kein Zuhause, weil er keine Arbeit hat. Das passiert, wenn man sich nicht richtig anstrengt. Schreib dir das hinter die Löffel!«

Marcel nickt. Er ist höchstens fünf Jahre alt.

Ich schiebe die Karte in den Automaten und drücke auf dem Touchscreen den Button *Kontoauszug*. Ich mag das freundliche Summen, mit dem er erscheint, und ich mag das frische, glatte Papier. Kontoauszüge sind sauberer als Geld.

Wenn man mal drüber nachdenkt, ist Geld wirklich eklig. Besonders Papiergeld. All die nassen Lappen, die ich abends in die Kasse stopfe, wo die schon überall waren, wer die alle schon in der Nase stecken hatte oder sonst wo. Am schlimmsten sind Fünfeuroscheine, die kann ich nur mit spitzen Fingern anfassen.

Jetzt könnte man natürlich sagen, dass ich mit meinem Ekel vor kleinen, feuchten Scheinen als Barkeeper den falschen Job habe. Und hätte wahrscheinlich Recht – tatsächlich freue ich mich über jeden, der mit Münzen zahlt. Auch die amerikanische Albernheit, noch den kleinsten Absacker mit der Kreditkarte zu begleichen, käme mir im Grunde nicht ungelegen.

Der amerikanische Dollar ist nicht viel besser, die speckigen Scheine fühlen sich an wie fünfzehn Jahre lang von einem Cowboy in den schwitzigen Socken durch die Wüste geschleppt. Wenn es nach den Blindenvereinigungen ginge, hätten die da sowieso bald neues Geld, weil die Blinden nicht damit zurechtkommen, dass alle Scheine gleich groß sind. Habe ich gelesen. Oder hat mir jemand erzählt, was weiß ich.

Der Kontoauszug sagt: noch genau 958,50 Euro.

Ich hebe den kompletten Betrag ab und gehe nach Hause.

Vielleicht sollte ich dorthin fahren, wo im Januar alles angefangen hat, nach Krakau. Da würde sich ein Kreis schließen. Ich könnte die ganze Kohle in Spielotheken verballern, die in Polen »Salon Gier« heißen, was ich als Name für eine Spielhöllenkette äußerst gelungen finde. Ich könnte mich aber auch einfach nur in die Kneipen setzen und den Frauen beim Reden zuhören.

Das Schönste auf der Welt ist, wenn Frauen Polnisch reden.

Letztes Jahr habe ich regelmäßig bei meiner Hausverwaltung angerufen, weil da eine junge Frau mit einem polnischen Akzent am Telefon saß. Ich stellte ihr irgendwelche Fragen über meinen Wasserverbrauch und so was, nur um sie reden zu hören.

Ich habe mir auch mal eine CD einer polnischen Sängerin namens Edyta Soundso gekauft, aber das war Balladenrock, Alanis Morissette auf Polnisch, da fiel es mir schwer, die Stimme von der Musik zu trennen. Es klang eher wie Itchy, wenn er im Suff versucht, englischsprachige Lieder mitzusingen.

Aber Krakau war traumhaft. Stundenlang saß ich in Cafés und Kneipen neben Gruppen von Mädchen und Frauen und lauschte ihren Gesprächen. Da ich kein Polnisch kann, höre ich die Sprache rein phonetisch, es ist wie Musik in meinen Ohren.

Schließlich kam mir DIE Idee: Ich brauchte ein Hörbuch, gelesen von einer Polin. Ich kaufte mir ein Hörbuch von Olga Schießmichtot, gelesen von der Autorin selbst. Manchmal höre ich ein paar Kapitel zum Einschlafen. Ich verstehe kein Wort. Ich weiß nicht mal, worum es ungefähr geht. Aber der Klang ihrer Stimme lullt mich völlig ein. Zusätzlich ist das Ganze mit dem sanften Gedudel eines Glockenspiels unterlegt. Ein echter Volltreffer.

Mit dem Kopf noch halb in Polen, schließe ich die Wohnungstür auf, schieße meine Schuhe in die Ecke und gehe in die Küche.

Im Kühlschrank liegt noch eine einsame Flasche Weißwein, die ich anscheinend irgendwann vor meiner Reise mal gekauft habe. Ich beschließe, einen erneuten Versuch zu unternehmen, mich zu betrinken. Irgendwann muss das doch mal klappen. Und als ich in der Schublade nach einem Korkenzieher suche, habe ich plötzlich eine viel bessere Idee, wie ich die 958,50 Euro verbraten kann.

Ob ich seine Nummer noch habe? Ich klicke mich durch die Kontakte meines Mobiltelefons. Da ist sie ja. Soll ich da wirklich anrufen?

Ich setze mich an den Küchentisch, öffne die Flasche, gieße mir ein Glas ein und trinke einen Schluck. Dann drücke ich auf die Taste mit dem grünen Hörer.

3

Es ist gerade mal halb elf, doch die Sonne knallt schon vom Himmel wie nichts Gutes. Der M41 ist voll besetzt. Ich habe meine Reisetasche auf den Knien, das Hemd klebt mir am Rücken. Ich hätte ein Taxi nehmen sollen.

An der Zossener Straße setzt sich ein ganz in Weiß gekleideter Kerl neben mich. Das aggressive Aroma billigen Parfüms umhüllt ihn wie ein ätzender Schutzschild. An den Schläfen hat er sich ein gezacktes Muster in die sauber geschorenen Haare rasieren lassen. Darüber sitzt falsch herum eine große weiße Mash Cap. Es sieht aus, als hätte man sie ihm ganz vorsichtig von oben auf den Kopf gelegt. Die müsste eigentlich bei jeder kleinsten Erschütterung herunterfallen. Vielleicht ist sie an zwei strategisch wichtigen Punkten mit Sekundenkleber befestigt, oder mit besonders starkem Haarspray. Oder mit seinem Parfüm, welches durchaus den Verdacht nährt, dass dort hochwirksame Klebstoffe im Spiel sind.

Der Rhythmus eines Snoop-Dogg-Songs erklingt aus seinem Telefon. »Gz and Hustlas«. Ganz gute Bassline eigentlich. Anfang des Jahres habe ich in einem Club in Barcelona mit einer süßen Katalanin dazu getanzt. Sie hatte ein paar lustige Pillen dabei, und als es hell wurde, gingen wir zu ihr nach Hause. Am nächsten Morgen hatte ich das Gefühl, sie habe das nur getan, um fortan eine billige Unterkunft für ihre Easy-Jet-Rave-Trips nach Berlin zu haben. Was mich aber nicht weiter störte, weil ich eine gute Nacht von ihr und sie eine falsche Telefonnummer von mir bekommen hatte.

Ich würde den Song gerne länger hören, aber noch bevor Snoops Gesang einsetzt, hat Stinki abgenommen. »Tarek, du Opfer, alles fit?«

»Abgeordnetenhaus«, sagt die mechanische Haltestellenansagerin.

»Bitch!«, ruft Stinki in Richtung Haltestellenanzeige. Und dann, in sein Handy: »Nicht du, Alter! Ich bin im Bus, mach nur bissken Späßken, verstehste.«

Im folgenden Gespräch geht es um die Themen »Gestern«, »Schabracke« und »Lochschwager«.

»Potsdamer Platz, Vossstraße«, sagt die Haltestellenstimme.

»Fotzdamer Platz, Fotzstraße!«, ruft Stinki.

Eine ältere Dame gegenüber blickt ihn angewidert an. Ihre Augen sind glanzlos und müde, aber es ist eine Art von Müdigkeit, die noch Platz lässt für Abscheu und Ekel.

Im Tunnel unter dem Tiergarten hoffe ich auf ein Funkloch, doch es kommt keins. Ich erinnere mich daran, dass ein Taxifahrer mir mal erzählt hat, der Tunnel sei voller Funkmasten, für Notfälle oder telefonierende Beamte aus dem Regierungsviertel oder weiß der Geier. Und dann fällt mir auch noch auf, dass ich meinen iPod zuhause liegen lassen habe.

Kacke.

######

Ich habe keine Platzreservierung, weil ich nicht damit gerechnet hatte, dass der ICE an einem normalen Wochentag so voll sein würde. Also muss ich mit einer älteren Frau und drei Männern in einem engen, stickigen Abteil sitzen.

Zwei der drei Männer sind Geschäftsleute, deren Firmen offensichtlich nicht gewillt sind, Erste-Klasse-Tickets zu zahlen. Sie tragen trotz der brüllenden Hitze Anzug und Krawatte. Der eine trägt laut knirschende Lederschuhe, in denen er unentwegt mit seinen Zehen rumspielt. Der andere hat ein weiches, rosafarbenes Gesicht und kurze blonde Locken. Als sich der Zug in Bewegung setzt, kramt er Lesebrille, Textmarker und Unterlagen aus seinem Aktenkoffer und beginnt zu arbeiten. Ein fleißiges Kerlchen.

Ich gehe erst mal aufs Klo, eine rauchen.

Mit mehr als zweihundert Stundenkilometern schießt der Zug durch die flache Ebene. Wiesen und Wälder. Eine langweilige Landschaft. Irgendwo da draußen war mal eine Grenze. Ich habe sie nie passiert.

Ich überfliege eine Tageszeitung, die ich auf der Gepäckablage gefunden habe. Man kann den kompletten Inhalt der Zeitung so zusammenfassen: Es ist nichts Interessantes passiert in letzter Zeit, und es sieht auch nicht so aus, als ob sich das in naher Zukunft ändern wird.

Die Melodie von »Für Elise« ertönt.

Das fleißige Kerlchen legt den Textmarker zur Seite und fischt ein aufklappbares Handy aus seiner Innentasche.

»Kwiotek.«

Elise ist das nicht am anderen Ende der Leitung. Die Frau, die da aufgeregt in den Hörer plappert, klingt eher wie Miss Piggy. Kwiotek kommt kaum zu Wort. Und wenn, dann klingt er tatsächlich wie Miss Piggys Verehrer, der knödelnde Kermit, jammernd und kleinlaut.

Das Problem der beiden ist folgendes: Am Sonntag kommt Urs zu Besuch. Sie freuen sich sehr auf seinen Besuch und haben schon vor Wochen abgemacht, den Tag am See zu verbringen. Jetzt hat sich aber auch Iffi angemeldet, und die will auf keinen Fall an den See. Man munkelt, dass sie irgendeine Phobie hat. Jemand aus der Familie hat auch Andeutungen in Richtung Hautkrankheit gemacht, aber nichts Genaues weiß man nicht. Jedenfalls ist nun alles wieder offen, dabei hatte man doch alles so gut geplant und sogar schon eingekauft. Einerseits kann man Iffi auf keinen Fall nötigen, mit an den See zu kommen, andererseits wird die Enttäuschung der Kinder groß sein, wenn man den Ausflug jetzt wieder, ich zitiere: »cancelt«. Zumal man ja auch schon das Schlauchboot von den Beckers ausgeliehen und gesäubert hat, wie das aussah!

Ich und der Rest des Abteils starren in unsere Zeitungen. Ich bin mir sicher, dass sich keiner auf den Text konzentrieren kann.

Dass das Telefonat sich endlich dem Ende zuneigt, bemerkt man daran, dass Kwioteks Stimme immer höher wird. Innerhalb weniger Sätze schwingt sie sich eine ganze Oktave nach oben und wird dabei immer leiser und sanfter. »Oki-doki ... Ja, kriegen wir hin ... Ja, ich ruf den Urs mal an ... Ich kümmer mich, Schatz ... Schönen Tag ... ich dir auch ... ja ... ja ... ich dich auch ... tschüü-hüüüüs ...«

Dann spitzt er die Lippen und macht ein Kussgeräusch in den Hörer.

Der Mann gegenüber schaut mich fassungslos an. Der knirschende Lederschuh vergräbt auffällig unauffällig das Gesicht in den Händen, die ältere Dame grinst aus dem Fenster. Wenn man in einem Lexikon nach dem Begriff »Fremdscham« sucht, müsste dort eigentlich diese Situation geschildert werden. Kwioteks Gesicht verfärbt sich von rosa zu rot, was ihm sein letztes bisschen Würde raubt. Er sieht jetzt aus wie ein Fünfjähriger, der sich vor Publikum in die Hose gemacht hat.

Das Peinlichste auf der Welt ist, wenn man seine peinliche Scheißbeziehung wildfremden Menschen offenbaren muss und man sich der Peinlichkeit dessen voll und ganz bewusst ist, man aber nicht anders kann, weil es der Person am anderen Ende der Leitung herzlich egal ist, dass man gerade in einem überfüllten ICE sitzt – *»Schatz, da kann ich doch nichts für! Warum nimmst du für deine Geschäftsreisen denn auch nicht den Dienstwagen?«* – und sich nicht traut, sie abzuwürgen – *»Jetzt hör mir mal zu, wenn wir uns schon kaum sehen, ist Telefonieren ja wohl das mindeste! Oder ist das jetzt auch schon zu viel verlangt?«*

Kwiotek widmet sich schnell wieder seinem Textmarker und seinen Unterlagen.

Ich gehe noch eine rauchen.

######

Der Rhein ist viel breiter als die Spree, und der Kölner Dom ist viel größer als der Berliner Dom. Am Dach des Hauptbahnhofs glitzert ein goldenes 4711-Logo im Sonnenschein. Echt Kölnisch Wasser. Bei dem Gedanken an diese nach Omahandtasche müffelnde Suppe wird mir ein bisschen schlecht.

Laut quietschend fährt der Zug auf Gleis sechs ein. Er hat fast dreißig Minuten Verspätung, weil wir so lange im Bahnhof von Hamm/Westfalen standen. Es war von »verehrten Fahrgästen« und »Oberleitungsschaden« und »bitten vielmals um Entschuldigung« die Rede. Meinen Anschlusszug dürfte ich damit verpasst haben. Ich würde gerne den Schaffner danach fragen, aber er ist nirgends zu sehen.

Wahrscheinlich hat er sich aus Angst vor Lynchjustiz irgendwo verbarrikadiert, denn die Stimmung unter den Fahrgästen ist explosiv. Genau wie die Luft im dicht gedrängten Gang, in dem sich die Bullenhitze mit menschlichen Ausdünstungen aller Art vermischt. Die Leute drängeln sich dort schon seit zehn Minuten, schieben und schubsen, als würde der Zug dadurch eher den Bahnhof erreichen.

Schließlich drücken sie sich gereizt durch die schmalen Zugtüren und fallen wie schwer bepackte Insekten auf den Bahnsteig, wo sie sich hektisch zu orientieren versuchen, um dann zu den Rolltreppen zu hasten und sich gegenseitig ihre Rollkoffer in die Hacken zu rammen.

Wie viele zerschredderte Knöchel wohl auf das Konto der Trolley-Industrie gehen, das müsste man eigentlich mal untersuchen.

»Meine Damen und Herren. Herzlich willkommen in Köln, Hauptbahnhof. Ihre folgenden Reisemöglichkeiten …«

Ich höre nicht hin. Mein Zielbahnhof heißt Reil/Mosel, es erscheint mir ziemlich unwahrscheinlich, dass dieses nicht gerade nach Metropole klingende Örtchen in der Ansage erwähnt wird.

Erst mal eine quarzen.

Der Raucherbereich am Rand des Bahnsteigs ist mit einem großen gelben Viereck auf dem Boden gekennzeichnet. Die freiwillige Quarantäne, die genaue Ordnung. Hallo Deutschland.

Ich zünde mir eine Zigarette an, wobei ich mit einem Fuß außerhalb des gelben Balkens stehe, was bestimmt hochgradig verboten ist.

»Entschuldigen Sie, können Sie mir vielleicht sagen, ob die Züge Richtung Frankfurt über Koblenz fahren?«

Abgesehen von den Sätzen »Einmal AB, bitte« vor ein paar Stunden im Bus und »Ich hätte gerne das da, ja, genau das mit dem Camembert« beim Bäcker am Hauptbahnhof sind dies die ersten Worte, die ich heute von mir gebe, und sie werden nicht gerade von Erfolg gekrönt – der rauchende Bahnbeamte neben mir ignoriert mich.

»Hallo?«, frage ich und beuge meinen Kopf in sein Blickfeld.

»Zur Information gehen«, brummt er leise und nimmt einen tiefen Zug an seiner Zigarette, ohne mich anzusehen.

»Wie bitte?«

»Zur Information gehen.« Er sieht mich immer noch nicht an.

»Zur Information gehen?«

Er macht die Andeutung eines Nickens, dann dreht er mir demonstrativ den Rücken zu.

Ja, Sieg Heil, alte Schaffnersau.

Ich trete die Kippe auf dem Boden aus, was wahrscheinlich auch verboten ist, und bewege mich zur Informationstafel. Als ich den großen gelben Abfahrtsplan der Deutschen Bahn nach einem Örtchen namens Reil/Mosel absuche, denke ich daran, was ich dafür geben würde, wieder auf den Straßen Nordamerikas zu sein, in irgendeinem Diner, mit dem Gratis-Coffee-Refill einer Kellnerin mit schiefen Zähnen, die freundlich fragt, wie es einem geht, was von deutschen Trotteln ja gerne als »oberflächlich« verunglimpft wird, weil sie Unfreundlichkeit angeblicher Oberflächlichkeit vorziehen, so ein Quatsch. Und sowieso, Menschen, die das Wort »oberflächlich« benutzen, sind mir ohnehin suspekt, die sagen auch Sachen wie »Das geht GAR nicht!«, und als Nächstes wissen sie meistens anzumerken, dass irgendwas total »überbewertet« ist, dabei ist das einzig Überbewertete der Ausdruck »überbewertet«. Und »grenzwertig«, das ist auch so ein Begriff, der bei diesen Leuten sehr locker sitzt, alles ist immer grenzwertig, außer man selbst natürlich.

Mann, jetzt habe ich mich völlig in Rage gedacht, alles nur wegen diesem blöden Schaffner.

Schaffner, was für ein Scheißberuf das auch ist. Eine hässliche Uniform tragen und für jede Verspätung den Kopf hinhalten wie dieser Griesgram, der wahrscheinlich viel lieber Seefahrer oder Folterknecht geworden wäre. Aber es gibt so viele schlimme Berufe, da darf man gar nicht drüber nachdenken. Wie schlimm es sein muss, im Edeka an der Kasse die Tasten zu drücken, in einem zeltförmigen T-Shirt, auf dem in großen Lettern »Wir lieben Lebensmittel« steht, und fünfhundertmal am Tag zu sagen: »Einmal die Geheimzahl und mit Grün bestätigen«, oder mit einem Headset auf dem Kopf im Auftrag einer anonymen Firma wildfremde Menschen anzurufen und ihnen irgendeinen Mist anzudrehen, den sie nicht brauchen, oder Werbeblätter oder Umsonstzeitungen auszutragen, auch bei Regenwetter, die durchweichten Lappen in Briefkästen zu stopfen, obwohl man ganz genau weiß, dass sie kurz darauf auf direktem Wege in den Papiermüll wandern.

Man kann Werbetexter sein, Fließbandarbeiter, Eventmanager, Metzger, Flugbegleiter, Busfahrer, Bestatter. MTV-Moderator, MTV-Rezeptionist oder irgendwas bei MTV. Sich verzweifelt an einen Job klammern, den man hasst, Dinge verkaufen, die man nicht mag, den größten Teil des Tages mit Menschen verbringen, die man verachtet, und dann auch noch froh sein müssen, dass man überhaupt einen Job hat. Man kann sich als Fliesenleger den Rücken ruinieren wie mein Vater, oder was meine Mutter alles gemacht hat: putzen, Blumen verkaufen, im Gewächshaus schuften. Nach der Trennung von meinem Vater ist sie sogar mal durch Brandenburg und Mecklenburg-Vorpommern getuckert und hat Lexika an Haustüren verkauft.

Aber auch bei der Vorstellung an einen der besser bezahlten Berufe wird mir sofort ganz anders. Makler, Steuerberater, Staatsanwalt, Ingenieur, Broker. Sich den ganzen Tag nur mit Geld, Gesetzen oder anderer abstrakter Scheiße umgeben und am Wochenende mit der Familie in irgendeinem Reichenghetto verschanzen, dort aber heimlich am Laptop weiterarbeiten. Oder Politiker werden und sich demütigen lassen von Boulevardpresse, Wahlvolk und Lobbyistenverbänden, oder Beamter in einer grauen Behörde, umgeben von Idioten und Besserwissern, sich als Lehrer piesacken lassen von zukünftigen Arbeitslosen, die altklug und lernresistent den Unterricht sabotieren, sich als Arzt jeden Tag mit Elend, Leid und Tod umgeben, sich als Sportler kaputtschinden für eine kurze Karriere, als Manager eines Unternehmens im Namen der Effizienz haufenweise Arbeiter in die Arbeitslosigkeit entlassen, man tut das ja auch nicht gerne, aber da sind einem die Hände gebunden, das ist die Logik des Marktes, so ist das nun mal, da kann man nichts für, man macht ja auch nur seinen Job.

Ich kann mich nicht daran erinnern, dass ich jemals etwas werden wollte. Wie das schon klingt: »etwas werden«. Am Ende dieses Prozesses ist man dann »etwas«, ja super, und dann?

Auch eingeschrieben habe ich mich damals nur meiner Mutter zuliebe, bin aber nach ein paar Vorlesungen nicht mehr hingegangen. Meine Kommilitonen haben mittlerweile wahrscheinlich längst fertigstudiert und eine öde Karriere bei Axel Springer, Rupert Murdoch oder sonst wem eingeschlagen, wenn sie sich nicht gerade mehr schlecht als recht als Freelancer mit halbjournalistischen Auftragsarbeiten durchschlagen.

Gibt es einen Beruf, der sich nicht über kurz oder lang als demütigend, einfältig, langweilig, verlogen, sinnlos, korrupt, ausbeuterisch, selbstausbeuterisch oder auf irgendeine andere Art schwere Schultern verursachend herausstellt?

Das Leben als Schaffner scheint jedenfalls nicht gerade erfüllend zu sein.

Ich wische mir den Schweiß von der Stirn, schultere meine Tasche und mache mich auf zum Service Center in der Empfangshalle. Meinen Zielort konnte ich auf dem Abfahrtsplan nirgendwo entdecken.

######

Auch der Intercity nach Koblenz ist ziemlich voll. Ich ergattere dennoch einen Sitzplatz, leider an einem Tisch, was die Beinfreiheit erheblich einschränkt. Neben mir sitzt Martin L. Gore von Depeche Mode, der auf wundersame Weise wieder neunzehn Jahre alt ist und mit seinem Handy deutschsprachigen Hip-Hop hört. Über Kopfhörer zwar, aber trotzdem das halbe Abteil beschallend. Irgendwer erzählt gerade hektisch nach Luft schnappend etwas über die Größe seines Schwanzes und behauptet, vom vielen Ficken schon eine Hornhaut auf der Eichel zu haben.

Habe ich schon mal irgendwo gehört. Ich glaube, ich kenne sämtliche deutsche Hip-Hop-Platten in- und auswendig, weil im Radetzky im Laufe des Abends immer mindestens ein oder zwei Vollidioten am Tresen sitzen, die halbironisch und gackernd vermeintlich krasse Proll-Rap-Zitate durch den Raum krakeelen.

Martin L. Gore klopft leise und taktlos den Beat auf seinen Schenkeln mit. Sein Blick geht ins Leere. Wahrscheinlich träumt er gerade von einer Karriere als Rapper und heißen Bitches im sexuellen Schlaraffenland einer perversen Nightlinerparty. Hoffentlich sahnt er sich nicht gleich in die Unterhose.

Uns gegenüber sitzt ein älteres Ehepaar. Sie reden fast nichts. Wenn, dann sind es nur kurze genuschelte Laute.

»Mähihahuho?«

»Namanama.«

»Mahu.«

Es scheint eine Art Spezialsprache aus codierten Lauten zu sein, in dreiundvierzig Jahren Ehe entwickelt und auf das Nötigste runtergeschraubt. Zur groben Verständigung reicht es, mehr erwartet man sowieso nicht mehr, denn für alles darüber hinaus ist der Fernseher zuständig.

Der Mann blickt aus dem Fenster. Seine Kleidung hat das gleiche Blau wie der Sitz. Lange weiße Haare wachsen ihm aus den Ohren. Typ Hobby-Imker.

Die Frau blättert in der aktuellen Ausgabe der Zeitschrift *Frau mit Herz*. Dabei befördert sie aus einer unsichtbaren Tasche unter dem Sitz schier endlose Mengen an Verpflegung auf den Tisch. Tupperdosen voller belegter Brote, Saft, Obst und Schokolade. Schließlich kramt sie sogar eine Thermoskanne sowie zwei Plastikbecher hervor und gießt sich und ihrem Mann dampfenden Kaffee ein.

Am liebsten würde ich sie um einen Kaffee anschnorren. Stattdessen kaufe ich einen bei der Gewinnerin des Petra-Pau-Lookalike-Contests, die eine mobile Snackbar durch den Zug schiebt. Zwei Euro siebzig. Die Frau gegenüber sieht mich mitleidig an.

Ich ziehe einen widerlich labbrigen Fünfeuroschein aus meinem prallgefüllten Portemonnaie und sage: »Drei.«

»Danke«, sagt Petra Pau und gibt mir lächelnd das Wechselgeld.

Ich kippe mir drei Tütchen Zucker in den Kaffee und nehme einen Schluck. Ich muss mich sehr beherrschen, mir jetzt keine Zigarette anzuzünden.

In Bonn leert sich der Zug allmählich. Flache Häuser mit roten und braunen Dachziegeln und Kunststoffbalkonen tauchen auf. Dann sehe ich zwischen den Gebäuden Wasser aufblitzen, das muss der Rhein sein. Kurz darauf fahren wir am Fluss entlang. Träge schieben sich ein paar Schiffe den Rhein hinauf, oder hinunter, keine Ahnung, wie rum man das sieht.

Der Hobby-Imker starrt immer noch aus dem Fenster. Seine Frau hat die *Frau mit Herz* zur Seite gelegt und sich in die neue *Mach mal Pause* vertieft, dazu isst sie Kekse. Martin L. Gore fällt derweil immer wieder in den Sekundenschlaf. Während der Mann in seinem Ohr sagt, dass das Leben echt krass ist und er weinen musste, als er seine Mama im Gerichtssaal sah, sinkt Martin langsam der Kopf auf die Brust. Er schnarcht einmal laut auf, schreckt hoch und schaut sich peinlich berührt um, bevor er die Hand an den Mund nimmt und heimlich den Speichel einsaugt, der in seinen Mundwinkeln hängt.

In Andernach steigt er aus. Ein Betrunkener torkelt durch den Gang, macht kurz Anstalten, sich neben mich zu setzen, und geht dann doch vorbei, um sich ein paar Reihen weiter keuchend in einen Sitz fallen zu lassen.

»Der nächste Halt unseres Zuges: Koblenz. Wir danken allen Reisenden der Deutschen Bahn und …«

Der Großteil der Fahrgäste verlässt den Zug. Auch das Ehepaar gegenüber steigt hier aus.

»Tschüss«, sage ich.

Sie antworten nicht. Sie schleichen geduckt davon, als wären sie bei etwas sehr Privatem erwischt worden. Die Frau schleift einen dicken Fressalienkorb hinter sich her.

Links von mir erscheint die Mosel, die in der späten Nachmittagssonne glitzernd gegen die Fahrtrichtung nach Norden treibt. Auf der anderen Seite des Zuges tauchen die ersten Weinfelder auf. Mit langen Rebstöcken bewachsene Hänge schieben sich ins Bild.

Die Gegend wirkt jetzt zunehmend wie gemalt. Es kommt mir vor, als würde ich den Begriff »malerisch« zum ersten Mal richtig verstehen. Zivilisation und Wildnis rücken zusammen und gleichen sich immer mehr an. Die bunten Hänge sehen aus wie von kitschverliebter Menschenhand entworfen, die Dörfer am Wegesrand dagegen wirken, als wären sie im Laufe der Jahre von ganz alleine so aus dem Boden gewachsen. Enge Gassen. Schlanke Kirchtürme. Niedliche Pensionen. Grob gepflasterte Straßen. Und jede Menge Fachwerkhäuser, deren Anblick ich für immer mit dem Spreepark im Plänterwald assoziieren werde, wo ich das erste Mal Häuser dieser Art gesehen habe. Ich weiß noch, wie erstaunt ich war, als ich bei einem Familienbesuch in Jena feststellte, dass es solche Häuser tatsächlich gab, dass tatsächlich Menschen darin lebten, dass sie nicht nur lustig verzierte Vergnügungspark-Kulisse waren. Das war bei einem der vielen endlosen Besuche bei Tante Helena und Onkel Uli. Sie wohnten damals schon in dem Haus, in dem mein Vater letztes Jahr gestorben ist.

Noch besser als die lustigen Fachwerkhäuschen fand ich allerdings den großen runden Turm mitten in der Stadt, der in der Sonne glänzte und wirklich riesig war. Ich wollte unbedingt einmal hochfahren, aber mein Vater sprach nur verächtlich von der »verdammten Keksrolle«, in die er keinen Fuß setzen würde, weil sie im Sommer der Hälfte der Altstadt das Sonnenlicht raubt. Eine Schande für seine Heimatstadt. Ich quengelte und quengelte, doch er ließ sich nicht erweichen.

Ich glaube, an diesem Tag bekam ich zum ersten Mal eine Ahnung davon, was für ein verbitterter, trauriger Mann mein Vater war.

Alles wird langsamer. Auch der Zug schwebt nun mit deutlich gedrosseltem Tempo gemächlich vor sich hin, als würde er sich selbst als Teil dieser Postkartenlandschaft erachten.

Postkarte? – Fototapete!

Ich bin anscheinend so dermaßen verstädtert, dass ich bei Schönheit immer gleich an Artifizielles denken muss. Welches raffinierte Bildbearbeitungsprogramm wohl all diese Farben erschaffen hat? Wie viele verschiedene Grüntöne es alleine gibt!

Es ist, als würde ich eine Grenze passieren, ohne dass jemand meinen Reisepass kontrolliert. Na ja, vielleicht wird das ja ganz nett, in diesem Weinnest an der Mosel. Die Abgeschiedenheit wird mir guttun, einfach mal runterkommen, den Jetlag abschütteln, nichts tun und niemanden kennen. Außer Flo, aber den ja auch nur flüchtig. Ein einziges Mal habe ich ihn getroffen, vor zwei Wochen, bei einer der zahllosen Partys auf Brians Hausdach in Greenpoint.

Jeden Abend gab es ein großes Rumgehänge dort oben. Die meisten Lofts in dem ehemaligen Industriegebäude haben weder Balkon noch Fenster, also sitzen die Bewohner im Sommer auf dem Dach rum und genießen einen wundervollen Ausblick über Manhattan und Brooklyn.

Hätte ich nicht diesen schäbigen Wein gekauft, wären Flo und ich vermutlich gar nicht ins Gespräch gekommen. *Chateau Diana*, acht Dollar am Kiosk. Ich fragte die Runde nach einem Korkenzieher. Ein Typ meldete sich, es stellte sich heraus, dass er Deutscher war. Florian Arend aus Renderich, einem Weindorf an der Mosel. Er war mit irgendwelchen Leuten aus einem anderen Loft im Haus da und erklärte mir, dass es genaugenommen gar kein Wein war, was ich da ausgesucht hatte, sondern ein »weinhaltiges Erzeugnis«.

»Der Begriff Plörre trifft es eindeutig besser«, sagte er.

Dass ich der große Connaisseur sei, wurde mir noch nie nachgesagt, doch Flo hatte Recht – der Chateau Diana war absolut ungenießbar. Bei einem Namen, der eher nach drittklassiger Sexklamotte klingt, hätte man ja eigentlich schon skeptisch werden sollen. Auch die Flasche sah nicht besonders vertrauenserweckend aus. Auf dem hinteren Etikett stand, der Wein passe besonders gut zu »cheeseburgers and pork roasts«.

»Wenn du einen wirklich guten Weißwein trinken willst, musst du mal zu uns an die Mosel kommen«, sagte Flo und erzählte, dass er gerade die Ausbildung zum Winzer beendet habe und bald das Weingut seiner Eltern übernehmen werde. Wir unterhielten uns ein bisschen. Ich weiß nicht mehr genau, worüber. Ich war schon ziemlich voll.

Bevor ich mit Brian, Verena und ein paar anderen Leuten zur nächsten Party aufbrach, gab Flo mir seine Nummer, die ich mir aus reiner Höflichkeit ins Handy tippte. Ich dachte nicht, dass ich sie jemals benutzen würde. Schon gar nicht so bald.

Auch Flo klang gestern Abend am Telefon ziemlich überrascht, dass ich mich so schnell meldete. Er ist ja selbst erst seit anderthalb Wochen aus New York zurück.

»Mensch, Meise. Schön, von dir zu hören!«

Wir machten ein bisschen Smalltalk, dann fragte ich, ob sein Angebot noch stehe.

»Aber sicher doch!«, sagte er und reservierte mir sofort eine kleine Wohnung im Gästehaus des Weinguts. »Mittwochabend bis Montag früh, null Problemo!«

Er sagte wirklich »null Problemo«.

Ich habe niemandem Bescheid gesagt. Was sollte ich denn auch sagen? Warum fahre ich in ein winziges Kaff an der Mosel, wo die Ortschaften Namen wie Ürzig, Kröv oder Bullay tragen und oft nicht mal vierstellig in der Einwohnerzahl sind, und das nach all den Ländern und Metropolen, in denen ich mich rumgetrieben habe?

Warum verlasse ich Berlin nur sieben Tage nach der Landung wieder, wo ich mich doch so sehr auf mein Zuhause gefreut habe, auf meine Wohnung, meine Stadt und meine Freunde, und besuche stattdessen einen Typen, den ich kaum kenne?

Weil ich dringend tausend Euro fürs Reisen ausgeben muss. Wie zur Hölle soll man das jemandem erklären?

Da fällt mir ein, dass Flo mich mit dem Auto vom Bahnhof in Reil abholen will. Der Ort, in dem er wohnt, hat nämlich keinen Bahnhof. Renderich. Ich habe das Nest nicht mal im Atlas gefunden. Musste es online suchen und habe dabei gesehen, dass es hier irgendwo sogar eine Stadt namens Adenau gibt. Das sagt ja wohl alles. Das sogenannte Deutsche Eck und die Loreley sind auch nicht weit. Waren beide vorhin schon auf Wegweisern ausgeschildert.

Ich war noch nie so weit im Westen der Republik. Rheinland-Pfalz. Mehr Westdeutschland geht glaube ich gar nicht. Riecht auf jeden Fall ganz schön nach Bundesrepublik hier.

»hallo flo, der zug hatte verspätung, werde erst um halb 8 da sein. bis gleich, meise.«

SENDEN.
SUCHEN.
F.
L.
O.
FLORIAN AREND (WEINTYP).
AUSWÄHLEN.
MITTEILUNG WIRD GESENDET.
MITTEILUNG GESENDET.

######

Kobern-Gondorf, Treis-Karden – die kleinen Bahnhöfe, die wir nun durchqueren, klingen mit ihren Doppelnamen wie FDP-Politikerinnen. Die Einsteigenden sprechen immer undeutlicher. »Un«, »net«, »wat« und »isch« sind die meistgebrauchten Laute. Als wollten sie mich auf die näher rückende Pfalz vorbereiten, auf das Saarland, auf Hessen und Baden-Württemberg, das Allgäu, den Schwarzwald, die Schweiz und weiß der Geier, was da noch alles kommt und in welcher Reihenfolge.

Die Konversation zweier Männer im Gang:

»Un?«

»Selbst?«

»Muss!«

»Jupp.«

Vier Sätze. Vier Wörter. Vier Silben. Ich kann mich nicht entscheiden, ob ich das total stumpf oder genial finden soll, oder beides.

Es geht durch einen Tunnel, der so lang ist, dass ich die Augen zusammenkneifen muss, als der Zug ihn wieder verlässt und die Abendsonne von rechts durch das Fenster strömt. Der Zug überquert die Mosel und fährt auf der anderen Flussseite weiter, bis wir Bullay erreichen.

Hier muss ich ein letztes Mal umsteigen.

Die »Moselwein-Bahn« Richtung Traben-Trarbach wartet schon. Sie besteht aus zwei Abteilen, von denen eins leer ist. Im anderen sitzt ein gutes Dutzend Fahrgäste. Sie sind alle über sechzig und unterhalten sich über die Supermärkte in der Gegend.

»Beim Aktiv-Markt in Cochem, da brauchst du abends kein Fleisch mehr kaufen. Da kriegst du nichts Vernünftiges mehr.«

»Das ist richtig, das ist richtig.«

»Auch samstagmittags kriegt man da kein frisches Fleisch mehr. Wenn du schaffen gehst, hast du keine Chance.«

»Ganz genau. Da musst du schon nach Zell hinfahren, zum Globus, oder ganz runter nach Trarbach.«

Sie reden sehr laut. Vielleicht sind sie alle halb taub. Oder sie denken, sie müssten die Stille der Gegend mit ihrem Gebrüll wieder ausgleichen.

Die Schaffnerin steht daneben, als gehöre sie dazu. Vielleicht ist sie ja gar keine Schaffnerin, sondern eine Zugbegleiterin. Gibt es da eigentlich einen Unterschied? Viel zu tun hat sie jedenfalls nicht, weswegen sie freiwillig ein bisschen Fremdenführerin spielt.

»Gleich wird es einmal dunkel«, erklärt sie mir beim Kontrollieren des Fahrscheins. »Dann wird's hell, dann kommt eine Kurve, und dann sind wir da.«

Oder macht sie das hier freiwillig in ihrer Freizeit, weil sie sonst nichts zu tun hat und so gern unter Menschen ist?

»Ach so«, sage ich.

Die Zugbegleiterin lächelt mich an. »Jetzt!«, ruft sie.

Der Zug fährt in einen Tunnel, es wird schwarz.

»Wie Sie sehen, sehen Sie nichts!«

Die älteren Herrschaften lachen.

Der Zug verlässt den Tunnel, biegt um die Ecke und kommt kurz darauf zum Stehen. Mein Herz pocht lauter und schneller, als es das jemals auf einem internationalen Flughafen getan hat. Ich fühle mich, als würde ich ganz allein in einem Dschungel ausgesetzt.

4

Wenn der Typ in der kurzen Tarnhose und dem ausgeblichenen St.-Pauli-T-Shirt nicht so eilig auf mich zugerannt käme, würde ich ihn vielleicht gar nicht erkennen. Er hat sich die Haare schneiden lassen oder selbst abrasiert, Langhaarschneider, längste Stufe. Außerdem hatte ich ganz vergessen, dass er so einen schrecklichen Riesenohrring hat, Tunnel oder wie die heißen. Der Nasenring dieses Jahrzehnts. Was ihnen wohl als Nächstes einfällt. Vielleicht kommt ja das Augenbrauenpiercing zurück. Bitte nicht.

Er nimmt mich in den Arm und klopft auf meinen Rücken, was mir ein bisschen unangenehm ist, weil ich so schwitze und mir das Hemd am Körper klebt.

»Moin, Alter«, raunt Flo in mein Ohr, als wären wir alte Seemannskameraden. »Gute Fahrt gehabt?«

Ich löse mich aus der Umarmung. »Ja, war okay. Hast du meine SMS bekommen?«

»Habe ich bekommen.«

»Ich hoffe, du hast nicht zu lange auf mich gewartet.«

»Kein Ding. Da vorne steht der Wagen. Wie hat dir die Fahrt mit dem Saufbähnchen gefallen?«

»Saufbähnchen?«

»So heißt die Moselwein-Bahn im Volksmund. Dreimal darfste raten, wieso.«

»Ach so. Ja, gut, also ...«

»Der gesamte Streckenabschnitt beträgt nur gut zehn Kilometer. Größtenteils eingleisig. Die alte Strecke ging von Bullay bis Trier. Wurde aber in den Sechzigern stillgelegt. Mit öffentlichen Verkehrsmitteln haben wir's hier nicht so. Hier macht jeder mit fünfzehn den Mofaführerschein, und pünktlich zum Achtzehnten liegt der Lappen auf dem Tisch. Ohne Auto bist du völlig aufgeschmissen.«

»Ja, glaube ich.«

»Ich bin früher auch schon mal mit dem Trecker auf Partys gefahren. Wo ein Wille ist, ist auch ein Weg, gell.«

»Offensichtlich«, sage ich. Flos Redefluss macht mich selbst ein bisschen einsilbig. Vor ein paar Wochen auf dem Hausdach in Greenpoint war das noch eher andersrum. Was aber auch daran gelegen haben könnte, dass ich nicht nur voll war, sondern auch schon ein paar Nasen gezogen hatte. Brian hatte hinter dem Schornstein einen »private snortspace« eingerichtet und uns ständig neue Lines hingelegt. Brian Fields aus Brooklyn, New York. Der Mann, der schneller zieht als sein Schatten.

»Mann, super, dass du's geschafft hast, hätte ich jetzt so schnell echt nicht mit gerechnet«, sagt Flo und nimmt meine Tasche.

»Ja, danke, dass ihr so kurzfristig Platz für mich habt.«

»Kein Ding, echt kein Ding. Die Sommerferien haben ja noch nicht angefangen, da ist es noch etwas ruhiger. Du bist auf jeden Fall herzlich willkommen!«

»Danke.«

»Ich sag ja immer: Gut Ding will Eile haben!« Er kneift ein Auge zusammen und schnalzt mit der Zunge. »Also, verstehst du – Eile.«

»Ja.«

»Statt Weile.«

»Ja.«

Seine Freundin sitzt im Wagen auf dem Beifahrersitz. Ich weiß nicht, ob sie auch auf der Party in Greenpoint war, sie kommt mir auf jeden Fall nicht bekannt vor. Flo hat mir am Telefon ihren Namen gesagt, aber ich habe ihn vergessen.

»Judith«, sagt sie, als ich mich ihr vorstelle. Sie bleibt im Auto sitzen, ich reiche ihr die Hand durchs offene Beifahrerfenster. Sie trägt einen Ring an der rechten Hand. Vermutlich ein Verlobungsring. Ich erinnere mich dunkel, dass Flo von seiner Verlobten gesprochen hat.

Judith trägt eine eckige kleine Brille, schlabbrige Jeans und eine weite Kapuzenjacke, obwohl es immer noch über zwanzig Grad sind. Sie ist weder klein noch groß, weder dick noch dünn, eher blass als braungebrannt, kurz gesagt: ziemlich unscheinbar. Sie wirkt nicht direkt unfreundlich, aber ein bisschen reserviert. Von Flos überschwänglicher Euphorie ist bei ihr jedenfalls nichts zu spüren.

Flo wuchtet meine Reisetasche in den Kofferraum des dunklen Golf und hält mir die Fahrertür auf. Ich klettere auf den Rücksitz. Er setzt sich hinters Steuer, dreht den Schlüssel um und legt einen Gang ein, und dann rollen wir den Schotterweg des winzigen Bahnhofsparkplatzes hinunter.

»Du hast sicher Hunger, oder?«

»Ach, geht.«

»Ist doch schon Abendbrotzeit!«

Ich schaue auf die Uhr. Es ist zwanzig vor acht.

»Na ja, meine Mutter macht uns gerade einen Berg Schnittchen, können wir nachher mit runternehmen, wenn ich dir den Weinkeller zeige.«

»Ja, gut. Sag mal, kann ich hier rauchen?«

»Klar. Solange die Fenster auf sind, kein Problem.«

Ich sehe, wie Judith ihm einen verwunderten Blick zuwirft, den er ignoriert. Also tue ich dasselbe, zünde mir eine Zigarette an und nehme einen tiefen Zug.

Wir verlassen den Ort, überqueren die Mosel über eine schmale Brücke und folgen der Bundesstraße, die zweispurig parallel zum Fluss verläuft. Auf der anderen Seite stehen vereinzelt ein paar schiefe Häuser. Sie sehen aus, als wären sie mit einem Hubschrauber hergeflogen und in die saftig grünen Hänge gesetzt worden. Die warme Juniluft bläst mir ins Gesicht. Ich lehne mich zurück und sauge den Duft ein, diesen schönen Mix aus Wald, Tabak und Benzin.

Ich rauche noch eine zweite Zigarette, und wieder meine ich einen missbilligenden Blick von Judith im Rückspiegel zu erkennen. Ich tue wieder so, als hätte ich nichts gesehen.

Wenn es sie stört, dass im Auto geraucht wird, kann sie es ja sagen. Das Dämlichste auf der Welt ist, wenn man jemandem etwas erlaubt, ihn dann aber unterschwellig spüren lässt, wie scheiße man das eigentlich findet.

Kurz nachdem wir an einer kleinen Wohnwagensiedlung vorbeigekommen sind, setzt Flo den Blinker und biegt nach links ab.

»Herzlich willkommen in Renderich!« verkündet ein großes dunkles Holzschild mit bunten Buchstaben. Darunter ist eine große Rebe mit dicken grünen Weintrauben gemalt.

»Herzlich willkommen in Renderich!«, ruft auch Flo.

»Staatlich anerkannter Erholungsort« steht in nüchternen Druckbuchstaben auf dem kleinen grünen Blechschild daneben, als wäre das eine Folklore und das andere Fakt.

Auf einem weiteren Schild sind die Zeiten des Sonntagsgottesdiensts angegeben.

Ein dicker Junge in einem roten T-Shirt fährt auf einem kleinen Platz auf einem großen roten Damenfahrrad im Kreis und macht dabei mit seinem Mund Maschinengewehrgeräusche.

Flo drosselt das Tempo und fährt langsam durch das Dorf. Wir befinden uns auf der Hauptstraße, zumindest steht das auf einem Straßenschild. Die sogenannte *Hauptstraße* ist so schmal, dass Flo den Wagen auf den ebenso winzigen Bürgersteig lenken und anhalten muss, als uns ein anderes Auto entgegenkommt. Während wir warten, grüßt er den Mann in dem alten Ascona mit einem kurzen Kopfnicken. Der Mann tippt sich an den Hut. Ein Jägerhut.

»Der alte Petry. Kollege von meinem Alten. Hat mich früher mal vor dem Ertrinken im See gerettet. Seine Frau ist letzten Winter auf den vereisten Kellertreppenstufen ausgerutscht und hat sich das Genick gebrochen. Sofort tot. Es gibt Leute, die behaupten, dass sie nicht von alleine ausgerutscht ist. Da gab's wohl kurz zuvor einen üblen Ehestreit.«

»Ach was«, sage ich.

»Na ja, nur Gerüchte. Geht ja schnell hier auf dem Dorf«, sagt Flo.

»Hm«, sage ich.

Enge Gassen führen an Fachwerkhäusern vorbei steil den Hügel hinauf. Alles ist krumm und schief, nichts quadratisch. Die meisten Straßenschilder sind geschnitzt. Es riecht nach verbranntem Holz.

»Renderich hat eine über tausendjährige Geschichte und heute ungefähr 1300 Einwohner. Das sind weniger als hundert Einwohner pro Quadratkilometer. Es gibt auch Orte hier an der Mosel, die sind noch weniger dicht besiedelt. Aber wir haben hier ja auch nicht so viel Platz zwischen Hügel und Fluss.« Flo lacht.

»Stimmt«, sage ich und lache ein bisschen mit.

»Achtzig Prozent katholisch. Wir haben aber auch eine kleine evangelische Gemeinde. Es gibt zwei Bushaltestellen und keine Ampel, nur die an der Bundesstraße. Gut vierzig Winzerbetriebe, geschätzte fünfhundert Gästebetten und fünfundzwanzig Gaststätten. Plus Straußwirtschaften.«

»Straußwirtschaften?«

»Das sind quasi Kneipen, die nur ein paar Monate im Jahr aufmachen dürfen.«

»Ach so.«

Ob er sich diese Informationen extra reingebüffelt hat, um mir ein guter Fremdenführer zu sein? Ich kann mir Zahlen nicht merken. Deswegen war ich so schlecht in Mathe, und in Geschichte auch. Ich werfe alles durcheinander, und ob jetzt eine Burg von 1779 ist oder von 1879, ob die Staatsverschuldung bei soundso viel Millionen oder soundso viel Milliarden liegt, das sagt mir nichts, ist für mich alles dasselbe. Oder das Gleiche. Den Unterschied zwischen »dasselbe« und »das Gleiche« kenne ich nämlich auch nicht. Hat man mir schon zigmal erklärt, aber es hat keinen Zweck, ich vergesse es immer wieder. Ich vergesse allgemein ziemlich viel.

Ätzend eigentlich.

Das Ätzendste auf der Welt ist, etwas nicht zu wissen, aber zu wissen, dass man es schon mal wusste. Noch ätzender ist es, wenn persönliche Erinnerungen betroffen sind. Ich kann mich zum Beispiel nicht mehr an mein erstes Mal erinnern. Oder was für einen Wagen ich in der Fahrschule gefahren habe. Von der Klassenfahrt nach Prag mit siebzehn weiß ich auch kaum noch was. Nur dass ich auf dem

Wenzelsplatz mit Nora Böhm geknutscht habe und wir nachts heimlich im Frühstücksraum des billigen Vorstadthotels rumgemacht haben, wo alle Tische und Stühle mit einer klebrigen Folie versiegelt waren.

Manche meiner Kindheitserinnerungen bestehen nur noch aus zusammenhangslosen Fetzen, oft Dinge, die meine Mutter oder meine Schwester mir nachträglich erzählt haben. Wie die Geschichte, als ich Radfahren gelernt habe. Ich hatte erst gar nicht gemerkt, dass meine Mutter nicht mehr hinter mir war und mich anschob. Als ich bemerkte, dass ich alleine fuhr, bekam ich Panik, weil ich nicht wusste, wie ich bremsen sollte. Also bin ich geradewegs auf eine Hauswand zugesteuert, extra. Ich habe Bilder dazu im Kopf, das kleine Fahrrad, die große Hauswand, meine Mutter, ich als kleiner Steppke mit Schürfwunde, aber wenn ich ehrlich bin, weiß ich nicht, ob das meine eigene Erinnerung ist oder nur eine Erinnerung an die Erinnerung, eine Art Film, den ich mir aus den Erzählungen meiner Mutter gebastelt habe, und der jetzt vor meinem geistigen Auge abläuft.

Umso beeindruckender ist Flos Fremdenführerprogramm. Ich ziehe die Augenbrauen nach oben und pfeife anerkennend. Auch wenn ich die ganzen Zahlen jetzt schon wieder vergessen habe.

Flo grinst in den Rückspiegel. Judith sitzt daneben und sagt nichts.

»Und du, Judith, kommst du auch von hier?«

»Ja.«

»Ich meine, hier aus Renderich?«

»Ja.«

Die redet wohl nicht so gerne. Was man von Flo nicht gerade behaupten kann.

»Judith und ich sind vor einem Jahr zusammengezogen«, klärt er mich auf, »bei meinen Eltern im Haus, wir haben uns da eine ganze Etage ausgebaut, ist richtig schön geworden. Aber es gibt immer noch einiges zu tun, was, Spatz?«

»Ja«, sagt Judith.

Wir überqueren einen schmalen Bach, biegen rechts ab auf eine etwas breitere Straße, fahren ein paar Hundert Meter den Hügel hinauf, einmal links, einmal rechts in die Straße »Im Wingert« und dann in die Einfahrt eines dunklen Bruchsteinhauses. Flo parkt den Wagen vor einer langen Reihe von Gitterboxen aus Metall, die mit leeren Weinflaschen gefüllt sind.

»So. Herzlich willkommen auf der Festung Arend«, sagt er. Es ist das dritte Mal in zwanzig Minuten, dass er »Herzlich willkommen« sagt.

######

»Darf ich vorstellen: meine Mutter. Mama, das ist Meise.«

»Meise, das ist aber ein komischer Name.« Frau Arend stellt die Gießkanne ab und streckt mir ihre rechte Hand entgegen.

»Ist ein Spitzname«, sage ich zum ungefähr tausendsten Mal in meinem Leben und schüttle ihr die Hand. »Eigentlich Tobias Meissner.«

»Aha. Aber Sie haben hoffentlich keine Meise?«

»Nicht dass ich wüsste«, antworte ich zum mindestens tausendsten Mal in meinem Leben und lächle.

»Na, dann ist ja gut!«

Ein großer brauner Hund kommt langsam aus dem Haus geschlurft. Er sieht alt und müde aus.

»Und das ist Susi. Susi, das ist Herr Meissner aus Berlin. Berlin ist doch richtig, oder?«

»Ja, genau.«

Susi blickt mit trüben Augen in meine Richtung und wackelt dann langsam Richtung Rasen, wo sie sich in das letzte Fleckchen Sonne legt. Sie scheint sich nicht besonders für neue Gäste zu interessieren. Sie scheint außerdem demnächst zu sterben.

»Tja, unsere Susi weiß noch, wie man den Feierabend genießt!«, sagt Frau Arend und lacht. Sie sieht sehr freundlich aus. Genaugenommen sieht sie aus, wie das Wort »Mama« klingt, nach Geborgenheit und Güte, und unter ihrem Kittel zeichnet sich ein riesiger Busen ab, der aussieht, wie das Wort »Busen« klingt, mit tiefem »uuuu«. Mit diesem schweren Gerät hat sie bestimmt schon viele kleine Menschen groß und stark gemacht.

»Hast du eigentlich Geschwister?«, frage ich Flo, als seine Mutter im Haus verschwunden ist, um die Schlüssel für die Ferienwohnung zu holen.

»Zwei ältere Brüder. Die wohnen aber beide nicht mehr hier. Einer ist in Koblenz und einer in Trier. Mit Weinbau haben die aber beide nichts zu tun. Der eine ist Anwalt, und der andere macht in Orthopädietechnik. Als ich auch noch zum Studieren weggezogen bin, waren meine Eltern am Boden zerstört. Dieses Gut hier ist jetzt nämlich seit fast 120 Jahren in Familienbesitz. Alles, das ganze Grundstück. Das Haus ist Marke Eigenbau. Hat mein Urgroßvater gebaut, inklusive Weinkeller. Wir wollten das alle nicht weiterführen, meine Brüder nicht und ich auch nicht. Meine Eltern dachten wirklich, jetzt ist es vorbei, nach 493 Jahren.«

»493 Jahre?«

»Ja. So lange wird in unserer Familie schon Wein angebaut.«

»Also seit ... äh ... 1516?«

»Ja. Vielleicht sogar noch länger.«

»Wahnsinn.«

»Ja, gell? Ich bin nach dem Abi nach Köln gezogen und habe ein paar Jahre studiert, Englisch und Sport auf Lehramt, aber das war nix für mich. Außerdem hat mir die Ruhe hier wirklich gefehlt. Von Judith und meinen Eltern mal ganz zu schweigen. Meine Eltern waren natürlich selig, als ich zurückgekommen bin und in Bernkastel die Ausbildung zum Winzer begonnen habe. Tja, und dieses Jahr habe ich sie dann beendet.«

Flo sieht mich an, als würde er auf eine Reaktion von mir warten.

»Ja?«, sage ich.

»Ja«, sagt er. »Mit Einser-Schnitt.« Er stülpt die Lippen nach innen über die Zähne und beißt sie zusammen, als könnte er so sein Strahlen einigermaßen im Zaum halten. Es ist ein Blick, den ich von Verena kenne, so eine Mischung aus Stolz und Bescheidenheit, eine unhysterische Art von Freude.

»Der Hof ist schon auf mich überschrieben, weil mein Vater seit diesem Jahr offiziell in Rente ist. Aufhören zu arbeiten will er allerdings nicht. Der ist mit Leib und Seele Winzer, den kriegste nicht von seinen Trauben weg.«

Frau Arend kommt mit dem Schlüssel aus dem Haus, und jetzt kann ich auch verstehen, warum sie so glücklich und zufrieden, ja geradezu erleichtert aussieht. 493 Jahre. Das muss man sich mal vorstellen. Eine der wenigen Jahreszahlen, die ich mir merken kann, ist 1492. Amerika war gerade erst entdeckt, als die Arend-Sippe begann, ein Getränk aus Trauben herzustellen. Jetzt sind sie dem Tode der Familientradition gerade nochmal so von der Schippe gesprungen und können sich auf die 500-Jahre-Weinbaufeier in ein paar Jahren freuen.

######

»So, da sind wir. Vier Gästewohnungen haben wir hier, alle jeweils ein Zimmer mit Dusche und einer kleinen Küchenzeile, das hatte mein Sohn Ihnen ja gesagt, oder?«

»Ja, genau.«

Frau Arend öffnet die Haustür der Ferienwohnung, die sich in einem Nebengebäude direkt am Weinberg befindet. Ich folge ihr durch den Flur.

»Die beiden Wohnungen hier im Erdgeschoss haben wir Anfang des Jahres erst komplett renoviert und neu eingerichtet«, sagt Frau Arend. »Das wollen wir mit allen Wohnungen machen, nach und nach. Immer einen Schritt nach dem anderen, gell.«

Als sie die Wohnungstür aufschließt und wir die kleine Küche mit drei Schritten durchquert haben, trifft mich fast der Schlag. Der Raum ist der Horror. Ein Gemach des Grauens. Ein Zimmer gewordener Alptraum. Ein Sammelsurium innenarchitektonischer Stilbrüche. Ein ästhetischer Super-GAU zwischen lächerlich und beklemmend.

»Ich denke, Sie finden sich zurecht, gell? Wenn Sie eine Frage haben, wissen Sie ja, wo Sie uns finden.«

»Ja«, sage ich. »Danke.«

Sie schließt leise die Tür hinter sich. Ich bleibe wie angewurzelt stehen.

Die Wände sind in Schwammtechnik gestrichen. Pastell, Rost, Terrakotta oder was weiß ich, wie das heißt. Blasse

Erdfarben mit gelegentlich eingeworfenen Orangetönen. Lila-weiß gemusterte Vorhänge, grinsende blaue Fische als Girlande im Fenster, quietschgelbe Teelichte auf der Fensterbank. Unter der Decke hängen an langen dünnen Streben aus Edelstahl mehrere kleine Lämpchen. Auf dem Parkettboden vor dem Bett liegt ein kleiner beigefarbener Teppich. Es gibt eine orangefarbene Couch und einen runden Glastisch. Darauf liegt, drapiert von Schleifchen und verwelkten Blättern aus Plastik, ein herzförmiger Stein mit einem eingravierten Spruch: »Liebe ist das Bewusstsein, Freude zu geben und zu empfangen«.

Über das Bett ist ein weißes Tuch gespannt, das aussieht wie ein altes Brautkleid. Soll wohl Himmelbettflair erzeugen. An der Wand hängt eine gerahmte Postkarte, die einen roten Stein an einem Sandstrand zeigt. Um den Stein herum sind Kreise in den Sand gezogen. »Das, was vor uns liegt, und das, was hinter uns liegt, ist nichts verglichen mit dem, was in uns liegt« steht darüber. Es ist dieselbe Schrift wie auf den Beerdigungseinladungen meines Vaters.

In der Glasvitrine finde ich eine weitere dieser gruseligen Karten. »Ein Tropfen Liebe ist mehr als ein Ozean Verstand.« Daneben ein sichelförmiger Mond über einem ruhigen Meer.

Es läuft mir eiskalt den Rücken runter. Hier kann ich auf keinen Fall bleiben.

Ein paar Minuten lang laufe ich rat- und rastlos im Zimmer auf und ab, gefangen zwischen Unverständnis und Ekel, und überlege fieberhaft, wie ich aus der Nummer rauskomme, ohne dass es für alle Beteiligten zu peinlich wird.

######

»Hey Flo!«

»Na, schon eingecheckt?«

»Äh, ja. Also, fast. Sag mal, sind die anderen Ferienwohnungen eigentlich alle belegt?«

»Nein, nur zwei, soweit ich weiß. In der einen bist du, in der anderen sind die Fahrradfahrer aus Tübingen. Die anderen beiden müssten frei sein. Wieso? Stimmt was nicht mit dem Zimmer?«

Ja, tatsächlich, es stimmt etwas nicht damit. Und ich kann dir auch sagen, was: alles. Das ist das absolut widerwärtigste Zimmer, das ich je gesehen habe. Ich würde lieber draußen im Weinberg übernachten, als nur eine weitere Minute da drin zu verbringen.

Die Wände! Der Boden! Das Bett! Die Vorhänge! Und diese unfassbaren Postkarten!

Gib mir sofort ein anderes Zimmer, sonst krieg ich noch Herpes.

»Nein, nein, alles in Ordnung. Aber ... na ja, ich fänd einen Ausblick nach hinten schön, direkt auf den Weinhügel. Also nur, falls das keine Umstände macht.«

»Die Wohnungen oben sind aber noch nicht neu eingerichtet.«

»Ach, das macht nichts.«

»Und sie haben beide nur einen kleinen Balkon statt der großen Terrasse.«

»Egal.«

»Okay, ich kann meine Mutter mal fragen.«

»Das wäre nett.«

Ich weiß nicht, was Frau Arend von meinem hastigen Umzug hält, aber es klappt. Die andere Wohnung liegt im ersten Stock. Sie ist einfach und funktional eingerichtet, was verglichen mit dem unteren Zimmer einen großen Fortschritt darstellt.

Sandfarbener Teppichboden, Raufasertapete, weiße Kacheln im Bad. Ich verstehe zwar nicht, wie man unter solch flachen Zimmerdecken wohnen kann, ohne mittelfristig Platzangst zu bekommen, aber dafür haben die Wände eine leichte Schräge. Schrägen habe ich schon immer gemocht. Das Ferienhaus im Erzgebirge, wo wir im Winter oft waren, hatte oben im Kinderzimmer auch welche.

Im Flur hängt ein Kalender der Sparkasse Mittelmosel. Jeder Monat wird von einer zur Jahreszeit passenden Fotografie der Mosel illustriert. Im Schlaf- und Wohnzimmer gibt es noch drei weitere Bilder, auch alle mit Mosel-Motiven. An der Wand neben dem Bett hängt ein schwarzes Telefon. Auf der Kommode darunter liegt das Telefonbuch, auf dessen Umschlag sich Anzeigen für acht verschiedene Unternehmen befinden, davon zwei Pflegedienste und drei Bestatter. Bestimmt ganz praktisch, wenn man mal spontan einen Pflegedienst oder Bestatter braucht, aber keine Zeit hat, lange nach der Nummer zu suchen.

Der Fernseher auf dem rollbaren Beistelltisch hat ungefähr Langspielplattengröße. Die Möbel sind aus hellem Holz, billig und schmucklos, die Stehlampen hässlich.

Nur das Sofa sticht deutlich heraus. Der Designer muss gerade auf Pappen gewesen sein, als er dieses Möbelstück entwarf, und zwar in der üblen Phase: ein kotzgrünes Blumenmuster, dicke goldene Kordeln, und an den Armlehnen links und rechts ist jeweils ein Löwenkopf aus Messing eingelassen. Die Löwen haben einen Ring im Maul, wie ein Türklopfer. Was macht ein Türklopfer an einem Sofa?

Völlig sinnlos. Vielleicht gefällt es mir genau deswegen so gut. Wie die Drachenköpfe im Treppenhaus unserer Wohnung in der Bötzowstraße, die waren unten ins Geländer geschnitzt, das Silvia und ich immer runtergerutscht sind. Die habe ich wirklich geliebt, die Drachen. Die Wohnung selbst war ziemlich runtergerockt. Dusche in der Küche, Mäuse unter den Holzdielen und ein Balkon, den man wegen Einsturzgefahr nicht betreten durfte. Ich glaube, meine Mutter hat damals einfach die erstbeste Wohnung genommen.

Von Bekannten wurde ich immer ganz mitleidig angeguckt, wegen der Wohnung und wegen der Trennung an sich. Dabei ist eine Scheidung ja nicht gerade ungewöhnlich, ich kenne jedenfalls kaum Leute, deren Eltern noch zusammen sind. Aber es war wohl relativ ungewöhnlich, dass der Mann im Haus bleibt und die Frau sich mit den Kindern was Neues suchen muss. Passt aber absolut zu meinem Vater. Bloß nie nachgeben. Immer Recht behalten.

Ich fand es gar nicht schlimm, wegzuziehen. Die Straßen von Prenzlauer Berg, Mitte und Friedrichshain waren für mich als Zwölfjährigen viel cooler als die ausgetretenen Pfade von Treptow und Plänterwald. Außerdem hatte ich ständig sturmfrei, weil meine Mutter immer arbeiten musste und Silvia ständig mit ihren Freunden unterwegs war. Es gab dreimal die Woche Pizza, und endlich war dieses bedrückende Etwas weg, das mein Vater sein sollte, dieser unheimliche Geist, dessen grauer Schatten wie ein Gewicht auf allem lag.

Wir waren nur zwei Jahre in der Wohnung, dann sind wir ein paar Straßen weitergezogen. Vor ein paar Jahren war ich mal auf einer Party in der Bötzowstraße. Das Haus ist mittlerweile saniert, alles tipptopp. Aber manches ist geblieben. Das Treppenhaus zum Beispiel. Die Drachenköpfe sind immer noch da.

Ich öffne meine Tasche und verstaue meine Klamotten in dem wackligen Kleiderschrank, meinen Kulturbeutel im Bad und setze mich mit einer Zigarette auf den Balkon. Von hier aus blickt man direkt auf den steil ansteigenden Hügel mit den Weinreben, die im rot flimmernden Licht der gerade auf der anderen Seite untergehenden Sonne liegen. Da ich keinen Aschenbecher finde, schnippe ich die Kippe im hohen Bogen vom Balkon. Mit einem großen Funkenregen verschwindet sie hinter der großen Hecke, die die *Festung Arend* vom Nachbargrundstück trennt.

5

Das Kellergewölbe würde ein prima Ambiente für einen Horrorfilm hergeben. An der niedrigen Decke hängt eine einsame Glühbirne, die einen Kegel trübes Licht in den düsteren Raum schickt.

Millimeterdicke Staubschichten bedecken Hunderte von grünen und braunen Weinflaschen, die in den Holzregalen lagern. Die älteste ist von 1914. Ich fühle mich, als hätte jemand einen Sepia-Effekt auf meine Augen gelegt.

In der Luft hängt ein schwerer Duft, muffig und alt, aber trotzdem nicht schlecht. Alles ist voller Spinnweben, der Backstein an den Wänden mit schwarzem Schimmel überzogen. Ein spezieller Schimmel, den es nur dort gibt, wo Wein gärt.

»Der ist wichtig fürs Klima«, sagt Flo und fährt mit der Zunge erst über seine Ober-, dann über die Unterlippe, als wären sie aus Eiscreme. Das hat er in New York auch immer gemacht.

»Wow«, sage ich. Unsere Stimmen hallen kurz nach, was der Atmosphäre etwas sehr Sakrales verleiht.

In der Mitte des Raums stehen zwölf riesige Eichenfässer, mächtig und erhaben wie Altäre in der Kirche. Jedes einzelne fasst tausend Liter Wein.

»Im Moment ist natürlich kein Wein drin, nur Wasser und Schwefel, damit das Holz nicht anfängt zu schimmeln. Wir haben zusätzlich noch ein paar Edelstahltanks. In den

USA benutzen sie fast nur noch Edelstahltanks. Teilweise kippen die da Eichenholzchips rein, damit der Wein den Geschmack eines Eichenholzfasses annimmt. Auch künstliche Aromen sind da gang und gäbe. Hier ist das verboten. Zum Glück.«

Ich dackel hinter Flo und Judith her wie ein Praktikant bei der Einweisung in den Betrieb. Judith sagt keinen Ton, aber Flo hat den ungestümen Mitteilungsdrang des enthusiastischen Berufsanfängers. Beim Durchschreiten der verschiedenen Kellerräume sprudelt er förmlich über.

Es geht um den Weinanbau im Allgemeinen und den Moselwein im Besonderen, um die Römer, die schon kurz nach Beginn unserer Zeitrechnung damit anfingen, hier Wein anzubauen, um die steilen Südhänge der Mittelmosel und um die Wärmespeicherung des Bodens, um Mineralien und Schiefer, und dass sie hier wegen dieser Voraussetzungen nur Riesling anbauen.

Ich erfahre alles über Rebwachstum, Holzwachstum, die phänologischen Stadien, über Knospen, Sprossen und Blätter, den Unterschied zwischen Gescheinen und Trauben, über Blüten, Blütenkäppchen und Beeren, über Drahtrahmenerziehung, Einzelpfahlerziehung, Umkehrerziehung, Silvioerziehung, Jocherziehung, Vertikoerziehung nach Kraus und Vertikoerziehung nach Cargnello, das Trierer Rad, Flach-, Halb- und Pendelbogen, über den Wasserhaushalt und die Atmung der Weinrebe, die Prinzipien von Osmose, Kapillarität und Transpiration, über Assimilatproduzenten und Assimilatverbraucher, den Zusammenhang von Photosynthese, Kohlendioxid und Wasser, über Ethanol, Tannin und Apfelsäure, über Most und Maische, Trester und Restzucker, über das Keltern, die verschiedenen Gärmethoden, den Zusammenhang zwischen Süße und Alkoholgehalt, über Öchslegrade, Zucker und Reife, über den Unterschied zwischen Qualitätswein und Prädikatswein, über Aroma und Alterung, über die einträglichen Nebenprodukte Brennwein, Weinbrand, Weinessig und Grappa, über Hefen und Brennlizenzen, über Destillation, Ethylacetat und Glycerin, den konventionellen Weinbau und den ökologischen Weinbau, über effektiven Rebschnitt, die Flurbereinigung der letzten zwanzig Jahre, die Reblaus, die Mitte des 19. Jahrhunderts aus Amerika eingeführt wurde und den Weinbau beinahe zum Erliegen brachte, nicht zu verwechseln mit der Raubmilbe, die wiederum ein nützlicher Schädlingsbekämpfer ist, über echten und falschen Mehltau, den roten Brenner, über den Unterschied zwischen Agraralkohol und Brennalkohol, das Branntweinmonopol des Staates, über die Vor- und Nachteile von Natur- und Plastikkorken, über Patentrechte und EU-Bestimmungen.

Ich verstehe so gut wie nichts von dem, was er mir erzählt. Und wenn doch, so muss die gerade aufgenommene Information schon der nächsten weichen, noch bevor ich sie richtig abspeichern konnte. Ich versuche wirklich zuzuhören, aber ich kann ihm einfach nicht folgen. Er schmeißt mit Fachbegriffen um sich, die ich noch nie gehört habe, und das in einer Geschwindigkeit, die meine Ohren schlackern lässt. Ein önologisches Feuerwerk, ein wissenschaftlicher Vortrag ohne Punkt und Komma, die totale Inputhölle.

Ob das menschliche Gehirn wohl durch die gezielte Bombardierung mit Fakten einfach kollabieren und schließlich absterben kann?

Ich fürchte, ich werde es bald herausfinden.

Während ich mir noch zu merken versuche, dass die Regionsbezeichnung »Mosel-Saar-Ruwer« aufgrund der neuesten Etikettiervorschriften aus Brüssel verschwinden und durch die einheitliche Bezeichnung »Mosel« ersetzt werden wird und was das alles für Probleme und Irritationen für Erzeuger und Verbraucher mit sich bringt, ist Flo schon längst bei dem großen Weinskandal Mitte der Achtziger, welcher, wie ich erfahre, eigentlich ein österreichischer Skandal war, in den deutsche Firmen aber verwickelt wurden, weil sie von den Österreichern gepanschten Wein gekauft und mit ihrem eigenen Wein vermischt hatten, um die immense Produktion für Supermärkte leisten zu können, was den Ruf sowohl des österreichischen als auch des deutschen und hier insbesondere des rheinland-pfälzischen Weins über lange Jahre ruinierte.

»Stichwort Frostschutzmittel!«, ruft Flo.

Die neue Winzergeneration habe allerdings wieder ein gutes Image, weil sie der Massenproduktion abgeschworen und in den letzten zehn bis zwanzig Jahren qualitativ sehr hochwertige Weine hergestellt habe. Er sagt nicht »wir«, dennoch liegt eine gehörige Portion Stolz in seiner Stimme. Es ist offensichtlich, wie sehr er sich mit seinem Beruf und der Familientradition identifiziert. Es scheint hier nicht um die Herstellung eines alkoholischen Getränks zu gehen, sondern um ein Kunsthandwerk. So eine Art Arts-and-Crafts-Haltung.

Flo sagt, dass sein Vater als Winzer seiner Meinung nach alles richtig gemacht hat und er den Betrieb in Zukunft genau so weiterführen will.

»Qualität statt Quantität«, sagt er, kneift ein Auge zusammen und schnalzt mit der Zunge. »Man wird zwar nicht gerade reich dabei, aber wenn du so einen richtig guten Wein hergestellt hast, das ist das Geilste überhaupt. Mit den großen Discountern können wir sowieso nicht konkurrieren. Aldi, Lidl und wie sie alle heißen, die den Wein für 1,99 ins Regal stellen. Das ist Preisdumping, da können wir nicht mithalten. Deshalb backen wir hier lieber kleine Brötchen.«

Als Gegenbeispiel erwähnt er den Nachbarn, dessen Reputation im Ort gelitten hat, seit er seine Trauben sehr günstig an eine Genossenschaft verkauft.

»Peter Mertes, kennst du vielleicht.«

Ich zucke mit den Schultern. »Ja, nee, glaub nicht.«

»Die machen dieses ganze Fuselzeug, Liebfrauenmilch und so.«

»Ah ja, schon mal gehört.«

»Und dann gibt's noch diesen ganzen Rotz wie Kröver Nacktarsch, Zeller Schwarze Katze, Trarbacher Liebeskummer, Piesporter Goldtröpfchen und so weiter. Das sind fast alles Verschnitte, echte Fließbandproduktion aus der Fabrik. Mit gutem Weinbau hat das nicht mehr viel zu tun. Die kaufen überall billig die Trauben und panschen sich da aus unterschiedlichen Rebsorten oder unterschiedlichen Jahrgängen ein standardisiertes Gesöff zusammen. Geschmacklich unterste Schublade und keine Konkurrenz zu unseren Weinen. Aber die drängen halt sehr aggressiv auf den Markt. Und die Kunden gewöhnen sich an die niedrigen Preise. Und an die niedrige Qualität.«

»Ja, kacke«, sage ich.

»Unser Nachbar macht das nur nebenberuflich, deshalb kann er sich das leisten. Aber alle anderen leiden darunter, weil es die Preise kaputt macht. Der Weinpreis ist im Moment absolut im Keller. Das ist wie mit der Milch, das wird immer schlimmer. Du hast ja sicher die ganzen brachliegenden Flächen gesehen, an denen wir vorhin auf der Fahrt hierher vorbeigekommen sind.«

»Ja, glaub ja«, sage ich, obwohl ich mir nicht ganz sicher bin, was er meint.

»Teilweise sind die auch schon wieder bewaldet. Als ich klein war, waren das alles noch Weinhänge. Die Besitzer sind entweder pleitegegangen oder in Rente, ohne einen Nachfolger zu finden. Da wird ein ganzer Berufsstand dezimiert. Und da wiederum hängen ja auch andere Dinge dran. Früher gab's hier in Renderich zum Beispiel noch einen Augenarzt und einen Orthopäden. Heute musst du dafür nach Trarbach, Wittlich oder Bernkastel fahren. Oder unser Lebensmittelladen, da ist letztes Jahr die Besitzerin gestorben. Daraufhin haben die Bürger im Dorf einen wirtschaftlichen Verein gegründet, das Geschäft übernommen und eine Stelle für eine junge Frau geschaffen, die den Laden jetzt weiterführt. Sonst hätte es nämlich gar keine Einkaufsmöglichkeit mehr in Renderich gegeben. Zwanzig Minuten Auto fahren zum Arzt, das ist *eine* Sache. Aber zwanzig Minuten zum Brötchenholen?«

»Ja, kacke«, sage ich.

»Das hängt ja alles zusammen«, sagt Flo. »Deswegen auch all die Gästezimmer. Wer hauptberuflich Winzer ist und qualitativ guten Wein anbieten will, der braucht neben dem Stammkunden eben die Einnahmen aus der Zimmervermietung. Na, ich sag immer: Besser arm dran als Arm ab!«

Fast jedes Thema schließt Flo mit einer solchen Redewendung als Resümee ab: »Was der Bauer nicht kennt, das frisst er nicht«, »Das Gegenteil von gut ist gut gemeint«, »Es ist nicht alles Gold, was glänzt« oder »Mein lieber Herr Gesangsverein«.

»Schuster, bleib bei deinem Leisten«, sagt er, nachdem er mir erklärt hat, warum sie hier keinen Rotwein produzieren, obwohl das seit gut zwanzig Jahren erlaubt ist.

»Ich hab noch nie einen wirklich guten Rotwein von der Mosel getrunken.«

Judith formt die Lippen zu einem spitzen O und wiegt langsam den Kopf hin und her, als wäre sie mit der Aussage nicht ganz einverstanden. Doch noch bevor sie etwas erwidern kann, sagt Flo: »Ja, ist doch so! Der Rote hier, das ist nix! Aber was noch krasser ist, seit neuestem wird sogar auf Sylt Wein angebaut. Das sollte nördlich des Rheinlands eigentlich gar nicht machbar sein. Der Klimawandel macht's möglich. Vielleicht ist Sylt in fünfzig Jahren ja auch für seinen hervorragenden Riesling bekannt.«

Er sieht mich an und fügt hinzu: »Das war 'n Scherz.«

»Schon klar.«

Erschüttert von diesem Zukunftsszenario, schüttelt er den Kopf und hält einen Moment inne. Es sind die ersten Sekunden von Stille, seit wir den Keller betreten haben. Ich unterdrücke ein Gähnen.

Dann fällt Flos Blick auf ein Regal mit lauter Sektflaschen, und er startet einen begeisterten Monolog über die Sektproduktion, die Flaschengärung, wie kompliziert das ist, eine richtige Kunst, und dann ist da noch die Anfang des 20. Jahrhunderts von Kaiser Wilhelm II. eingeführte Schaumweinsteuer, und dass ihr Sekt eigentlich Champagner ist, aber nicht Champagner heißen darf, denn nur Erzeugnisse aus der Champagne in Frankreich dürften Champagner heißen, und so weiter und so fort.

Mittlerweile gehen mir seine Worte zum einen Ohr rein und zum anderen wieder raus. Ich reagiere nur noch mit »Hmmm«, »Ach was«, »Soso«, »Ja«, »Nein« oder »Kacke«

und hoffe, dass meine Bemerkungen irgendwie zu dem passen, was er mir gerade erzählt.

Offensichtlich tun sie das, Flo jedenfalls plaudert munter weiter. Er scheint den Verlust meiner Aufnahmefähigkeit gar nicht zu bemerken, was mich nicht weiter wundert, da er sich ohne jedes Gespür für sein Publikum in Ausführungen hineinsteigert und in einen Rausch nach dem anderen redet. Aber Judith, diese schweigsame Gestalt mit dem wachsamen Blick, die muss doch mitbekommen, dass ich nicht so recht bei der Sache bin. Ich habe das Gefühl, dass sie mich genau im Auge hat. Während Flo sich in Details über die »Méthode champenoise« und die Gewinnung von Kohlenstoffdioxid verzettelt, sehe ich ein paarmal zu ihr rüber. Ich versuche, an ihrem Gesicht abzulesen, was sie denkt. Über ihn, über mich, über die ganze Situation hier. Aber immer bemerkt sie es sofort und sieht mich unverwandt an, bis ich den Blick abwende.

Was wohl gerade in ihr vorgeht?

Und gibt es hier irgendwann eigentlich auch mal was zu trinken?

######

Der holzvertäfelte Probierraum erinnert mich an den Hobbykeller von Tante Helena in Jena, bloß dass hier alles mit Wein zu tun hat. Die Bilder an der Wand zeigen ausschließlich Weinreben, egal ob gezeichnet, gemalt oder fotografiert.

Über dem langen Tisch, an den wir uns setzen, hängt ein Tuch, in das ein Gedicht von Theodor Storm gestickt ist:

»Der Nebel steigt, es fällt das Laub,
Schenkt ein den Wein, den holden

Wir wollen uns den grauen Tag,
Vergolden, ja vergolden.«

Hier werden Weinproben für Kunden, Touristen und Gäste des Hauses abgehalten. Ich bekomme jetzt sozusagen eine private Vorführung. Judith zündet ein paar Kerzen an und löscht das große Hauptlicht. Flo öffnet mit einem riesigen Korkenzieher ein paar Flaschen.

»Der Griff ist aus dem Holz einer Weinrebe gemacht«, sagt er.

»Oh. Wow«, sage ich.

Wein hier, Wein da. Wein, Wein, Wein. Ich bin froh, dass es nach all dem Gequatsche jetzt endlich auch mal was zu saufen gibt. Ein paar langstielige Gläser werden auf den Tisch befördert, außerdem ein Tablett mit Muttis Schnittchen und eins mit Speckbrot – »zum Neutralisieren des Geschmacks«, wie Flo mir erklärt. Wir probieren verschiedene Weine aus dem vorletzten Jahr.

»Man fängt in der Regel mit dem trockensten Wein an und hört mit dem süßesten auf. Je trockener, desto mehr Alkohol. Ist ja klar«, sagt er und gießt die drei Gläser halb voll. »Dies ist ein 2007er Riesling Classic, der hat einen Alkoholgehalt von 11,5 Prozent, 9,1 Gramm Restzucker pro Liter und 5,8 Gramm Säure pro Liter.«

Nach dem Classic werden ein Hochgewächs, ein Kabinett, eine Auslese und eine Spätlese kredenzt. In dem Faltblatt auf dem Tisch lese ich nach, was Familie Arend zu den jeweiligen Tropfen anzumerken hat. Der eine ist »ein Geschenk Gottes«, der andere »ein Kulturgut besonderer Art«. Der nächste »drückt Lebensstil aus«. Nur welchen, das steht leider nicht dabei. Dann gibt es noch einen Wein »für die intensiven Momente des Tages«, was ja auch so einiges bedeuten kann. Vielleicht schmeckt er besonders gut, nachdem man sich einen Schuss Heroin gesetzt oder seiner Frau mit der Axt den Kopf gespalten hat. Das sollen ja durchaus intensive Momente sein.

Aber was klingt wie eine Mischung aus Geheimsprache und Poesiealbumslyrik soll tatsächlich dabei helfen, den Wein zu beurteilen. Ich versuche es herauszuschmecken, das *Feinherbe*, das *Fruchtige*, das *Harmonische*, das *Pikante*, das *Edelsüße* und das *Milde*, das *Kompakte* und das *Klare*, das *Süffige* und das *Geschmeidige*, das *Rassige* und das *Durchdringende*, das *Feinnervige* und das *Vielschichtige*, das *Druckvolle* und das *Raffinierte*, das *Pfiffige* und das *Vibrierende*, den *Apfel*, die *Pfirsicharomen*, den *Hauch von Kamille*, den *stark vegetabilen Duft nach Steinobst und Zitrusfrüchten*, die *zart wachsigen Anklänge*, die *ausbalancierte Reife*, die *enorme Dichte und Würze*, die *präsente Säure* und die *leicht mineralische Note am Gaumen*. Aber es schmeckt alles ziemlich ähnlich, nach viel zu süßem Weißwein mit viel zu viel Kohlensäure nämlich. Außerdem bin ich offenbar gar nichts mehr gewohnt, mir wird beim vierten Glas schon etwas schummrig.

Und das, obwohl Flo die Gläser meist gar nicht richtig vollmacht. Was mich vor ein kleines Problem stellt: Ich kann Gläser und Tassen nicht ganz austrinken. Ich lasse immer eine Pfütze zurück, weil der letzte Schluck so eklig ist, dieses Gefühl an den Lippen, wenn plötzlich nur noch Luft kommt – schon der Gedanke daran lässt mich erschaudern.

Ich bin bestimmt nicht der Einzige auf der Welt mit diesem Tick. Wie viele Flaschen und Gläser mit einer letzten Pfütze drin ich im Radetzky jeden Abend wegräume, das kann ja auch kein Zufall sein. Trotzdem ziehen Holger und Yolanda mich immer damit auf und bezeichnen mich als

»Neurosenzüchter«, auch wegen meinem Ekel vor Fünfeuroscheinen, Post-its und Glückskekszetteln.

Bei den Mini-Portiönchen, die Flo einschenkt, bleibt mir jedenfalls meist nur ein einziger Schluck. Also schenke ich mir einfach selbst nach. Wenn wir zum nächsten Wein übergehen, kippe ich den letzten Schluck in den Spucknapf, so einen Kübel aus Metall, der mich an die Tischmülleimer erinnert, die sie in Hotels manchmal haben. Flo und Judith machen es auch so, besonders Flo schnüffelt und schmatzt immer nur ewig lange an einem Schluck herum und kippt den Rest des Glases weg, wenn wir zum nächsten Wein übergehen. Da fällt meine kleine Macke gar nicht auf.

Flo schwärmt davon, dass Wein jedes Jahr anders schmeckt. Die Temperaturen, die Sonne, der Mond, der Regen, der Boden. Er benutzt Begriffe wie »Natürlichkeit« und »Authentizität«, er sagt, dass ein guter Wein eine »ehrliche Sache« sei, er redet von »Balance«, »Beständigkeit« und »Eigenheit«, von »Selbstverwirklichung« und »Gaumenkitzel«. Und ich denke die ganze Zeit nur eins: Geil, saufen.

Saufen. Picheln. Bechern. Ballern. Zischen. Zoschen. Zechen. Zwitschern. Schlucken. Schütten. Schürbeln. Trinken. Tanken. Einen heben. Sich volllaufen lassen, die Kante geben, abfüllen, wegbeamen, die Lampen anschalten, einen reinschrauben, einen brennen, einen hinter die Binde gießen.

Dieses angenehme Kreiseln im Kopf. Endlich mal wieder. Erst jetzt, da mein Hirn in die weichen Laken des Alkohols gebettet wird und meine Muskeln sich lockern, fällt mir auf, wie angespannt ich den ganzen Tag war. Ich zünde mir eine Zigarette an, und der erste Zug schmeckt so gut wie lange nicht. Ich inhaliere tief und behalte den Rauch in der Lunge, bevor ich die blaue Wolke genüsslich wieder ausatme.

Das Beste auf der Welt ist die Zigarette zum Schwips. Der Rausch zum Rausch. Manchmal kommt es mir vor, als ob Rauchen das Atmen erst wirklich lohnenswert macht. Nikotin, die süße Veredelung einer an sich völlig langweiligen Lebensnotwendigkeit.

»Eigentlich ist hier Nichtraucher«, sagt Flo. Er macht ein Gesicht, das man sich lieber für die Bekanntgabe von schweren Krankheiten und Todesfällen aufsparen sollte.

»Oh, 'tschuldigung, da habe ich gar nicht drauf geachtet«, sage ich.

Ich stelle mich in die Tür, die zum Hof führt. Weil die Luft dort so gut ist und man den jetzt dunkelblauen Himmel sehen kann, rauche ich gleich noch eine zweite.

»Mensch, du qualmst ja eine ganze Menge«, sagt Flo, als ich mich wieder setze.

»Ja, na ja«, sage ich, weil mir nichts Schlaueres einfällt. Flo und Judith halten wohl nicht viel vom Rauchen. Woran man sich ja so langsam gewöhnt. Die Hälfte der Menschheit scheint auf einmal Gesundheitsminister a. D. zu sein, ganz reaktionäre Gesellen sind sich nicht mal zu blöd, vor harmlos quarzenden Mitbürgern empört von der »Volksgesundheit« zu schwadronieren.

In den USA werden Zigaretten mancherorts schon als so was wie eine Einstiegsdroge gehandelt. Dazu diese dämliche Kein-Alkohol-in-der-Öffentlichkeit-Regelung. Das Schlimmste auf der Welt ist, wenn man nicht gleichzeitig trinken und rauchen kann.

Als Nächstes kommt ein edler Eiswein auf den Tisch, der unter anderem eine Auszeichnung von der Fachzeitschrift *Der Feinschmecker* erhalten hat.

»Da kostet die Flasche über zwanzig Euro, aber wir wollen uns mal nicht lumpen lassen«, sagt Flo und entkorkt mit ein paar wendigen Handbewegungen die Flasche.

Laut Beschreibung des Faltblatts ist der Wein »ein Gedicht«, was man meiner Meinung nach eher von dem Faltblatt selbst behaupten kann – ein sehr schlechtes allerdings. Er soll einen »deutlich gereiften Duft nach teils kandierten Zitrusfrüchten und Pfirsichen mit pflanzlichen und mineralischen Noten sowie zarten Frosttönen« haben. Das Einzige, was mir auffällt, ist, dass er noch süßer ist als alle, die wir davor probiert haben.

Flo erzählt, dass die Trauben eines Eisweins bei Minusgraden im Winter gepflückt werden und das Keltern sehr aufwendig ist. Nach dem ersten Schluck, den er sehr lange im Mund hin und her schiebt, faselt er irgendwas von einem »starken Abgang«.

»Der schmeckt mir nicht so gut«, sagt Judith.

Ich grinse in ihre Richtung. Unsere Augen treffen sich kurz, sie hebt einen Mundwinkel. Das muss wohl so was wie ihr Lächeln sein.

Ich werde nicht so recht schlau aus der Frau. Ich vermute eine Art von überlegener Intelligenz hinter ihrer ruhigen Art, und es macht mich zunehmend nervös, dass ich nicht weiß, was in ihr vorgeht.

»Und du, Judith, magst du gerne Wein?«

O Gott, was für eine blöde Frage, wie komme ich denn auf so einen Scheiß!

»Klar«, sagt sie.

Klar. Sonst nichts. Ich überlege gerade, wie ich sie aus der Reserve locken und ein Gespräch beginnen kann, bevor Flo eine Chance bekommt, seinen Eiswein-Monolog fortzusetzen, da wird mit einem Ruck die schwere Kellertür aufgestoßen.

Ein Mann in einem ausgewaschenen roten Pullunder und einer schmutzigen Cordhose betritt den Probierraum.

»Je später der Abend, desto schöner die Gäste! Ist hier noch Platz für einen alten Winzer?«

Das muss Flos Vater sein. Ich schätze ihn auf Ende fünfzig, Anfang sechzig. Er hat lustige Augen, eng anliegende Elefantenohren und eine große rote Nase, wie der Säufer in einem Comic. Ich freue mich, wie immer, wenn ein Klischee bestätigt wird. Die gibt es ja schließlich auch nicht ohne Grund.

Er setzt sich mir gegenüber an den Tisch und hält mir die Hand hin. Es ist eine große, schwielige Pranke, kräftig und stark von einem halben Jahrhundert Arbeit an der frischen Luft.

»Hubert!«, sagt er im Ton eines gut gelaunten Oberkommandeurs.

»Meise«, sage ich im Ton eines Menschen, der ahnt, was als Nächstes kommt.

»Meise?«, sagt er. »Was ist das denn für ein Name?«

Er tippt sich mit dem Zeigefinger mehrmals an die Stirn und pfeift dazu ein Geräusch, dass man heutzutage eher mit Beischlaf oder Ecstasykonsum assoziiert, hier aber natürlich eine mentale Störung andeuten soll. Die gute alte Meise, das »behindert« unserer Elterngeneration.

»Papa!«, sagt Flo.

Ich täusche Belustigung vor und erkläre ein weiteres Mal die Herkunft meines Spitznamens. Hubert hört mir gar nicht zu. Er hält sich prüfend die Flasche Eiswein vors Gesicht und lässt ein tiefes Brummen erklingen.

»Oh, da habt ihr euch aber ein edles Tröpfchen ausgesucht!«

Er schenkt sich ein Glas ein und hebt es in die Luft. »Ein dreimal Hoch dem Moselwein, er soll dir stets willkommen sein.«

Offenbar ist das die Mosel-Variante des norddeutschen »Nicht lang schnacken, Kopp in Nacken« und Hubert einer jener Menschen, die immer einen lustigen Spruch parat haben.

Diese Leute trifft man überall. Sie sagen Sätze wie »Früher Vogel fängt den Wurm« oder »Wer billig kauft, kauft zweimal«, ohne jemals überprüft zu haben, ob das überhaupt stimmt. Sie beginnen ihre Sätze gerne mit »Sagen wir mal so« und schrecken auch vor spaßigen Verulkungen wie »zum Bleistift« oder »Schankedöhn« nicht zurück. Augenzwinkernd reden sie von »Affenkoteletts« und »Schlepptops«, die nicht »funktionuckeln«, bestellen sich gerne was »beim Schinamann« und finden das Wetter »auf Deutsch gesagt« manchmal »ganz schön bescheiden«.

Es gibt an der phrasendreschenden Front keine Grenzen nach oben und unten. Während einfachere Gemüter sich mit Lebensweisheiten à la »Wer nicht hören will, muss fühlen« oder »Dumm fickt gut« durchs Leben schlagen, erzählt die gebildetere Schicht ähnlichen Quatsch, weiß dann aber immer hinzuzufügen, dass das ein Satz von Oscar Wilde oder Hermann Hesse war.

»Wer ist arm, wenn er geliebt wird?« oder »Wer zur Quelle will, muss gegen den Strom schwimmen«.

Mein Vater hatte ebenfalls ein großes Faible für Redewendungen. Sein Lieblingsausdruck war »tatsaftig!«, eine

Mischung aus »tatsächlich« und »wahrhaftig«, und bei Kunden verabschiedete er sich gerne mit einem salopp gemeinten »Auf Wiedertschüss!«. In Zusammenhang mit meiner Mutter sprach er später häufig von »Zahlemann und Söhne«, »Suppe versalzen« und der »Unmöglichkeit, auf zwei Hochzeiten gleichzeitig zu tanzen«. Dann steckte ich mir immer die Finger in die Ohren, bis er bitter mit dem Kopf schüttelnd den Mund hielt. Manchmal murmelte er noch etwas wie »Wer anderen eine Grube gräbt ...« und schaltete per Knopfdruck wieder in seinen Gut-drauf-Modus.

Er kannte nur einen einzigen Witz: »Kochen kann ich wohl, nur essen kann das keiner.« Den brachte er bei jeder sich bietenden Gelegenheit. Dann blickte er einen mit großen Augen erwartungsvoll an, obwohl man den Witz schon tausendmal gehört hatte. Wenn wir allein waren, lachte ich meistens, um ihm einen Gefallen zu tun, denn erst wenn sein Gegenüber reagierte, prustete er auch selbst los. Wenn andere dabei waren, war es mir unangenehm, wie er sich über seinen eigenen Witz scheckig lachte, dann wechselte ich schnell das Thema oder tat so, als müsste ich aufs Klo.

Es war ein ritualisiertes Lustigsein, eine inszenierte Heiterkeit, die mit Humor nichts zu tun hatte. Aber jetzt, wo ich betrunken in diesem Keller sitze, denke ich: Eigentlich gar nicht so schlecht, der Kochen-Witz.

Vielleicht hätte mein Vater sich gut mit Hubert verstanden. Vielleicht auch nicht. Ehrlich gesagt, kenne ich beide zu wenig, um das zu beurteilen. Zumindest weiß ich aber nun, von wem Flo seinen Hang zu Redewendungen hat. Es sieht keineswegs so aus, als wäre ihm sein Vater peinlich. Auch Judith sitzt ganz entspannt da und lächelt, als ihr

Schwiegervater in spe uns allen die Gläser auffüllt und ihr verschwörerisch zuflüstert:

»Moselwein mäßig genossen schadet auch in großen Mengen nicht.«

Sie lacht. Flo lacht. Ich lache.

»Es gibt nichts Gutes, außer man tut es!«, ruft Flo. »Zum Wohl!«

»Zum Wohl!«

»Zum Wohl!«

»Zum Wohl!«

Alle am Tisch sehen aus, als ob sie nichts lieber täten, als den Abend in generationenübergreifender Geselligkeit zu verbringen. Und das Komischste ist: Es gefällt auch mir ganz gut. Vielleicht ist es auch die Wirkung des Alkohols. Ich lehne mich zurück, nippe an meinem Glas und betrachte diese seltsame Runde, mit der ich in diesem seltsamen Raum zusammensitze.

Hubert schmatzt zufrieden.

»Herrliches Gesöff. Doch, haben wir schon gut hingekriegt, kann man nicht anders sagen!«

Flo und Judith sehen versonnen ihre Gläser an und bewegen den Kopf langsam auf und ab. Auch ich beeile mich, zustimmend zu nicken.

Flo nimmt seinen Vortrag nicht wieder auf. Vielleicht findet er es unpassend, einen fachmännischen Winzermonolog zu halten, solange sein alter Herr in der Nähe ist. Oder sein Akku ist jetzt auch mal leer.

Stattdessen wird über die Arbeit des Tages gesprochen.

»Und, wie war's heute draußen?«, fragt Flo seinen Vater.

»Ja, muss ja, ne«, sagt Hubert.

»Seid ihr denn vorangekommen?«

»Sicher, sicher. Erst lief's ein bisschen schleppend. Haben auch erst um halb neun angefangen. Die Polskis kommen zurzeit mal wieder schlecht aus den Federn!«

»Papa! Das heißt nicht Polskis, das habe ich dir schon tausendmal gesagt.«

»Unsere polnischen Mitbürger dann eben!«

Flo wendet sich an mich. »Stanislaw und Marek. Die helfen im Moment beim Aufbinden. Im Herbst zur Weinlese kommen noch mehr Helfer. Fast alle aus Polen.«

»Manche von denen kommen schon seit Jahren zu uns«, sagt Hubert. »Stanislaw zum Beispiel ist jetzt seit zehn Jahren hier. Marek, sein Sohn, das dritte Jahr. Hier werden die immerhin vernünftig bezahlt.«

»Sieben Euro die Stunde. Da gibt's auch ganz andere Kaliber, die zahlen drei Euro die Stunde und berechnen dann noch die Unterkunft.«

»Und was für Unterkünfte das sind. Teilweise haben die nicht mal Warmwasser.«

»Dagegen werden die bei uns richtig verwöhnt.«

»Das sind auch die zuverlässigsten Arbeiter. Pünktlich und fleißig. Meistens jedenfalls.«

»Wir haben's auch mal mit Deutschen probiert«, sagt Flo zu mir. »Arbeitslose. Aber das hat nicht gefunzt, die hatten keinen Bock, kamen ständig nicht und so was.«

»Viele Arbeitslose sind so unzuverlässig, da fragt man sich: Wollen die jetzt Arbeit oder wollen sie keine?«, wirft Hubert ein. »Das ist schade, das bringt die anderen Arbeitslosen ja auch in Verruf.«

»Richtig«, sagt Flo. »Und wir zahlen denen auch die Unterkunft. Eine kleine Wohnung unten im Ort.«

»So klein ist die nicht mal!«

»So oder so, in einem guten Monat gehen die hier mit zweitausend Euro nach Hause.«

»Da muss 'ne alte Frau lange für stricken«, lacht Hubert.

»Vor allem eine polnische«, kichert Flo.

»Das machste wohl sagen! Aber wer vernünftig arbeitet, muss auch vernünftig bezahlt werden. Das ist meine Devise. So, und jetzt ist für mich mal Schluss hier. Das Sofa ruft! Herr Meise, nett, dich kennengelernt zu haben.«

»Ganz meinserseits«, sage ich.

»Tschüssikowski«, sagt Hubert.

»Bis dannimannski«, sagt Flo, und als sein Vater schon hinter der schweren Kellertür verschwunden ist, ruft er ihm noch »Sleep you well in a Bettgestell!« hinterher, bevor er sich wieder an mich wendet.

»Jetzt geht der nach oben aufs Sofa, schön in die Horizontale, und in spätestens einer Stunde schläft er vor der Flimmerkiste ein. Gegen zwölf weckt ihn meine Mutter, dann wankt er ins Bett, und um sieben geht der neue Tag los. Das läuft so ab, seit ich denken kann.«

Er erzählt es so, als gäbe es überhaupt nichts Deprimierendes in dieser Monotonie. Schwere Schultern scheinen in dieser Familie ein Fremdwort zu sein. Und überhaupt haben die beiden auf mich gerade gar nicht wie Vater und Sohn gewirkt. Sie haben nichts von meinem Vater und mir, das ist ja klar, aber auch nichts von meinem Vater und Silvia, als die noch ein Herz und eine Seele waren, oder Holger und seinem Alten, oder Onkel Uli und Rico, seinem Sohn, meinem Cousin. Hubert und Flo wirken eher wie zwei gleichberechtigte Partner, die sich schon lange ein Geschäft teilen und sich perfekt ergänzen. Oder wie Gitarrist und Schlagzeuger einer Rockband, die sich im Interview gegenseitig die Bälle zuspielen. Oder, und ich glaube, das trifft es ziemlich genau: wie zwei gute Freunde, die sich schon lange kennen.

Und diese Feststellung finde ich ziemlich ... ich weiß nicht. Ungewohnt vielleicht.

Eine längere Pause entsteht, bis Judith schließlich mit einem neuen Gesprächsthema die Lücke füllt, die Hubert hier im Raum hinterlassen hat.

»Was ist denn eigentlich mit deiner Freundin?«, fragt sie in meine Richtung.

»Welche Freundin?«, frage ich zurück.

Ihre Augen suchen Unterstützung bei Flo. »Na, wie hieß sie denn noch ... Verena?«

»Verena, ja«, sage ich.

»Und?«

»Was, *und*?«

»Ja, wo ist sie gerade?«

»Zu Hause. In Hannover.«

»Ach, die wohnt in Hannover?«

»Ja.«

»Fernbeziehung?«

»Na ja.«

»Ich hab dir ja gesagt, dass sie hier herzlich eingeladen ist«, sagt Flo.

Es stimmt, er hat es gestern am Telefon gesagt. Ich bin einfach nicht weiter drauf eingegangen.

»Hatte sie keine Lust, mitzukommen, oder keine Zeit?«, fragt Judith.

»Ich weiß nicht«, sage ich.

»Du weißt es nicht?«

»Nein. Ich mein, ich hab sie nicht gefragt.«

»Wieso nicht?«

»Wie, *wieso nicht*?«

»Wieso hast du nicht gefragt, ob sie mitkommen will?«

»Keine Ahnung.«

»Keine Ahnung?«

»Ja, keine Ahnung. Ich war zwar mit ihr unterwegs, aber meine Freundin ist sie nicht direkt.«

»Das sah auf dem Hausdach in New York aber ganz anders aus!«, sagt Flo.

»Na ja«, sage ich.

Judith lässt nicht locker. »Habt ihr euch getrennt?«

»Eigentlich waren wir nie so richtig zusammen.«

»Aber du warst doch mit ihr im Urlaub.«

»Ich war nicht im Urlaub, ich bin gereist.«

»Ja gut, dann halt gereist«, sagt Judith und rollt mit den Augen. Mein bockiger Ton erschreckt mich selbst. Leute, die darauf beharren, zu *reisen*, statt *Urlaub zu machen*, sind fast so schlimm wie Menschen, die im Urlaub unaufhörlich über die *Scheißtouris* herziehen. Andererseits, wie kommt sie plötzlich dazu, mich so auszuquetschen? Erst sagt sie den ganzen Tag keinen Ton, und jetzt tut sie so, als müsste hier dringend etwas Wichtiges geklärt werden.

»Aber du bist schon mit ihr gereist, oder nicht?«

»Nicht die ganze Zeit, nur in den USA.«

»Und wie lang war das?«

»Neun Wochen.«

»Neun Wochen! Das sind ja fast zweieinhalb Monate!«, ruft Flo. »Wo wart ihr denn überall?«

»Ach, so einmal quer durch, bisschen rauf und runter«, sage ich.

»Hast du gar nicht erzählt. Ich dachte, ihr wärt auch nur auf einem kurzen New-York-Trip gewesen, so wie Judith und ich.«

»Ja, nee.«

»Wir waren nur eine Woche da. Haben meine Ellies mir geschenkt.«

»Wer?«

»Meine Eltern. Zur bestandenen Abschlussprüfung. Neun Wochen ist natürlich eine ganz andere Nummer. Ich glaube, das wäre mir schon fast zu lange.«

»Also, nur damit ich das richtig verstehe«, sagt Judith, »du und diese Verena, ihr fahrt neun Wochen zusammen durch die USA, aber ihr seid nicht zusammen?«

»Ja. Also nee. So was richtig Festes war das nicht.«

»Was denn dann?«

Ich zucke mit den Schultern.

»Sieht sie das genauso wie du?«

Ich zucke wieder mit den Schultern. Langsam komme ich mir vor wie ein unartiger Junge im Kreuzverhör seiner Eltern.

Ist das der Alkohol, der ihre Zunge lockert?

Oder wartet sie den ganzen Tag schon auf den richtigen Moment, um mich zu löchern?

Will sie mich testen?

Aufs Glatteis führen?

Hält sie mich für einen Aufschneider?

Kann sie mich nicht leiden?

Oder was?

Flo nimmt die Flasche und füllt unsere Gläser auf.

»Ich sag mal so, manchmal muss man jemandem einfach mal reinen Wein einschenken!« Wie immer, wenn er jemanden zitiert, etwas ironisch meint oder eine seiner Redewendungen bringt, verstellt er die Stimme und imitiert einen norddeutschen Dialekt. Er deutet auf mein Glas und lacht. Ich tue so, als hätte ich seinen Kalauer nicht verstanden, und nehme einen großen Schluck. Ich bin jetzt wirklich besoffen und fahre immer so leicht aus meiner Stirn raus, verlasse meinen Kopf, überwinde die Grenzen, die mein Körper mir setzt. Ein typischer Weinrausch. Mit Bier und Schnaps kann ich eindeutig besser umgehen.

Den letzten Schluck kippe ich in den Spucknapf, dann schenke ich mir nochmal von dem Hochgewächs ein. Es ist der billigste Wein von allen hier auf dem Tisch, und er hat mir bisher am besten geschmeckt.

Judith legt ihr Gesicht in ihre aufgestützten Hände. Auf ihrem Verlobungsring reflektiert das schwache Licht der Deckenlampe.

»Tut mir leid, du willst nicht drüber reden, und es geht mich ja auch nichts an.«

»Nee, ist schon okay. Das ist bei mir immer so. Was Festes hatte ich lange nicht. Es geht eine Weile gut, und dann wird mir langweilig.«

Was rede ich da? Sie hat Recht, es geht sie gar nichts an.

»Dir wird langweilig?«

»Ja.«

»Was genau wird dir langweilig: die Situation, deine Freundin?«

»Ja, alles halt. Ich weiß nicht.«

Was war das denn für eine Aussage? War es überhaupt eine Aussage?

»Und das war schon immer so?«

»Eigentlich ja.«

»Immer?«

»Eigentlich ja.«

»Und uneigentlich?«

»Na ja. Manchmal früher, manchmal später. Aber ist das nicht vielleicht auch normal?«

Frage, Gegenfrage. Geniale Strategie.

»Was?«, fragt Judith.

»Dass einem irgendwann langweilig wird. Kann ja auch erst nach zwanzig Jahren sein, aber ich meine grundsätzlich.«

»Ich weiß nicht«, sagt Judith, runzelt die Stirn und schiebt die Unterlippe hervor, als müsste sie darüber erst mal gründlich nachdenken.

»Eigentlich logisch, oder?«

»Ich weiß nicht«, sagt sie nochmal, aber das war schon ein anderes »Ich weiß nicht«, eher so ein suspektes *Ach Quatsch*-»Ich weiß nicht«.

»Man will ja auch nicht jeden Tag dasselbe essen oder dieselbe Musik hören oder dasselbe ... was weiß ich, Kleid tragen.«

»Findest du, dass man das vergleichen kann?«

Das ist eine berechtigte Frage. Ich spüre, wie ich an Boden verliere, also haue ich schnell einen raus. »Ich glaube nicht an Monogamie.«

O nein, habe ich das wirklich gesagt?

»Interessant«, sagt Judith.

Flo verschränkt die Arme hinter dem Kopf, streckt sich in seinem Stuhl aus und sagt: »Tja, das nennt man dann wohl Bindungsangst!«

Sekundenlang hängen diese furchtbaren Begriffe in der Luft über unseren Köpfen. Ich spiele mit den Fingern am Etikett einer Flasche herum. Es lässt sich an den Rändern ganz leicht abknibbeln, klebt dann aber unerwartet fest an der Flasche. Ein schneidendes Ratschgeräusch, als ich einen Streifen Papier von der Flasche reiße.

»Ich weiß nicht«, sagt Judith schließlich. »*Bindungsangst?* Ist das nicht nur so ein Modebegriff für Hobbypsychologen?«

Ich drücke den Papierstreifen zu einer Kugel zusammen und rolle ihn zwischen Daumen und Zeigefinger hin und her.

»Mag sein, Schatz«, sagt Flo und beugt sich zu ihr rüber. »Auf jeden Fall bin ich froh, dass wir zwei Hübschen nicht solche Sorgen haben!«

Er nimmt sie in den Arm und zieht sie an sich. Judith wirkt überrascht und ein wenig hilflos. Dann küsst er sie auf den Mund. Sie erwidert den Kuss, macht sich dann aber frei von ihm und räumt die Gläser vom Tisch. Flos spontane öffentliche Liebesbekundung ist ihr sichtlich peinlich. Zu Recht, wenn man mich fragt.

Das Thema ist damit jedenfalls beendet, und obwohl es mir gerade noch unangenehm war, von zwei frisch verlobten Fremden über mein Liebesleben ausgefragt zu werden, finde ich es fast ein bisschen schade.

Freundin, Nicht-Freundin, Beziehung, Affäre, Partnerin, Lebensabschnittsgefährtin, bessere Hälfte, Geliebte, Gespielin, Olle, Alte, Perle, Tusse, Schnitte, Schnecke, Ficke ... was weiß ich!

Muss man denn immer alles benennen?

Muss denn immer alles eine genaue Bezeichnung haben?

Kann man sich nicht einfach gut verstehen, ein bisschen Spaß miteinander haben, und fertig?

Verena ist cool. Das wusste ich von der ersten Sekunde an. Auf meine Menschenkenntnis ist Verlass. Ich kann einen Satz mit einem Menschen wechseln und dir sagen, ob ich ihn mag oder nicht. Meistens reicht sogar ein Blick. Deswegen irritiert es mich ja auch so, dass das bei dir nicht so richtig funktioniert, Judith.

Wir haben uns zufällig kennengelernt, zwei Tage miteinander verbracht, uns gut verstanden und viel Spaß gehabt. Guter

Humor, guter Sex, kein überflüssiges Pärchengetue. Ein paar Wochen später haben wir uns in San Francisco am Flughafen wiedergetroffen, und dann waren wir eben eine Weile zusammen unterwegs.

Das ist alles.

Ich kenne sie nur als meine Reisebegleiterin, und ich finde das perfekt. So was muss man erst mal hinkriegen. Wer kann schon von sich behaupten, eine Bekanntschaft zu haben, die ihm gleichzeitig so nahe und so fern ist, jeweils an den richtigen Stellen!

Ich kenne ihre Freunde nicht. Ich weiß nicht, ob sie genervt ist, wenn sie abends von der Arbeit kommt. Ich weiß nicht, ob sie ständig den Hausschlüssel verliert, ob bei ihr die Fruchtfliegen durch die Küche kreisen, oder ob sie einen Putzfimmel hat. Ich musste ihre Eltern nicht kennenlernen, mich nie mit ihr vor dem Fernseher langweilen, und ich weiß nicht, ob sie ganz anders redet, wenn sie alte Schulfreunde trifft. Ich habe keine Ahnung, wie es in ihrer Wohnung aussieht, ich kenne ja nicht mal ihre Stadt, ich war noch nie in Hannover.

Ich kenne nur ihre guten Seiten. Sie war die beste Reisebegleitung, die ich mir vorstellen kann. Lustig, entspannt und unkompliziert.

Ich schätze diese Frau wirklich, aber muss ich sie deswegen etwa gleich heiraten?

Meine Eltern sind das beste Gegenbeispiel. Sie haben viel zu früh geheiratet und sind viel zu lange zusammengeblieben. Sie hätten sich früher trennen sollen. Haben sich so lange miteinander rumgequält, still und leise ihre besten Jahre verschenkt, bis es nicht mehr auszuhalten war. Als sie sich endlich getrennt haben, hatten sie schon längst jeglichen Respekt voreinander verloren. Fingen an, sich gegenseitig das Leben zur Hölle zu machen.

Und das nur, weil sie den Absprung nicht geschafft, sondern auf Teufel komm raus versucht haben, zusammenzubleiben. Wegen uns Kindern oder den Nachbarn oder irgendwelcher Werte – Ehe, Treue, »Bis dass der Tod euch scheidet« und der ganze Mist, alte Regeln und Verklemmtheiten, die auf einer bekloppten Religion von vor ein paar Tausend Jahren basieren, in Stein gemeißelte Scheiße.

Was soll daran gut sein? Die eigenen Bedürfnisse unterdrücken, und dann führt es doch nur zu Verbitterung und Hass. So will ich jedenfalls nicht leben.

Vielleicht solltet auch ihr vorsichtig sein. Ich mein, schön und gut hier alles. Weingut, Natur, Familientradition, Schatz und Spatz und so weiter, wenn ihr das gut findet, meinetwegen.

Aber ihr seid doch noch so jung. Wollt ihr wirklich schon leben wie eure Eltern?

»Ich werd dann mal langsam abräumen.«

»Warte, Schatz. Ich helf dir.«

Er hilft ihr. Ich gieße mir nochmal nach. Die Flasche ist leer.

»Ich würde sagen, wir machen den Laden dann mal zu, was? Du bist doch auch bestimmt ganz schön groggy, so eine lange Fahrt, die schlaucht ja auch.«

Ich denke: *groggy? schlauchen?* – mein Gott, du redest ja sogar wie deine Eltern! Aber ich sage nur: »Ja, stimmt.«

»Morgen ist ja auch noch ein Tag. Da machen wir nachmittags mal 'ne kleine Spritztour, damit du was von der Gegend siehst.«

Er macht eine Pause.

»Natürlich nur, wenn du Lust hast.«

»Äh, ja klar, also, gerne«, stottere ich. Vielleicht gehöre ich wirklich ins Bett. Außerdem brauche ich dringend eine Zigarette.

6

Das Bett quietscht ein wenig, als ich mich reinlege. Gute Matratze, nicht zu hart und nicht zu weich. Ich drücke das Kissen zu einem dicken Knäuel zusammen und schiebe es mir unter den Kopf. Mit dem Geruch des frisch gewaschenen Bezugs tauchen jede Menge Bilder von den verschiedenen Betten vor mir auf, in denen ich in den letzten Monaten geschlafen habe. All die Hotels und Motels, die guten, die schlechten, die Pensionen, die Hostels, die Absteigen. Die Kabine auf der Fähre nach Schweden. Das hässliche All-inclusive-Hotel in Tunis. Der Bunker in Oslo, dessen Inneres aussah, als wäre dort in den Sechzigern ein Agententhriller nach dem anderen gedreht worden. Und dann die Privatunterkünfte: das WG-Zimmer der Pillenmaus in Barcelona, das Gästezimmer von Verenas ehemaliger Austauschschülerin in Austin, Brians fensterloser Verschlag in New York.

Das Seltsamste war wahrscheinlich die Field School am Toten Meer, in der ich zufällig gelandet bin. Es war eine Unterkunft für israelische Schulklassen, eine Basis, von der aus die Kinder mit ihren Lehrern Flora und Fauna der Wüste erkunden konnten.

Ich hatte den kurvenreichen Weg durch die karge Berglandschaft Israels unterschätzt, es dämmerte schon, als ich in En Gedi ankam, und das einzige Hotel weit und breit war ausgebucht. Man empfahl mir, es bei dieser Field School zu versuchen. Beim Abendessen saß ich inmitten einer Horde

Schüler, achtzig bis hundert Pubertierende, die einen Höllenlärm veranstalteten. Manche waren noch Kinder, andere gaben sich größte Mühe, wie Erwachsene auszusehen. Dazwischen ein paar Lehrer mit Nerven aus Drahtseilen. Ich war der einzige Gast ohne Lehr- oder Lernauftrag.

Abends veranstalteten sie eine Disco unter freiem Himmel. Es wurde getanzt und gebalzt. Ich hatte ein Zimmer mit drei Stockbetten für mich alleine und konnte nicht schlafen. Die Matratze war dünn, und das Bett klapperte bei jeder Bewegung, wie das lose Schutzblech an meinem alten Hollandrad.

Am nächsten Morgen war ich der Erste, der wach war, abgesehen von den Bergziegen, die auf dem Gelände der Field School auf die Gebäude kletterten und die Blätter von den Bäumen fraßen. Die Sonne stemmte sich auf der anderen Seite des Toten Meeres über die jordanischen Berge. Ich beschloss, auf das Frühstück zu verzichten, und machte mich auf in die Berge, stolz auf mich selbst, der ich ja sonst nicht gerade als Naturbursche oder Frühaufsteher bekannt bin.

Ich war schon wieder auf dem Rückweg meiner Wanderung, als mir am Vormittag die Menschenmassen entgegenkamen. Bataillone von Schülern, die mit lautem Getöse über die Berge herfielen, der ganze Parkplatz voller Reisebusse. Ich stieg in meinen hellblauen japanischen Kleinwagen, »Reisschüssel« hätte mein Vater dazu gesagt, oder »Joghurtbecher«. Mein Vater ist immer nur deutsche Autos gefahren. Für ihn war das Beste an der Wende nicht die Reisefreiheit, sondern die Freiheit, sich einen Mercedes zu kaufen. Mit dem er aber kaum jemals eine andere Strecke gefahren ist als Berlin–Jena und Jena–Berlin. Zur geliebten Schwester und zurück. Bloß nie woandershin. Bloß nie etwas ausprobieren.

Mit offenen Fenstern fuhr ich runter zu der salzigen Lache, die sie Totes Meer nennen, vorbei an den Wasserstandsmarkierungen der letzten Jahre. Ich hatte nicht gewusst, dass das Tote Meer jedes Jahr um einen Meter absinkt. Ich erreichte den tiefsten Punkt des Planeten Erde, und als ich mit dem Rücken auf der Wasseroberfläche lag und wirklich nicht unterging, musste ich laut lachen. Kein Mensch weit und breit, und ich lachte und lachte und lachte.

Das Schönste auf der Welt ist, wenn man laut lachen muss, obwohl man ganz alleine ist.

Ich drehe mich um und schalte den Deckenstrahler aus, der neben dem Bett steht und offenbar auch als Leselampe dienen soll. Es ist jetzt sehr dunkel und sehr leise. Wie froh ich bin, nicht in diesem scheußlichen Zimmer unter mir zu liegen. Diese Postkarten, ekelhaft.

Besser wieder an was Gutes denken.

Israel. Totes Meer.

Totes lustiges Meer.

Dem Toten Meer habe ich es sogar zu verdanken, dass ich Verena kennengelernt habe. Dem Toten Meer, einer großen Portion Zufall und den guten Longdrinks in dieser Strandbar in Tel Aviv.

Sie saß schräg hinter mir im Sand und unterhielt sich mit zwei amerikanischen Touristen über das Tote Meer. Dass es ja so »crazy« sein solle, darauf zu liegen und so weiter. Ich belauschte sie schon seit einer Weile. Ihre Stimme klang wahnsinnig gut, so rauchig und tief. Ich war sozusagen schon scharf auf Verena, bevor ich wusste, wie sie aussieht. Schließlich drehte ich mich einfach um, sagte, dass ich zufällig mitgehört hätte und gerade erst vom Toten

Meer zurückkäme. Es sei »indeed absolutely crazy«, das dürften sie sich nicht entgehen lassen.

Eine Minute später saß ich auf einem grünen Plastikhocker in dieser fremden Runde. Ein Pärchen aus Washington, D.C., deren Namen ich nach zwei Minuten wieder vergessen hatte, und Verena, die sich von nun an nur noch mit mir unterhielt.

Es war Sympathie auf den ersten Blick. Ich verstand die Redewendung »auf einer Wellenlänge liegen« plötzlich sehr gut. Genauso fühlte es sich an: eine Wellenlänge. Wir redeten gleich viel, wir lachten gleich viel, wir tranken gleich viel.

Hübsch war sie auch, auf eine angenehm unaufgeregte Weise. Sie sah aus, als hätte sie sich morgens einfach in irgendwelche Klamotten geschmissen, die gerade rumlagen. Ihre Lache war herzlich und ansteckend. Und dann die Augen. Ihre Augen waren das Beste. Es ging so ein dunkles Glühen von ihnen aus, etwas durch und durch Bezauberndes. Sie wirkte selbstbewusst. Intelligent. Lebensfroh. Hedonistisch. Unkompliziert. Freundlich. Das alles in einer Person.

Ich wollte sofort mit ihr schlafen.

Sie hat mir später erzählt, dass es ihr ebenso ging.

Haben wir natürlich auch am gleichen Abend noch getan. Es war folgerichtig, alles andere wäre geradezu verantwortungslos gewesen. Das amerikanische Pärchen hatte sich schon längst verabschiedet, als Verena sich auf meinen Schoß setzte und mich küsste. Sie küsste gut. Die dicken grünen Beine des Plastikstuhls gruben sich tiefer in den feinen Sand. Das Meer schwappte leise an den Strand. Ich dachte in diesem Moment an gar nichts. Fast zu schön, um wahr zu sein. Aber nicht zu wahr, um schön zu sein.

Wir gingen zu ihr, in eins dieser schicken Hotels direkt an der Uferpromenade. Sie verballerte gerade ihren Bausparvertrag. Ich verballerte mein Erbe. Sie feierte ihr bestandenes Diplom. Ich feierte die Möglichkeit, feiern zu können. Wir wussten noch nicht, dass wir bald sehr viel Zeit miteinander verbringen würden.

Der nächste Tag war mein letzter in Tel Aviv. Wir standen im neunundvierzigsten Stock des Azraeli Tower, unter uns lag diese immer vor sich hin wuselnde Stadt in der Abendsonne.

Ich hab sie einfach gefragt.

»Hast du Lust, mit mir durch die USA zu fahren?«

Ich hatte das vorher nicht geplant, und als sie, ohne zu zögern, »Ja, wann?« sagte, wusste ich nicht, was mich mehr erstaunte, meine Frage oder ihre Antwort.

Ich dachte nur: Was für eine coole Frau. Habe keine Sekunde daran gezweifelt, dass es super werden wird.

Am besten gefielen mir die einfachen Motels, die sich an den amerikanischen Stadträndern aufreihen. Ich liebe die herrliche Anonymität der Zimmer, die es einem so einfach macht, sich zu Hause zu fühlen. Zwei oder drei persönliche Gegenstände im Raum zu verteilen reicht da meistens schon aus. Eine Art von Zuhause, die ich mag. Ohne Geschichte, ohne Wurzeln. Wenn man weiterfahren will, fährt man weiter, ohne dass einen irgendwas festhält und ohne unnötigen Ballast im Gepäck.

Alles war so einfach. Meistens sind wir einfach so lange gefahren, bis wir keine Lust mehr hatten oder es uns irgendwo besonders gut gefiel. Dann sind wir in die riesigen Betten gefallen, haben gegessen, getrunken, gelesen, gefickt. Oder sind nochmal rausgegangen in den nur auf uns wartenden

Abend. Ich habe es genossen, nicht zu wissen, wo genau wir am nächsten Tag stranden würden – in einer Stadt oder einem Dorf, in der Wüste oder in den Bergen, im tiefsten Wald oder am Meer, völlig egal. Hauptsache, geradeaus auf irgendeinem Highway, dessen bloße Ziffer etwas in mir auslöst.

101 zum Beispiel. Die Live-LP von Depeche Mode, die Silvia sich von ihrem ersten Westgeld gekauft hat, nachdem sie zwei Jahre davor fast ausschließlich ihre *Depeche Mode Greatest Hits*-Platte gehört hatte, so eine DDR-Version auf AMIGA. Hinter den Namen der Bandmitglieder stand, welches Instrument sie spielen, und ihr Geburtsdatum, total bescheuert. Die Platten habe ich jetzt, weil Silvia mir ihre komplette Plattensammlung geschenkt hat, als sie mit Markus zusammengezogen ist. Die hören Musik jetzt nur noch über den Computer. Wenn überhaupt. Obwohl mir Silvia mit ihrem Dave-Gahan-Angehimmel ziemlich auf die Nerven gegangen ist, fand ich die *101* damals schon super. Auf dem Backcover war ein Foto einer staubigen Landstraße mit einem Schild, auf dem stand: Route 66.

Das erste Lied hieß »Behind the Wheel«, und ich wollte alles wissen:

Was heißt »Behind the Wheel« auf Deutsch?

Was ist das, *Route 66*?

Wofür steht *101*?

All ihre Antworten versprachen Bewegung und Weite und Größe und Abenteuer. Ich klebte an Silvias Lippen, manchmal konnte ich gar nicht glauben, was sie mir da alles erzählte, aber ich konnte ja sonst niemanden fragen, weder mein Vater noch meine Mutter sprachen Englisch. Silvia wirkte auf einmal weiser und weltgewandter als die beiden zusammen. An diesem Eindruck hat sich seitdem auch nichts mehr geändert.

Etwas kratzt an der Decke. Klatsch klatsch klatsch, schrapp schrapp schrapp. Irgendein Tier, eine Motte oder so was.

Wahnsinn, wie laut hier jedes Geräusch ist. Weil es keine anderen Geräusche gibt. Wenn ich mich konzentriere, höre ich so ein Rauschen, wie Meer oder Autobahn. So erging es mir mal auf Hiddensee, im Urlaub mit meiner Mutter und Silvia. Ich dachte nachts die ganze Zeit, ich würde Autos hören. Hatte vergessen, dass die Insel komplett autofrei ist. Was ich für Verkehr hielt, war das Meer.

Hier gibt es weder Autobahn noch Meer. Nur so ein Grundrauschen in meinem Kopf. Oder Einbildung. Was weiß ich. Und das dämliche Mottenviech halt. Ich hab jetzt aber keine Lust, aufzustehen, also lass ich es flattern. Wird sich schon früher oder später ein ruhiges Plätzchen suchen. Ich suche im Dunkeln nach meinen Zigaretten. Wenn ich viel nachdenke, muss ich immer rauchen. Im Umkehrschluss hieße das, dass ich immer viel nachdenke. Ich weiß nicht, ob das stimmt. Wahrscheinlich nicht.

Im kurzen Lichtschein des Feuerzeugs taucht schemenhaft das Zimmer vor mir auf. Ich versuche, die Löwenköpfe am Sofa zu erkennen, doch es ist zu dunkel. Hier ist nicht nur das Leise leiser, sondern auch das Dunkle dunkler.

Wo bin ich?

Wo war ich?

Mein Kopf, er ist immer noch ganz wirr.

Natürlich sind wir auch ein Stück Route 66 gefahren. Als wir feststellten, dass das nur noch ein gigantisches Outdoor-Museum für Nostalgiker ist, wechselten wir auf die parallel verlaufende Interstate. Wie zwei Irre auf der Flucht bretterten wir durch die Steppe von Arizona und New Mexico, durch braune Wüste und rote Berge, immer zufällig gerade dann innerhalb der Geschwindigkeitsbegrenzung, wenn eine Highway Patrol im verdörrten Gras am Straßenrand auf Verkehrssünder wartete. Wir waren ohne Pause fast zehn Stunden lang gefahren, als wir Albuquerque erreichten.

Verena sagte, ein Motel würde es auch tun, aber ich hatte dieses dringende Bedürfnis nach Luxus und Verschwendung. Ich wollte es feiern, in Albuquerque zu sein. Albuquerque ist eins meiner Lieblingswörter in englischer Sprache, der beste Städtename auf jeden Fall, noch vor New Orleans und Minneapolis und Spokane und Nashville und Philadelphia und Fargo und Truth Or Consequences.

AL-BU-QUER-QUE!

Mit der Betonung auf der dritten Silbe. Was zwar falsch ist, aber super klingt.

Ich spendierte uns das Sheraton Old Town. Vom Balkon aus hatten wir einen guten Ausblick über terracottafarbene Adobehäuser und ein kleines Stück vom Rio Grande. Der Rio Grande war genauso langsam und träge wie die Stadt an sich, doch allein bei der Erwähnung dieses Flusses spürte ich Kleinjungenfantasien in mir aufsteigen. Cowboys und Indianer und so.

Einen der Letzteren traf ich am Hotelpool, einen Navajo namens Bobby. Bobby war Wanderarbeiter. Er hatte sein letztes Geld zusammengekratzt, um seiner alten Mutter einen Tag Luxus zu ermöglichen. Seine Mutter hatte das Reservat im Norden Arizonas seit zwanzig Jahren nicht verlassen. Nun lag sie seit zwei Stunden besoffen im Bett. Es war zehn Uhr abends. Bobby fragte mich, ob ich ihm Schwimmen beibringen könne, doch er war ein hoffnungsloser Fall. Er hatte zu viel Angst, dabei unterzugehen, und strampelte in dem niedrigen Becken herum, bis er total verkrampfte. Schließlich wurde er es leid. Er holte zwei Flaschen Bier, mit denen wir uns in diese blubbernde Hot Tub setzten. Bobby fragte mich, ob wir Deutschen wirklich so gut saufen könnten, wie die Filme im Fernsehen behaupten.

»Sure«, sagte ich und prostete ihm mit meiner Bierflasche zu. Er lachte. Ich lachte auch.

»You are the nicest white guy I ever met«, sagte er. »I guess I'll never learn to swim, but thank you for the lessons.«

Als ich zurück ins Zimmer kam, saß Verena im Hotel-Bademantel auf dem Bett und sagte: »Danke für das schöne Zimmer.«

»Keine Ursache«, sagte ich.

Wir hatten phänomenal guten Sex in dieser Nacht. Kurz vorm Einschlafen dachte ich: Dieses Mal ist alles anders. Dieses Mal werde ich mich verlieben.

Und plötzlich ist da der Drang, sie anzurufen. Mit ihr zu sprechen. Sie zu hören.

Was sie wohl gerade macht?

Ich habe mein Handy schon in der Hand, als mir unser letztes Telefonat wieder einfällt.

»Bist du gut zu Hause angekommen? ... Ja? ... Ich bin immer noch so müde. Du auch? ... Ja? ... Ja. ... Ja. ... Ja. Na ja. ... Wieso komisch? ... Nein. ... Nein, nur müde. ... Ach, lass uns besser ein anderes Mal telefonieren. ... Ja. ... Nein. ... Ja, bis bald, vielleicht. ... Nee, ich ruf an. ... Ach komm, fang nicht damit an, du weißt, dass ich das nicht mag. ... Okay, alles klar, schönen Abend noch.«

Viel mehr war da nicht, und viel mehr wird da auch nicht mehr kommen. Man kann das, was wir zusammen hatten, nicht aufwärmen. Der größte Fehler: zu versuchen, etwas aufzuwärmen, das vorbei ist. Es wird nur bitter, schal, zäh. Lauwarm, wenn überhaupt. Verena ist weit weg, und ich bin weit weg. Liege im hintersten Winkel der Republik in einem quietschenden Bett, betrunken von Alkohol und Eindrücken, bedröhnt von Informationen und Erinnerungen, allein mit einem nicht ausschaltbaren Kopf. Meine Gedanken werden nicht mehr intellektuell gesteuert, sondern von einer alten Dampflokomotive gezogen, die ohne Wegbeschreibung durch die Gegend fährt, planlos vom einen zum anderen jagt, vor und zurück, sinnlose Kurven ziehend, bis ich kaum noch hinterherkomme, in diesem dunklen Zimmer am Arsch der Welt, wo der Hund begraben liegt.

Was an sich ja nicht schlimm ist, aber den Fehler hat, dass man hier dieselbe Sprache spricht wie ich. Würde man Englisch sprechen, Französisch oder Hebräisch, irgendwas, Polnisch, Schwedisch, Spanisch, Portugiesisch – dann würde ich mich vielleicht fühlen, wie ich mich die ganzen letzten Monate gefühlt habe: frei, leicht, unabhängig.

Aber ich bin in Deutschland, in der deutschen Provinz, was in seiner absurden Nähe exotischer ist, als es das am weitesten entfernte Land dieser Erde jemals sein könnte. Weil ich weit weg bin von zu Hause, mich aber trotzdem alles, was ich sehe, höre, fühle und rieche, an irgendetwas Vertrautes erinnert.

7

Es ist stockduster. Ich habe keine Ahnung, wo ich bin. Im Dunkeln suche ich nach einer Lichtquelle. Nach einigem Herumtasten finde ich mein Handy, das mir genug Licht spendet, um die Umrisse des Zimmers zu erkennen.

Ach ja, hier bin ich, in diesem Gästezimmer an der Mosel, wo sie Jalousien haben, echte Jalousien, die ich gestern Nacht heruntergelassen habe, nur, um das mal wieder zu machen. Seit fünfzehn Jahren habe ich nicht mehr in einem richtig dunklen Zimmer mit richtigen Jalousien geschlafen.

Laut Anzeige des Radioweckers ist es 10:04 Uhr. Exakt vier Stunden und zwanzig Minuten später als mein tägliches Erwachen während der letzten Woche. Kein hustender Nachbar, der mich weckt.

Das Frühstück habe ich wohl verpasst, dafür aber zum ersten Mal seit anderthalb Wochen mehr als acht Stunden am Stück geschlafen. Besonders erholt fühle ich mich allerdings nicht gerade. Eher völlig erschlagen.

Es ist diese Art aufzuwachen, bei der man froh ist, wach zu sein, und sich gleichzeitig darüber ärgert, nicht mehr zu schlafen. Ich schlage die dünne Decke zur Seite, setze mich auf die Bettkante und zünde mir eine Zigarette an. Die Decke ist klatschnass.

Ich habe wieder den bescheuerten Traum geträumt.

Das erste Mal hatte ich ihn ungefähr zehn Wochen nach der Beerdigung. Der Teil, an den ich mich erinnern kann, ist immer derselbe: Mein Vater ist am Telefon. Er erzählt mir lachend, dass er gar nicht gestorben ist. Er hat sich nur die ganze Zeit irgendwo versteckt und sich einen Spaß daraus gemacht, Silvia und mich zu beobachten.

Ich bin im Traum unfassbar wütend auf ihn und seine egoistischen Späße und sage ihm, dass ich wünschte, er wäre tot. Ich bin immer noch wütend, jetzt allerdings auf mich selbst, beziehungsweise auf den Teil meines Unterbewusstseins, der mir diesen Streich spielt. Ich weiß, dass er tot ist. Ich habe gesehen, wie er aufhörte zu atmen, erst langsamer, dann gar nicht mehr. Er lag vor mir, ausgemergelt und steif, das Gesicht gelb, wie ranzige Butter, in der Sonne zerlaufen und dann in den Kühlschrank gestellt.

Ich hatte noch nie zuvor einen Toten gesehen, schon gar keinen, den ich kenne. Ich möchte es auch nicht unbedingt weiterempfehlen. Aber für irgendetwas muss es doch gut sein, das alles mit eigenen Augen gesehen zu haben.

Das Schlimmste ist der Geruch, den ich dabei wieder in der Nase habe, dieser widerliche Gestank, der damals das ganze Zimmer eingenommen und sich anscheinend irgendwo in meinem Hirn eingenistet hat. So stelle ich mir Phantomschmerz vor. Ein amputierter Arm, den man noch spürt. Eine juckende Stelle, die man nicht kratzen kann.

Ich stehe auf und stapfe ins Bad. Suche den Lichtschalter, finde ihn. Die Röhren über dem Badezimmerspiegel flackern, als wollten sie sich mit aller Macht dagegen wehren, mir etwas Licht zu machen. Schließlich geben sie nach, es ist hell und weiß. Die Lüftung beginnt leise zu surren. Das Bad hat kein Fenster. Ich betrachte mein Gesicht. Es sieht abgekämpft aus. Guten Morgen.

Ob es wohl normal ist, so etwas zu träumen?

Oder muss ich mir langsam Sorgen um meinen Geisteszustand machen?

Ich meine, andere träumen vielleicht noch viel Schlimmeres. Wenn Flos Vater, zu dem er diese innige Beziehung hat, anscheinend immer gehabt hat und wahrscheinlich immer haben wird, jetzt zum Beispiel sterben würde, wie wäre das dann für Flo, was für Geister würden ihn des Nachts heimsuchen?

Ich stelle die Brause an und mich darunter, seife mich ein und sehe meinem gelben Strahl zu, wie er sich vorm Abfluss mit dem Wasser und dem Schaum der Duschcreme vermischt. Eine Fingerspitze Duschzeug reibe ich mir sogar in die Nasenlöcher, um den fiesen Geruch herauszuspülen.

Das Furchterregendste auf der Welt ist, wenn einen etwas fertigmacht, das gar nicht wirklich existiert, und man weiß, dass es nicht existiert, und trotzdem macht es einen fertig.

######

Ich öffne die Tür der »Moselterrasse«, durchquere den Flur und setze einen vorsichtigen Schritt in den Speiseraum. Ein etwa sechzehnjähriges Mädchen in einer grünen Schürze wischt mit dem Rücken zu mir den gefliesten Boden.

Ein Mann mit einem roten Gesicht und Doppelkinn kommt auf mich zu. Es ist derselbe, der als großer Pappaufsteller im Vorraum steht. Als Pappaufsteller spielt er eine

Ziehharmonika und lacht und hat eine Sprechblase, in der steht: »Hereinspaziert! Hereinspaziert!«

In echt hat er die Augen zu zwei bösen Schlitzen zusammengezogen und sieht aus, als würde er jeden Moment einen Herzschlag erleiden.

»Ja, bitte?«

»Entschuldigung, kann ich bei Ihnen noch Frühstück bekommen?«

Er mustert mich von oben bis unten und schüttelt langsam den Kopf, mit einem Blick, als hätte ich ihn gefragt, ob seine Tochter vielleicht Bedarf an einer schönen Portion Crystal Meth hat.

»Nichts zu machen.«

Er redet durch die Nase, wie Starfriseur Udo Walz, den ich immer sofort erdrosseln möchte, wenn ich ihn irgendwo reden höre.

»Wissen Sie denn vielleicht, wo ich noch …«

»Junger Mann, guckense mal auf den Tacho!«

Walz wirft den Blick auf eine imaginäre Armbanduhr und dreht sich um. Das Mädchen steht mit dem Wischmopp in der Hand mitten im Raum und starrt mich an. Sie ist spindeldürr. Ihre Augen sitzen wie Fremdkörper in einem knochigen Gesicht.

Als ich die Tür hinter mir zufallen lasse, höre ich, wie sie lautstark zusammengestaucht wird.

»Anja, muss das sein? Ich hab dir doch schon tausendmal gesagt, dass …«

Leute mit solch lächerlichen Stimmen sollten nicht rumschreien. Leute mit solchen Gesichtern sollten keine Pappaufsteller von sich selbst aufstellen. Leute mit solchem Charakter sollten nirgendwo Chef sein. Es sollte sie am besten gar nicht geben.

Ich sehe auf die Uhr meines Mobiltelefons. Es ist kurz vor elf. Meistens liege ich um diese Zeit noch im Bett. Hier kriege ich nicht mal mehr Frühstück.

Der Bürgersteig endet abrupt an einer hervorstehenden Häuserwand, also laufe ich auf der Straße weiter, die ungefähr so breit ist wie ein durchschnittlicher Bürgersteig in Berlin.

Jedes zweite oder dritte Haus bietet Gästezimmer, Ferienwohnungen oder den Weinverkauf aus eigenem Anbau an. An jeder Straßenecke sind Wander- und Radwege ausgeschildert.

Nirgendwo liegt Müll herum. Keine Zigarettenstummel. Keine Hundescheiße. Verrückt.

Ein Postauto überholt mich langsam und vorsichtig. Der Mann am Steuer grüßt mich mit einem Kopfnicken. Ich nicke zurück und überlege, ob ich den Fahrer von irgendwoher kennen könnte. Was natürlich totaler Unsinn ist. Hier grüßt man sich offenbar einfach so auf der Straße.

Ein paar Rentner schlendern pfeifend eine steile Gasse hinauf, und der dicke Junge von gestern kommt mir auf seinem großen roten Damenfahrrad entgegen. Er trägt immer noch sein rotes T-Shirt und macht immer noch Ballergeräusche mit dem Mund, aber diesmal hat er Publikum: ein kleines Mädchen, das auf dem Gepäckträger sitzt und kichert.

Gegenüber einem wirklich sehr gemischt wirkenden Gemischtwarenladen – »Spielwaren, Reiseandenken, Angelgeräte« – liegt der einzige Supermarkt des Ortes, von dem Flo gestern erzählt hat und der, wie ich jetzt sehe, den Namen »Unser Dorfladen« trägt. Das ist ja noch besser als Frau Schenks »Spätkauf«!

»Unser Dorfladen« ist kaum größer als mein Wohnzimmer und fungiert nebenbei als Bäckerei, Post, Getränkemarkt und Zeitschriftenladen. Ein einsamer Ständer voller T-Shirts, Hemden und Blusen steht zwischen Kühltruhe und Getränkekisten, daneben ein kleines Regal mit Schulbedarf.

Sie haben allerdings weder Coffee to go noch belegte Brötchen im Angebot, also kaufe ich bei einer gut gelaunten Mittdreißigerin einen Schokoriegel und eine Flasche Cola. An irgendwen erinnert sie mich, mit den langen braunen Haaren, dem kräftigen Gebiss und den irgendwie komisch stehenden Augen.

»Schönen Tag noch, tschö!«, ruft sie, und dabei fällt's mir ein: Sofia Coppola, sie sieht aus wie Sofia Coppola!

An einem Automaten an der Ecke ziehe ich Zigaretten. Ich muss mit Luckies vorliebnehmen. Benson & Hedges gibt es nicht. Dafür aber einige Sorten, die ich für längst ausgestorben hielt: Roth-Händle, Peter Stuyvesant, Reval, Ernte 23 sowie eine mir bisher unbekannte Marke namens Route 66. Neben Zigaretten kann man hier auch Kaugummis, »Nimm2«-Bonbons und Feuerzeuge ziehen.

Wahrscheinlich in Ermangelung von Späti oder Nachttankstelle.

Aber wo ist dann der Wodka-Automat?

An der B 53 setze ich mich mit meinem süßen Frühstück in das Holzhäuschen einer Bushaltestelle. Ich habe Renderich soeben einmal der Länge nach durchquert. Es hat maximal zehn Minuten gedauert.

Der Busfahrplan neben mir ist ein Dokument der Einsamkeit. Werktags fahren ganze sieben Busse, der letzte um 17:45 Uhr. Samstags und sonntags sind es jeweils drei.

An den Wänden ein paar Spuren von Jugendlichkeit. Mit dem Edding hingeschmierte Slogans, die hauptsächlich den Geschlechtsverkehr in seinen unterschiedlichen Variationen zum Thema haben.

»Valerie König ist eine sexgeile Schlampe.« Handynummer daneben.

Die auf Pappschilder geklebten und hoch an die Laternenpfähle gehängten Plakate gegenüber neben der Bushaltestelle werben für die »Wer kriegt wen?«-Singleparty, die vor über einem Monat in Bernkastel-Kues stattgefunden hat, sowie für unterschiedliche Veranstaltungen auf irgendwelchen Marktplätzen oder in privaten Scheunen.

»Hoffest! Schmatzen und Schlürfen in des Winzers Scheune. Mit Bilderausstellung, Schinkenplatte und Livemusik. Auf Ihr Kommen freut sich Familie Thomas Beurer.«

Ich rauche zwei Zigaretten direkt nacheinander, überquere die Landstraße und laufe einen Trampelpfad zur Mosel runter. Ein frischer Wind bläst mir ins Gesicht. Die Wolken hängen wie schwere Flocken tief am Himmel, als würden sie jeden Moment herunterfallen. Am Ufer klappt ein Mann den Sonnenschirm vor seinem Wohnwagen zusammen. Dann passiere ich einen kleinen Tunnel, der mich unter der Landstraße hindurch zurück ins Dorf führt.

Durch steile kurvige Gassen laufe ich den Hügel hinauf. Pflastersteine. Krumme Häuser mit spitzwinkligen Dächern und schweren Gardinen in den Fenstern. Grüne Vorgärten, Getöpfertes. Geranien, die sich wuchernd über Fensterbänke ergießen. Ich höre Vögel zwitschern, und irgendwo bimmelt ein Windspiel vor sich hin.

Aber irgendetwas stimmt hier nicht. Es dauert einen Moment, bis ich bemerke, dass kein Mensch zu sehen und kein menschliches Geräusch zu hören ist. Keine Stimmen, keine Musik, kein Kindergeschrei. Nicht mal Verkehrsgeräusche. Es ist halb zwölf vormittags an einem Donnerstag mitten im Juni, und es gibt keinerlei Anzeichen menschlichen Lebens.

Ich komme mir vor wie in einem Museum. Ein Museum, welches zwar gehegt und gepflegt wird, aber keine Besucher mehr hat. Alles konserviert, in Folie verpackt, dazu verdammt, für immer so zu bleiben, weil nichts Neues reinkommt. Die Blumen, die Architektur, die ganze unheimliche Idylle, von einem stillen Gesetz befohlen. Verordnete Schönheit. Wie die Geisterstädte auf unserer Reise durch die Südstaaten, für Touristen hergerichtet, für Durchreisende arrangiert.

Innerhalb eines halbstündigen Spaziergangs durch Renderich hat sich meine Wahrnehmung komplett verschoben. Alles, was gestern noch pittoresk erschien, wirkt plötzlich beklemmend. Alles, was schön war, ist jetzt nur noch bedrohlich.

Hinter den Gardinen der schweigenden Häuser vermute ich tausend Augen, die mich auf Schritt und Tritt verfolgen. Tausend Augen, die alle miteinander verwandt sind. Düstere Visionen von inzestuösen Dorfzombies mit dunklen Geheimnissen und fiesen Folterkellern steigen in mir auf.

Ist der dicke Junge auf dem Fahrrad einer von ihnen?

Und dieser Mann im Postauto, hat der mir nicht irgendwie diabolisch zugezwinkert?

Und was ist mit Sofia Coppola?

Ich mache einen Schlenker um die Dorfkirche herum, vorbei am Denkmal für »Renderichs Helden«, zwischen 1939 und 1945 gefallene Soldaten, deren Namen unter dem Satz »Ihr seid nicht gestorben, ihr seid nur vorausgegangen« in den Stein gemeißelt sind. Vor mir liegt der Friedhof.

Er ist stufenförmig in den Hang eingelassen und verteilt sich auf drei oder vier Ebenen. Viele der Namen auf den Grabsteinen habe ich schon an den Schildern der Ferienwohnungen im Dorf gesehen. Weingärtner, Loosen, Jung, Georg, Schäfer. Auch eine Arend liegt dort. Die meisten sind ziemlich alt geworden, einige Geburtsdaten stammen aus den 1920ern. Blutjunge Opfer rivalisierender Jugendgangs werden in dieser Gegend wahrscheinlich eher selten bestattet.

Ich setze mich im Schatten einer kleinen Kapelle auf eine Bank. Der Wind wird stärker und frischer, der Himmel zieht sich langsam zu.

Am anderen Ende des Friedhofs steht eine Frau und gießt die Blumen auf verschiedenen Gräbern. Ab und zu schaut sie misstrauisch zu mir rüber.

Was macht dieser unbekannte Mann da?

Ich frage mich ebenfalls, was ich hier eigentlich mache. Wieso zieht es mich seit neuestem so oft auf Friedhöfe?

In den letzten Monaten bin ich ständig auf welchen gelandet. Meistens per Zufall. Ich war morgens auf Friedhöfen, tagsüber und nachts. Ich habe Fotos geschossen, im Gras gesessen, gesoffen und Drogen genommen. Ich hatte sogar mal Sex auf einem Friedhof.

Genaugenommen war es nur die Friedhofsmauer, aber immerhin von innen. Bei einer Party am Südstern. Sie müsse kurz um den Block, ob ich sie begleiten wolle. Wir küssten uns im Schein der Straßenlaterne. Sie griff mir zwischen die Beine, öffnete meine Hose und zog mich auf die andere Seite der Mauer, wo sie sich umdrehte, ihren Rock hochhob und ihren Hintern gegen meine Erektion drückte. Ich weiß nicht mal, wie sie hieß. Kam aus Bayern, glaube ich. Ich hab sie seitdem nicht mehr gesehen. Wahrscheinlich war sie nur zu Besuch in Berlin. Nach zwanzig Minuten waren wir zurück, es hatte nicht mal jemand gemerkt, dass wir weg gewesen waren. Auf dem Klo rubbelte ich mit einem feuchten Handtuch die Flecken von meinem T-Shirt.

Aber da waren auch Gottesäcker in Polen, Schweden, Israel, Marokko und den USA. Der in Krakau war der bunteste von allen. Auch dort landete ich unabsichtlich. Ich musste nach all den Kirchen und Plätzen und Frauen endlich mal wieder etwas Nichthübsches sehen, also nahm ich die Linie 4 Richtung Nowa Huta, blieb aber bis zur Endhaltestelle sitzen, weil ich pissen musste und man sonst nirgends pissen konnte. Ich ging ein paar Meter durch den Schnee und blieb wie angewurzelt am Friedhofstor stehen. Ein Meer aus Gräbern breitete sich in alle Himmelsrichtungen vor mir aus. Blumen, Kränze, bunte Lampen, Madonnen und Jesusstatuen, so weit das Auge reichte. Der Blumenladen lag direkt neben dem Friedhofstor, er muss eine wahre Goldgrube sein. Man macht dort an einem Sonntagnachmittag wahrscheinlich mehr Umsatz als das Radetzky an allen Samstagabenden des Jahres zusammen. Ich verdrückte mich in eine Ecke an den Zaun und pinkelte ein tiefes gelbes Loch in den Schnee.

In Tanger verließ ich die Medina und stand plötzlich auf einem Felsen über dem Meer, der von lauter kleinen Badewannen durchsetzt war. Es waren mal Gräber von Phöniziern gewesen. Nun schwammen Coladosen und Zigarettenstummel darin. Ich war bedröhnt von Kiff und diesem irre süßen Minztee. Der Wind flatterte mir um die Ohren. Links lag der Atlantik, vor mir das Mittelmeer, und auf der anderen Seite konnte ich schwach die Berge Andalusiens sehen. Ich war das erste Mal außerhalb von Europa und dachte: Näher kann man wohl nicht an Europa sein, ohne in Europa zu sein.

Das Beste war der Tierfriedhof in San Francisco. »We know love, we had this little dog – The Edwards«, stand auf dem kleinen hölzernen Grabstein von Hula-Girl. Direkt über Verena und mir rauschte der Verkehr über die Golden Gate Bridge, ein paar Meter weiter schwappte der Pazifik ans Land, und vor uns lag eine kleine Wiese, halb sonnenbeschienen, halb im Schatten dicker Eichen. Unter dem grünen Gras lagen Katzen, Fische, Hunde, Ratten, Mäuse und Vögel, von ihren trauernden Herrchen und Frauchen an diesem versteckten Ort zur letzten Ruhe gebettet.

Happy, Kitty, Rusty, Duffy, Dandy, Cindy, Susi, Sammy, Scrappy, Schmally, Fiffi, Murphy, Bambi, Blondie, Brownie, Cozy, Stinky, Wanki, Wixie, Mazzy, Crabby, Raspberry, Princey Whiteley Princetones Alberich, A man I called Smokey, Tibet, Mac Shag, Yurikov, Bogart, Allyssum, King, Bun-Bun, Boogieman, Chico, Sugar, Tweek, Tucker, Tagalong, Spike, Chim-Chim, Pumpkin Bird, Macaroni Heart, Codyboy Hoffmann, Shorty Johnson, Bali Boring, The Duke of Benning, Mr Twister, Teufel, Hasso, Schultz-Kobbe, Siglund, Liebchen, Gretchen, Jedermann.

Verena und ich waren gerade erst ein paar Stunden zusammen unterwegs und hatten schon so etwas Exklusives entdeckt. Außer uns war niemand dort. Die Golden Gate Bridge war das schönste von Menschenhand Geschaffene, das ich je gesehen habe. Ich hätte gerne die Zeit angehalten, unter dieser Brücke, an diesem Aprilnachmittag.

Gegen Ende unserer Reise waren wir wieder auf einem Friedhof. Es war mein 27. Geburtstag. Ist gerade mal zweieinhalb Wochen her. Schweigend saßen wir auf dem Calvary Cemetery in New York im Gras und warteten darauf, dass die halluzinogene Wirkung der Pilze einsetzte. Brians Geburtstagsgeschenk für mich.

Trilliarden von Grabsteinen türmten sich vor uns auf und vermischten sich mit den Wolkenkratzern von Manhattan, die auf der anderen Seite des East River in einen milchigen Himmel ragten. Es war irre heiß. Und menschenleer. Kein Wunder, die meisten der hier begrabenen Personen waren seit fünfzig Jahren oder länger tot und wurden dementsprechend selten besucht. Ich machte einen Haufen Fotos, die alle aussahen wie die Bilder, die erscheinen, wenn man bei Google »Calvary Cemetery New York« eingibt.

Ich lehnte mich zurück und blickte ins Leere. Vor mir verschwamm alles und wuchs zu einer antiken Stadt fern von Raum und Zeit zusammen. Eine Kombination aus Grabsteinen und Statuen, die in der Form an eine Pyramide erinnerte. Ich kniff die Augen zusammen, bis ich die Scorpions-Pyramide vor mir sah, von irgendeinem Live-Albumcover, mittig oben das Empire State Building als Klaus Meine, der auf den Oberschenkeln von Rudolf Schenker und Matthias Jabs steht.

Als es zu nieseln begann, liefen wir zum Auto, und Verena, die nichts nimmt, was man nicht im Supermarkt oder in der Apotheke kaufen kann, fuhr uns rüber zu dem Kinderspielplatz in Williamsburg, wo Brian und ich endlich dem Wahnsinn ins Auge blickten. Ich weiß bis heute nicht, ob die Pilze künstlich hochgezüchtet worden waren oder ob ich mich bei der Dosierung vertan hatte. Vielleicht beeinflusste auch die Architektur der Stadt die Wirkung. Die Skyline von Manhattan schwankte jedenfalls immer noch wie ein kubistisches Gemälde im Hochofen, als ich im Morgengrauen auf dem Dach in Greenpoint saß und versuchte, den Aus-Schalter zu finden.

Das ist das Problem bei diesem Zeug, es gibt keine Feinjustierung. Hier ein paar Bässe rein, da ein paar Höhen raus, das ist nicht möglich. Man kann sie nur fressen und abwarten, was passiert. Und damit muss man dann umgehen.

Am nächsten Morgen wachte ich auf einem Wäschestapel in der Wohnküche auf. Auch Brian und seine Mitbewohner Alex und Maria lagen komatös quer über die Wohnung verteilt. Nur Verena war schon wach und kochte uns Kaffee. Sie umsorgte mich den ganzen Tag, als wäre sie meine Mutter, und ich weiß noch, dass ich das sehr angenehm und rührend fand. Es war wie der erste Tag nach einer längeren Grippe, an dem man sich zwar noch schwach fühlt, aber weiß, dass man das Schlimmste jetzt überstanden hat und es einem bald bessergehen wird.

Ich war nur zweimal auf dem Friedhof in Jena, wo mein Vater begraben liegt. Bei der Beerdigung und ein paar Monate danach, an einem kalten Tag Mitte Februar.

Der Grund für meinen Besuch war Pflichtgefühl. Silvia und ich sollten uns um den Grabstein kümmern. Das wurde so von den Kindern und Erben erwartet. Da Silvia fast die gesamte Abwicklung mit dem Haus übernommen hatte, fühlte ich mich für den Grabstein verantwortlich. Ich sah mir die Gräber seiner Nachbarn an. Marmor schien schwer angesagt zu sein, und ich dachte: Na ja, dann vielleicht was aus Marmor. Aber ich war mir nicht sicher, ob das nicht zu unoriginell war, und fragte mich: Muss ein Grab originell sein?

So wie ich das sehe, könnte man das Wort »originell« streichen und hätte trotzdem noch eine legitime Frage. Ich bin nicht gläubig. Mein Vater war es ebenso wenig, auch wenn der Pfaffe bei der Beerdigung was anderes behauptet hat. Von wegen »guter Christ« und so.

Die Sonne schien milde, es war eisig kalt. Ich starrte auf die kleine Parzelle vor mir und versuchte, irgendetwas Großes zu fühlen.

Es gelang mir nicht.

Ich kam mir nur wahnsinnig verloren vor, und es machte mir schwere Schultern, dass ich nichts empfand. Wodurch ich dann ja doch etwas empfand, aber nur, weil es um mich selbst ging. Als mir das auffiel, wurden meine Schultern noch ein bisschen schwerer.

8

»Sieht aus, als fängt das heute noch an zu schütten.«

Hubert steht auf dem Hof neben dem Traktor. Er hat die Fäuste in die Seiten gestemmt und betrachtet skeptisch den Himmel. Susi liegt auf dem Rasen und furzt. Es stinkt bestialisch, nach langsam wegfaulenden Gedärmen.

»Tatsache«, sage ich.

»Gibt gleich Mittag«, sagt Hubert.

»Ach so«, sage ich.

»Meine Frau sagt, du warst nicht beim Frühstück?«

»Nee, äh, ich bin nicht so der Frühstücker«, lüge ich.

»Sie sagt, wenn du willst, kannst du mit uns essen.«

»Sehr gerne.«

So ein Familienessen ist mir eigentlich eher unangenehm. Da gehöre ich nicht hin. Ich war vor Jahren mal mit Holger bei seinen Eltern, wir wollten nur eine Matratze abholen und wurden genötigt, zum Abendessen zu bleiben. Da fühlte ich mich wie ein Eindringling. Aber jetzt knurrt mein Magen, und ich will auch niemanden brüskieren, die sind hier ja alle so nett zu mir.

»Dann komm rein, Junge. Gleich öffnet Petrus seine Schleusen.«

Ich trete meine Schuhe auf einer Fußmatte mit der Aufschrift »VIP-Lounge« ab.

»Hat der Sohnemann gekauft«, sagt Hubert mit Blick auf die Matte. Warum wundert mich das jetzt nicht?

Ich folge ihm ins Haus, wo es schon nach Mittagessen riecht. Außerdem nach Geschichte. Nach fast fünfhundert Jahren Familiengeschichte. Vorbei an jeder Menge Urkunden und einer Ahnengalerie, die sich über den ganzen Flur erstreckt, erreichen wir das Esszimmer.

Die Wände sind mit den Geweihen von Rehböcken verziert. Es müssen Dutzende sein. Dazwischen ein Hirschgeweih und über dem Fenster zum Hof ein paar Wildschweinhauer. Außerdem gibt es mehrere ausgestopfte Tiere: einen Auerhahn, einen Mäusebussard, eine Wildkatze. Nicht dass ich einen Auerhahn von einem Mäusebussard unterscheiden könnte, doch Hubert klärt mich stolz auf. Er hat diese Tiere fast alle selbst geschossen.

Als Hauptattraktion thront am Kopfende des Raums ein großer Wildschweinkopf. Er sieht irgendwie zu echt aus, um echt zu sein. Aber was weiß ich schon von der Kunst des Ausstopfens, oder Wildschweinen an sich.

Darunter hängt ein auf alt gemachtes Poster mit Familienstammbaum. Ein ziemlich großes Poster mit ziemlich kleinen Buchstaben in ziemlich vielen Kästchen.

493 Jahre.

Hubert und ich setzen uns. Flo trägt mit seiner Mutter Teller und Schüsseln herein. Es gibt selbst gemachte Buletten, braune Soße, Kartoffeln, Erbsen und Möhren.

Da geht's schon los.

Ich bin Vegetarier, aber ich sage das eher ungern, wenn ich mit Fremden zusammen esse. Die wollen dann immer sofort darüber reden. Meistens sagen sie so was wie »Ach, wie interessant« oder »Das finde ich toll!«. Und danach kommt fast immer der Satz: »Ich könnte das ja nicht.«

Dabei interessiert es mich gar nicht, ob jemand Fleisch isst oder nicht. Nichts läge mir ferner, als jemanden bekehren zu wollen. Die Phase hatte ich mit sechzehn, und mit sechzehneinhalb war sie auch schon wieder vorbei. Da Fleischesser sich aber immer gleich erklären oder verteidigen wollen, sage ich meist gar nichts und hoffe, dass sie es nicht bemerken.

Das geht in diesem Jägerhaushalt natürlich nicht. Dass ich die Buletten von Frau Arend verschmähe, ist für sie wahrscheinlich ähnlich ehrverletzend, als würde ich jetzt eine Flasche Liebfrauenmilch von Peter Mertes entkorken.

»Mutti, jetzt gib dem Jungen doch mal 'ne Frikadelle«, sagt Hubert.

»Er will ja nicht«, sagt Frau Arend.

»Wirklich nicht?«

»Nein, danke«, sage ich.

»Lecker sind die.«

»Glaube ich.«

»Du brauchst doch was inne Flügel!«

»Na ja, also, ich esse kein Fleisch.«

»Kein Fleisch?« Hubert schaut mich entsetzt an.

»Nein«, sage ich.

»Gar kein Fleisch?«

»Nein«, sage ich.

»Und Fisch?«

»Auch nicht«, sage ich.

»Verstehe. Also mehr so Abteilung *Kinder kommt rein, das Essen wird welk*, was?«

»Papa!«, sagt Flo.

»Na ja, wer nicht will, der hat schon. Bevor's schlecht wird ...«

»Hier, Vatti«, sagt Frau Arend und reicht ihm den Teller mit dem Bulettenberg rüber. Dann wendet sie sich an mich. »Noch ein bisschen Soße, Herr Meise?«

»Nein, danke.«

»Da gehört doch Soße auf die Kartoffeln. Ist doch viel zu trocken sonst!«, ruft Hubert kauend.

»Außerdem isst das Auge ja mit!«, pflichtet seine Frau ihm bei.

»Na gut. Danke.«

Sie gießt mir Soße über die zerstampften Kartoffeln, und ich muss zugeben, dass es nicht nur gut schmeckt, sondern auf dem Teller auch besser aussieht.

»Die Judith schafft's leider nicht zum Essen, die ist noch in Trier«, sagt Flo zu mir. Ich habe schon etwas gelernt: Eine Reaktion wird erwartet.

»In Trier?«

»Ja, an der Uni.«

»Ach so.«

»Freizeit- und Tourismusgeografie. Die hat aber heute nur eine Vorlesung, müsste gleich wieder da sein. Und dann können wir von mir aus auch direkt los auf unsere kleine Spritztour.«

»Spritztour ist gut«, sagt Hubert. »Guckt mal nach draußen, wie das am Pissen ist!«

Er hat Recht. Der Himmel sieht aus, als würde man jemandem Papier und Bleistift in die Hand drücken und sagen: »Zeichne mal Regen.«

Ich habe keine Ahnung, was Freizeit- und Tourismusgeografie ist. Es klingt wahnsinnig langweilig, also besser gar nicht nachfragen. Ich verstehe auch nicht, wie man sich als Ehepaar gegenseitig *Mutti* und *Vatti* nennen kann, und finde es irritierend, von einem Elternteil gesiezt und vom anderen geduzt zu werden. Aber immerhin gibt es keine lange Diskussion über fleischlose Ernährung. Und kein Gebet vorm Essen, das hätte mich jetzt irgendwie auch nicht gewundert.

Frau Arend schaufelt mir noch eine Portion Erbsen und Möhren auf den Teller.

»Und wie ist das als Junggeselle in Berlin, schmeißt man da auch mal den Herd an, oder gibt's jeden Abend was vom Imbiss?«

»Mal so, mal so«, sage ich.

Frau Arend nickt, zufrieden mit der Antwort, und damit scheinen meine Ernährungsgewohnheiten endlich abgehakt. Aber dann, ich weiß nicht, warum, füge ich noch etwas hinzu.

»Es ist nämlich so: Kochen kann ich wohl, nur essen kann das keiner.«

Ich habe wirklich keine Ahnung, was mich jetzt geritten hat, den einzigen Witz meines Vaters anzubringen. Ich fühle mich, als hätte ich mich mit fremden Federn geschmückt. Federn, die mir außerdem überhaupt nicht stehen. Aber ich genieße den Applaus wie eine erfrischende Dusche. Alle lachen. Ich lache auch. Ich glaube sogar zu sehen, wie Hubert anerkennend mit dem Kopf nickt, als wäre er nicht nur überrascht, sondern geradezu stolz auf mich.

»*Nur essen kann das keiner* ... nicht schlecht!«

Vielleicht hat er mich jetzt in seine Sprücheklopferwelt aufgenommen. Wahrscheinlich wird er mir gleich das Phrasendrescherdiplom überreichen.

»Und, gefällt's Ihnen denn hier bei uns auf dem Land?«

»Ja, gut.«

»Ist anders als Berlin, gell? Ruhiger. Und schöner. Also ich versteh ja nicht, wie man in so einer Stadt leben kann. Viel zu laut.«

»Na ja, da gibt's ja auch ruhige Ecken.«

»Aber nicht so wie hier«, schaltet Hubert sich ein. »Bestimmt nicht so wie hier. Wenn ich hier zum Jagen rausgehe, da treff ich manchmal stundenlang keinen Menschen.«

»Manchmal nicht mal ein Tier«, sagt Flo und grinst.

»Werd mal nicht frech, Junior!«

Alle lachen.

»Und meinen Sohn haben Sie in New York kennengelernt?«, fragt Frau Arend.

»Ja, genau.«

»Haben Sie da auch Urlaub gemacht?«

»Ja, genau.«

»Wir waren nur einmal über den großen Teich, wie lange ist das her, Vatti?«

»Ach, lass mich lügen. Zehn Jahre? Diesen Sommer ist jedenfalls wieder nur Urlaub auf Balkonien drin.« Hubert lacht. »Oder in Bad Meingarten, da ist's auch schön!«

Alle lachen.

»Und das auch nur am Wochenende, wenn überhaupt«, sagt Frau Arend.

»Tja, selbst schuld, was haste auch 'nen Winzer geheiratet.«

»Das frag ich mich auch manchmal.«

»Ach komm, dafür seid ihr doch jeden Winter unterwegs«, sagt Flo. »Ihr seid doch schon gut rumgekommen. Waren doch jetzt alle Kontinente dabei, oder nicht?«

»Fast. Australien fehlt noch.«

»Soll ja auch kein Stress werden, gell. Wir sind ja im Urlaub und nicht auf der Flucht!«

»Richtig.«

»Letztes Jahr waren sie in Thailand«, sagt Flo zu mir. »Da waren wir auch schon mal mit der ganzen Familie. Ist ein paar Jahre her.«

»Ach so«, sage ich.

»Schön war das«, sagt Hubert. »Ko Samui, Bangkok, alles. Nur ans Essen muss man sich gewöhnen. Der Asiate brät ja alles, was vier Beine hat, nur Tische und Stühle lässt er weg.«

Alle lachen.

»Und bei Ihnen, Herr Meise, ließ sich die Reise denn mit dem Beruf vereinbaren?«

»Ja.«

»Was machen Sie denn so, wenn ich fragen darf?«

»Ach, so dies und das.«

»Na ja, aber von irgendwas müssen Sie doch leben!«

»Ich arbeite in einer Bar.«

»In einer Bar?«

»Ja.«

»Restaurant?«

»Nee, eher so Kneipe.«

»Soso.«

»Ja.«

»Und davon kann man leben?«

»Ja, eigentlich schon, also.«

»Ich nehme an, in der Hauptstadt kommt man damit über die Runden. Aber was richtig Festes ist das auch nicht, oder?«

»Na ja, es funktioniert.«

»Wie alt sind Sie?«

»Siebenundzwanzig.«

»Und wollen Sie etwa Ihr Leben lang hinterm Zapfhahn stehen? Wollen Sie sich denn nicht mal irgendwie ... selbst verwirklichen?«

Dazu fällt mir beim besten Willen nichts ein, doch bevor ich in die Verlegenheit komme, die Frage mit einem spröden »Nein« oder gar der Behauptung zu beantworten, dass andere Leute besoffen zu machen für mich die ultimative Selbstverwirklichung ist, hakt Frau Arend nochmal nach: »Haben Sie denn keine Ausbildung gemacht?«

»Ich hab mal angefangen zu studieren. Aber das war nicht so ganz das Wahre.«

»Wie sagt man doch so schön: Wer nichts wird, wird Wirt!«, sagt Hubert.

»Papa!«, sagt Flo.

»Wieso, ich sag doch nur! Ich sag immer: Lass die jungen Leute mal machen. Früher oder später kommen sie dann doch dahinter, dass man sich nicht ewig treiben lassen kann. Nicht wahr, Junior?«

Hubert strubbelt Flo in den Haaren herum.

»Papa!«

Ein Vogel schießt aus einer Uhr an der Wand. »Kuckuck! Kuckuck!«

»Schon zwei. Heute sind wir aber spät dran«, sagt Hubert und schaut nach draußen auf den Hof. »Mein lieber Scholli, ist das am Schütten. Da würd man keinen Hund vor die Tür jagen. Aber hilft ja alles nichts. Von nichts kommt nichts, gell.«

»Ich geh dann auch mal kurz vor die Tür«, sage ich.

»Erst mal eine qualmen, was?«, sagt Flo.

»Ja«, sage ich.

»Schön eine wegdampfen! Lecker Lungenbrötchen!«, sagt Hubert.

»Einen Sargnagel!«, sagt Flo.

»Einen Lungentorpedo!«, sagt Hubert.

»Eine Fratzenfackel!«, sagt Flo.

Die beiden lachen.

»Ach ja, meine Männer, ihr seid schon ein alberner Haufen«, sagt Frau Arend und beginnt, die Teller zusammenzustellen.

»Lieber ein alberner Haufen als ein Haufen Albaner«, sagt Hubert.

»Papa!«, sagt Flo.

######

Rauchend stehe ich unter dem Vordach neben Susis Hundehütte und schaue mir das Bindfadenschauspiel an. Auf dem Hof haben sich schon die ersten Pfützen gebildet. Ich zucke zusammen, als Flo plötzlich neben mir steht. An seinem rechten Handgelenk hängt ein kleiner bunter Regenschirm.

»Ich hoffe, meine Eltern haben dich nicht zu doll genervt.«

»Ach was.«

»Mein Vater meint das nicht böse, von wegen *Essen wird welk* und so.«

»Ich weiß.«

»Und das mit dem Rauchen war auch nur Spaß.«

»Schon okay.«

»Find ich echt gut, dass du das so durchziehst mit dem Fleisch. Also ohne das Fleisch, meine ich. Ich könnte das ja nicht. Ich hatte früher auch mal so 'ne Phase, wo ich drüber nachgedacht habe, Vegetarier zu werden. Aber das hätte ich meinen Eltern nicht antun können.«

Er lässt den Regenschirm am Handgelenk hin und her baumeln.

»M-hm.«

»Wie ist das denn, wenn du mit deinen Eltern isst, nehmen die da Rücksicht?«

Ich weiß schon wieder nicht, was ich darauf antworten soll. Gerade als ich mich für ein nichtssagendes »Eigentlich schon« entschieden habe, oder ein »Mal mehr, mal weniger«, irgend so eine Wischi-Waschi-Bemerkung, die diese blöde Unterhaltung ersticken und beenden würde, rollt ein Wagen auf den Hof. Es ist der Golf.

»Warte, Schatz!«, ruft Flo, als Judith die Fahrertür öffnet. Auf Zehenspitzen hüpft er durch den Regen und spannt dabei den Schirm auf. Es ist ein Tweety-Regenschirm. Rausgestreckter Hintern, große Augen, lange Wimpern. Drum herum lauter Herzchen. Tweety ist offensichtlich in love. Flo und Judith auch. Sie stehen unter ihrem Kinderschirm und küssen sich. Hoffentlich fängt jetzt keiner an, »Singin' in the Rain« zu trällern.

Ich ertränke meine Kippe in einer Pfütze, zünde mir eine zweite an und denke darüber nach, wie das eigentlich war mit den Mahlzeiten bei Familie Meissner. Und ich erschrecke ein wenig, als mir auffällt, dass ich darüber noch nie nachgedacht habe.

Familie Meissner, wie das schon klingt.

Sind meine Mutter, mein Vater, Silvia und ich jemals eine richtige *Familie* gewesen? Verglichen mit den Arends kommt mir der Gebrauch dieses Wortes für unseren Trümmerhaufen vor wie Blasphemie.

Ich denke nie über meine sogenannte Familie nach. Seit ich hier bin, werde ich dagegen ständig damit konfrontiert. Allein heute: der Traum, der Friedhof, das mit dem Witz vorhin. Jetzt schon wieder.

Flo und Judith huschen unter dem Schirm an mir vorbei. Sie begrüßt mich mit einem kurzen »Hallo«. Susi steht in der Tür und wedelt altersschwach mit dem Schwanz.

Ich rauche.

Und halte die Fresse. Mal wieder.

Seit ich Vegetarier bin, habe ich nur ein einziges Mal mit meinen Eltern zusammen gegessen. An meinem Geburtstag vor gut einem Jahr, beim Italiener in Mitte.

Ich hatte diesmal keine Lust, jeden von ihnen einzeln zu treffen, also lud ich die beiden zusammen zum Essen ein. Einfach so. Ich dachte, wenn sie nicht wollen, egal, und war selbst überrascht, als beide ohne zu murren zusagten. Rückblickend gesehen, ging das wahrscheinlich nur, weil mein Vater schon so krank war, dass er keine Zeit mehr hatte für seinen krankhaften Stolz.

Silvia war auch mitgekommen. Sonst hätte ich das auch nicht gemacht. Wenn Silvia dabei war, versuchten immer alle, sich zu beherrschen. Weil sie so vernünftig ist. Silvia ist eine Instanz. Sie steht über allem und allen. Wenn man in einem Lexikon nach dem Begriff »Instanz« sucht, ist da bestimmt ein Foto von meiner Schwester.

Wir hatten seit fünfzehn Jahren nicht zusammen an einem Tisch gesessen. Von der Außergewöhnlichkeit des Ereignisses an sich mal abgesehen, verlief der Abend eigentlich recht unspektakulär. Ein bisschen Gemecker über die Bedienung, die meinem Vater mit seiner »Der Kunde ist König«-Mentalität mal wieder zu unfreundlich war, und die übliche »Und sonst so?«-Konversation, dekoratives Geplauder über dies und das, die ersten Spiele der Fußball-EM, das Wetter und so weiter.

Silvia erzählte ein bisschen von ihrer Doktorarbeit, sie steckte gerade in den Vorbereitungen. Jura. Ein abendfüllendes Gesprächsthema, wenn man es geschickt anstellt.

Meine Mutter fand das alles »toll«, und mein Vater fand das alles »toll«, dabei hörten sie, genau wie ich, gar nicht richtig hin. Wir waren nur froh, dass überhaupt jemand redete.

Meine Mutter trank für ihre Verhältnisse auffallend viel Wein. Mein Vater trank auffallend wenig, nämlich gar nichts, nur Wasser. Er aß auch kaum etwas. Er sah nicht gut aus. Natürlich hing die Frage nach seinem gesundheitlichen Zustand die ganze Zeit über unserem Tisch wie eine große dunkle Wolke. Wir ignorierten sie einfach. So was bespricht man nicht unter Fremden. Denn das waren wir: Fremde. Mit einer gemeinsamen Vergangenheit zwar, aber einer von der Sorte, die man auf keinen Fall ansprechen durfte. Es war wie Eierlaufen auf einem Minenfeld. Jedes Wort ein Substitut für die Dinge, denen mit Sprache nicht mehr beizukommen war. Eine reine Platzhalter-Unterhaltung. Mehr Hülsen als Wörter.

Was hatte ich mir nur dabei gedacht, sie alle zusammen einzuladen?

Endlich wurde das Essen serviert. Beschäftigung für Hände und Münder. Das Besteck klapperte tapfer gegen die immer länger werdenden Gesprächspausen an. Ich trank so viel ich konnte. Meine Mutter wurde nach dem zweiten Glas ganz rot im Gesicht. Mein Vater dagegen wurde immer blasser.

Später fing Silvia aus lauter Verlegenheit wieder mit der Dissertation an. Opferte sich auf und erzählte Einzelheiten zu Ablauf, Umfang und Inhalt: »Europäisches Umweltrecht in Zeiten der Globalisierung«. Ihr war natürlich klar, dass ihr keiner wirklich zuhörte. Meine Eltern hatten keinen Schimmer, worum es überhaupt ging, und auch ich konnte ihr kaum folgen.

Trotzdem stellte ich eine blöde Frage nach der anderen, um das Gespräch so lange wie möglich in Gang zu halten.

Nach dem dritten Glas Wein verlor meine Mutter die Fähigkeit, Aufmerksamkeit zu heucheln. Sie hatte wohl das Gefühl, wir könnten an meinem Geburtstag nicht die ganze Zeit über Silvia reden, und fing deshalb aus heiterem Himmel mit meinen Zukunftsaussichten an.

Da gab's nicht viel zu reden. Kein Beruf, keine Freundin, kein Besitz, kein Plan, kein Bock. Das Thema war auch eigentlich seit Jahren abgehakt, keine Ahnung, wieso das nun wieder auf den Tisch kam.

Auf einmal ging es um mein abgebrochenes Studium. Journalismus wäre doch genau das Richtige gewesen, ich hätte doch als Kind schon so viel geschrieben, ich wäre doch so talentiert gewesen. Mein Vater gab ihr Recht. Eine seltene Eintracht. Geboren aus der bloßen Notwendigkeit, zu sprechen.

Ich war genervt. Ich fühlte mich wie ein dummer kleiner Junge.

Dabei ging es mir ja gut. So viel Spaß wie ich haben die beiden in ihrem ganzen Leben nicht gehabt. Im Gegenteil, sie haben sich das Leben versaut. Gegenseitig. Die mussten mir nun wirklich nichts erzählen.

Aber das konnte ich ja so nicht sagen, sonst wäre die Situation doch noch eskaliert.

Das Dümmste auf der Welt ist, wenn man sich wie ein dummer kleiner Junge fühlt, obwohl man weiß, dass es dafür überhaupt keinen Grund gibt.

Als die Teller abgeräumt wurden, war ich besoffen. Aber nicht in gut, nicht in schön, nicht in leicht. Alles war schwer. Der Wein, die Luft, die Schultern. Alle am Tisch wussten, dass eigentlich mal wieder jemand etwas sagen musste, aber keiner tat es. Nicht mal Silvia. Meine große Schwester, der Leuchtturm in finsterer Nacht, der Fels in der Brandung, jeder Situation gewachsen. Saß bloß da und grinste mich bitter an. »Sorg du jetzt mal für die Unterhaltung«, sagten ihre Augen, »ist doch deine Party.«

Ich ließ mir die Rechnung bringen. Musste meiner Mutter zehnmal versichern, dass ich den Betrag bezahlen konnte, dass ich gar nicht so pleite war, wie sie immer dachte, und dass sie sich mal keine Sorgen um mich machen sollte. Wir umarmten uns umständlich und gingen in vier verschiedene Richtungen davon.

Das nächste Mal haben wir uns dann ein paar Monate später an seinem Grab getroffen.

Ich hab den Abend immer verbucht unter: wenigstens ist keiner dem anderen an die Kehle gegangen. Erst jetzt fällt mir auf, was für eine traurige Imitation eines Familienessens das war. Wenn ich mich recht erinnere, hat mein Vater nicht mal seinen Kochen-Witz gemacht.

Auf dem Heimweg wurde ich fast noch von einem Auto überfahren. Ist aber nichts passiert. Ich glaube, ich war noch saufen. Oder ich bin nach Hause. Keine Ahnung.

So viel jedenfalls zum Thema Familienessen.

Können wir jetzt mal langsam los?

9

»Das ist natürlich schade jetzt mit dem Wetter«, ruft Flo mir vom Beifahrersitz zu. Er muss schreien, um den aufs Autodach hämmernden Regen zu übertönen. Ein Sound wie tausend Percussions. »Na ja, wir fahren einfach ein bisschen rum, okay?«

»Okay«, sage ich.

Der Wagen schraubt sich durch serpentinenartige Kurven den Berg hinauf. Judith fährt ziemlich schnell. Es geht so steil bergauf, dass ich Druck auf den Ohren bekomme. Die Scheibenwischer arbeiten schwer gegen den Regen an, das Duftbäumchen am Rückspiegel pendelt wie verrückt hin und her, am Wegesrand biegen sich lange dünne Bäume im Wind.

Ich beuge mich nach vorne und stütze die Ellbogen auf den Vordersitzen ab, wie damals, auf einer unserer vielen Fahrten ins Erzgebirge, als meine Mutter und Silvia vorne saßen und sich unterhielten. Sie kamen mir immer gleichaltrig vor. Was natürlich daran lag, dass Silvia so viel älter ist als ich. Sieben Jahre, das ist ein ziemlicher Unterschied. Ich wurde geboren, da war sie schon in der Schule. Ich kam in die Schule, sie in die Pubertät. Ich kam in die Pubertät, sie zog zu Hause aus. Ich zog zu Hause aus, sie hatte die wilden Jahre schon hinter sich.

Ich werde nie den Tag im letzten Herbst vergessen, als ich bei ihr war, um irgendwelche Papiere wegen des Hausverkaufs zu unterschreiben. Plötzlich sagte Silvia völlig aus dem Zusammenhang: »Bald werde ich fünfunddreißig, ab dann bin ich näher an der fünfzig als an der zwanzig.«

Sie lachte. Ich lachte auch. Aber nur, um sie nicht zu demütigen, in Wahrheit gefror mir bei diesem so lapidar geäußerten Sprengsatz das Blut in den Adern, und meine Schultern ... es ist ja wohl klar, was mit denen passierte.

Das Prasseln des Regens lässt etwas nach, als wir so was wie einen natürlichen Tunnel durchfahren. Die dicht an der Fahrbahn stehenden Bäume verzweigen sich über uns zu einem mächtigen grünen Dach.

»Da vorne hatten wir mal einen Unfall, auf der anderen Straßenseite, nachts auf dem Heimweg von einem Konzert in Wiesbaden. Weißt du noch, Juju?«, sagt Flo.

»Als uns der Jeep hinten draufgefahren ist«, sagt *Juju*.

»Ein Ami war das. Kannte sich mit den Kurven hier wohl nicht aus. Ist aber nichts passiert, nur ein kleiner Schaden an meinem Wagen. Tausend Mark. Oder waren das schon Euro?«

»Ich glaube, das waren noch D-Mark«, sagt Judith.

O Mann, wenn der Schaden des Unfalls noch in D-Mark bemessen werden kann, müssen die beiden seit mindestens acht Jahren zusammen sein!

»Wo habt ihr euch denn kennengelernt?«

»In der Schule. In der Elften sind wir in eine Klasse gekommen. Aber richtig gefunkt hat's erst in den Sommerferien darauf, da haben wir beide bei Moselglas gearbeitet. Flaschenspülen, für acht Mark die Stunde.« Flo guckt Judith ganz verliebt an. »Ende des Jahres haben wir Zehnjähriges, was, Spatz?«

Judith nickt.

Zehn Jahre.

Als meine Eltern zehn Jahre zusammen waren, hatten sie schon ihre zwei Kinder. Und jede Menge Hass in den Gedärmen. Mein persönlicher Rekord liegt bei zweieinhalb Jahren. Damals mit Sophie. Wir haben uns in der Zeit beide nichts geschenkt. Außerdem haben wir uns ungefähr alle drei Wochen getrennt, zumindest für ein paar Stunden.

Zehn Jahre. Verrückt.

»Gleich sind wir oben«, sagt Flo.

Wir verlassen den grünen Tunnel und biegen kurz darauf auf die B 327 ab.

»Die Hunsrückhöhenstraße. Das ist jetzt nicht mehr Mosel, sondern Hunsrück. Da muss man aufpassen. Hunsrücker lassen sich ungern als Moselaner bezeichnen, und umgekehrt! *Behüte mich vor Sturm und Wind und Männern, die vom Hunsrück sind.* Sagt mein Alter immer.«

Ich gähne und lehne mich zurück. Der Golf rauscht über die nasse Straße, vorbei an Windrädern, Hochsitzen und Schildern, die vor kreuzenden Rehen warnen.

Der Regen prasselt jetzt wieder lautstark und monoton aufs Dach. Ich kann nicht mehr hören, was sie vorne reden, und bin kurz davor einzuschlafen, als der Wagen plötzlich vor einer Schranke stoppt.

»Das ist der Flughafen Frankfurt-Hahn«, sagt Flo. Während ich mich noch wundere, dass Frankfurt so nahe an der Mosel liegt, erklärt mir Flo auch schon, dass dieser Flughafen hundert Kilometer von Frankfurt entfernt ist, sich aber trotz einer Klage immer noch »Frankfurt-Hahn« nennen darf. Er geht wieder ganz in seiner Rolle als Fremdenführer auf. Sobald es Wissen zu vermitteln gibt, ist es, als hätte jemand an seinem Hinterkopf einen Schalter umgelegt. Vielleicht hätte er doch Lehrer werden sollen.

»Bis Anfang der neunziger Jahre war das ein reiner US-Militärflughafen. Seit dem Abzug der Amerikaner wird er hauptsächlich als Frachtflughafen genutzt und dabei kontinuierlich ausgebaut. Ryan Air ist auch hier. So 'ne Billigfluglinie, kennst du sicher.«

»Ja«, sage ich.

»Der Flughafen ist mittlerweile einer der größten Arbeitgeber hier. Unter dem Abzug der Amis leidet die Region aber immer noch. Auch wir an der Mosel. Allein die Weinfeste. Verglichen mit früher sind die nur noch ein Schatten ihrer selbst, so von den Besucherzahlen her. Das ist halt die Kehrseite der Medaille.«

»Ja«, sage ich und frage mich: Welche Medaille eigentlich?

Als wir langsam über eine mit Schlaglöchern übersäte Piste ruckeln, redet Flo über die jetzt leerstehenden Hangars auf diesem Gelände. »Ein Riesengelände ist das, RIESIG!« Er macht eine ausladende Bewegung mit der linken Hand. Dann geht es um die Militärstützpunkte der Amerikaner in Ramstein, Bitburg, Landstuhl, Kaiserslautern und Hasselbach.

»Hasselbach war mal eine richtig krasse Raketenbasis. Cruise Missiles mit nuklearen Sprengköpfen und so. Jetzt findet da im Sommer das Nature One statt. Europas größtes Technofestival. Meine Musik ist das ja nicht gerade.«

Er spricht Techno deutsch aus, mit weichem »ch«. Dass er mit elektronischer Musik nichts anfangen kann, überrascht mich nicht gerade. Flo ist eindeutig der Typ »handgemachter Rock«, Hauptsache »ehrlich« und »schnörkellos«, oder was es da wieder für Attribute gibt.

»Aber da boxt der Papst im Kettenhemd, das sag ich dir. Da kommen die Leute aus ganz Europa. Vor ein paar Jahren ist da mal einer liegengeblieben. Überdosis. Seitdem gibt's am Festivalwochenende ohne Ende Polizeikontrollen, da machste dir kein Bild. Die ganz Gewieften vergraben mittlerweile schon Wochen vorher ihren Stoff auf dem Gelände.«

Stoff, was ist das denn schon wieder für ein Wort, das benutzen doch nur noch Hundertjährige, die auch noch von Rauschgift und Haschischspritzen reden.

Und dann denke ich, Stoff, ach, herrlich, ich könnte jetzt auch was gebrauchen. Nur ein kleines Näschen. Einmal den nassen Zeigefinger in ein Tütchen MDMA dippen. Ein halbes Pillchen vielleicht.

Oder wenigstens mal wieder eine rauchen.

»Judith, können wir demnächst mal eine kurze Pinkelpause machen?«

»Ich dachte, wir fahren zu einer Aussichtsplattform«, antwortet sie, »da gibt es einen super Ausblick über das Moseltal. Ist nicht weit von hier. Bis dahin haltet ihr das noch aus.«

»Wir?«, frage ich.

»Ja. Du, deine Blase und deine Lunge.«

Diese Judith sagt ja nicht viel, aber blöd scheint sie nicht zu sein.

Wir wenden an einer Müllanlage, an der sich meterhohe Blöcke von gepresstem Kunststoff türmen. Ich kurbel das Fenster runter. Es riecht, als würde man den Kopf in eine Plastiktüte stecken und tief einatmen.

\#\#\#\#\#\#

Auf einem Schotterparkplatz lässt Judith den Wagen ausrollen. Es hat aufgehört zu regnen, die Sonne reißt ein großes Loch in die Wolken, als wollte sie zeigen, dass sie an diesem Junihimmel immer noch der Boss ist. Es riecht frisch und modrig zugleich, nach Regen, Gras, Erde, Wald.

Ich überlege kurz, ob ich so tun soll, als müsste ich wirklich pissen, lasse es aber bleiben und zünde mir lieber gleich eine Zigarette an.

Über uns flattert eine nasse Deutschlandfahne lustlos im Wind. Unter uns schlängelt sich die Mosel kurvenreich in Richtung Norden.

Die Zigarette schmeckt unfassbar gut. Gierig sauge ich den Rauch in meine Lungen und mit ihm die feuchtwarme Luft. Der Rauch verlässt meinen Körper, schwer und mächtig und grau wie die Schlieren von Nebel, die über den Wäldern der Hügel hängen. Aus dem schmalen Tal darunter steigt eine dicke, dunstige Suppe auf.

Während Judith im Wagen herumkramt, stellt Flo sich neben mich und stützt sich mit den Ellbogen auf dem in der Sonne funkelnden Geländer ab.

»Ist das nicht schön hier?«, sagt er. Es ist mehr Feststellung als Frage. »Viel besser wie in der Großstadt.«

Viel besser *als* in der Großstadt, denke ich, sage es aber nicht.

»Du siehst das vielleicht etwas anders. Aber Städte wie Berlin oder Köln oder New York, die laufen einem ja nicht weg, da kann man ja mal hinfahren. Zum Leben wäre uns das viel zu stressig. Hier ist alles so schön entschleunigt, man lebt und arbeitet in der Natur, und vor allem *mit* der Natur, da weiß man immer, warum man was tut, da kann man noch richtig durchatmen.« Um das zu beweisen, schließt er die Augen und atmet geräuschvoll schnaufend durch die Nase ein und ebenso geräuschvoll schnaufend wieder aus.

»Und wenn man Kinder hat, das stelle ich mir ja richtig anstrengend vor in der Stadt, ich mein, Kinder brauchen doch Platz, die müssen doch auf Bäume klettern und Hütten bauen und so!«

»Ja, na ja«, sage ich. Schon zum zweiten Mal an diesem Tag wird vor mir das Landleben verteidigt, ohne dass ich etwas dagegen gesagt hätte. Diese unaufgeforderte Erklärung, die vorauseilende Rechtfertigung, genau wie beim Thema Fleischessen, keine Ahnung, welchem Bedürfnis das entspringt, ich tippe auf pure Unsicherheit oder Katholizismus oder so was. Außerdem habe ich jetzt wirklich keine Lust, mit Flo über Kindererziehung zu diskutieren. Wobei ich auf dieses leidige Thema fast schon gewartet habe, das musste ja früher oder später kommen. Und wahrscheinlich würde ich mir auch schnell Kinder anschaffen, wenn ich hier leben müsste. Sonst hat man ja gar nichts zu tun.

»Schatz, mir ist so langweilig, und du beginnst auch langsam, mich anzuöden. Wir sollten uns mal wieder ein bisschen Leben in die Bude holen.«

»Gute Idee, Mausi. Ich hab dich auch schon ziemlich satt. Erst mal ein Haustier, oder lieber doch gleich ein Balg?«

Und wenn das Kind dann endlich da ist, muss man sich für immer Sorgen machen, weil man seine Gene in die Menschheitsgeschichte geschleudert hat und nun nie wieder nur für sich selbst verantwortlich sein wird. Das Kind kriegt dann ja auch wieder Kinder, die Enkel kriegen Enkel, und so weiter – man hat sich im wahrsten Sinne des Wortes fortgepflanzt, und plötzlich ist da die Furcht vor Strahlen, Viren, Keimen und Kometen, vor Päderasten und Verkehrsrowdys, vor dem Klimawandel und der Überalterung der Gesellschaft und so 'nem Zeug. Auf einmal ist *Sicherheit* wichtig, *Stabilität*, der *Status quo*. Man wird immer konservativer, nicht aus Überzeugung, sondern aus Furcht. Die Nachrichten werden immer unerträglicher, weil die Welt ja immer brutaler wird, und jedes Mal, wenn man in Flugzeugen oder Mietwagen sitzt, kriegt man ein ganz schlechtes Gewissen, weil man dazu beiträgt, dass die Gletscher schmelzen, der Meeresspiegel steigt und die Atmosphäre verpestet wird, was die Kinder und Enkel später ausbaden müssen, die armen unschuldigen Kleinen.

Ob es hier Ärzte gibt, die Schwangerschaftsabbrüche vornehmen?

Und wie sie es wohl mit der Scheidung handhaben, ob man da gleich aus dem Dorf gejagt wird?

Auf der gegenüberliegenden Flussseite breitet sich auf dem Hügel eine große Anlage mit mehreren länglichen, flachen Bauten aus. Flo bemerkt, dass ich sie betrachte, und liefert sogleich sämtliche Informationen über den Mont Royal und das dort befindliche Amt für Geoinformationswesen. Das hat irgendwas mit Wetterdienst zu tun, aber auch mit der Bundeswehr. Die Begriffe »Luftwaffe«, »Verteidigung« und »Kalter Krieg« fallen.

Ich verstehe die Zusammenhänge nicht, und ich höre auch nicht mehr richtig hin. Ich kann seine Art zu reden einfach nicht mehr ertragen, dieses monotone, niemals aufhörende Gebrabbel, das immer vom einen zum anderen kommt.

Er faselt irgendwas über die Verwüstung der Soundsoburg durch französische Soundsotruppen Ende des soundsovielten Jahrhunderts, da drehe ich mich um und frage Judith, ob ich ihr helfen kann.

Sie ist gerade dabei, die steinerne Mauer trockenzuwischen und eine Decke darauf auszubreiten.

»Du kannst den Picknickkorb aus dem Wagen holen.«

Ich gehe zum Wagen und hole den Picknickkorb. Es ist so ein geflochtenes Margarine-Werbung-mäßiges Ding, vollbeladen mit Keksen, Brot, Obst, Wasser und, natürlich, einer Flasche Weißwein.

Flo sieht etwas konsterniert aus, verdutzt, verunsichert, eben wie jemand, der mitten im Satz unterbrochen und stehengelassen wurde. Auf seinen Schenkeln trommelnd, trottet er zur Mauer und zupft unbeholfen an der Decke herum. Wie ein Kind, über dessen Witz niemand gelacht hat, das sich die Schmach aber nicht anmerken lassen will und sich auffällig unauffällig irgendeine Ersatzbeschäftigung sucht.

Wir sitzen auf der Mauer, lassen die Füße baumeln und essen Kekse. Nach ein paar wortlosen Minuten greift Flo die Unterhaltung vom Mittagstisch wieder auf.

»Soso, dann frönst du also dem Müßiggang!«, sagt er mit seinem norddeutschen Akzent, wedelt tadelnd mit dem rechten Zeigefinger in der Luft herum und grinst. »Ein richtiger Bohemien, oder was!«

»Hast du eigentlich irgendwelche Verwandtschaft im Norden oder so?«, will ich jetzt mal von ihm wissen.

»Ach so, nee«, sagt er, »ich find nur den Dialekt so geil. Werner Brösel und so, da war ich früher richtig Fan von, fand ich richtig geil, und dieser Tonfall, weiß nicht, finde ich einfach irgendwie kultig.«

Ich meine zu erkennen, wie Judith die Augen verdreht, aber sicher bin ich mir nicht. Allein die Vorstellung erschreckt mich aber schon, weil das Unangenehmste auf der Welt ist ja wohl, wenn einem jemand, den man liebt, vor Dritten peinlich ist.

Plötzlich beginnt sie leise zu summen. »Is this the real life? Is this just fantasy?«

Die ersten Zeilen von »Bohemian Rhapsody«. Das kennt sie? Ich hebe erstaunt die Augenbrauen und vollende die Strophe: »Caught in a landslide, no escape from reality.«

Sie lacht. Ich lache auch. Flo sieht uns irritiert an.

Es ist das erste Mal, dass ich Judith richtig lachen sehe, und es steht ihr gut. Ihre Wangen treten hervor und gruppieren sich um die kleine Knubbelnase. Ihre Augen sind braun, und sie hat einen leichten Silberblick, was mir noch gar nicht aufgefallen ist. Habe ich sie eigentlich schon mal richtig angeguckt, seit ich hier bin?

»Mein Vater ist großer Queen-Fan«, sagt sie, und da macht es auch bei Flo klick, was er damit zu erkennen gibt, dass er den Basslauf von »Under Pressure« anstimmt.

»Du-du-du-dudu-du-dut! Du-du-du-dudu-du-dut! Under pressure!«

Wie oft am Tag sie sich wohl für ihn schämt?

Wie hält sie nur das ewige Gequatsche aus?

Und wie reden die wohl miteinander, wenn sie zu zweit sind?

»Und wie konntest du dir deine Reise dann leisten?«, fragt Judith in meine Richtung, bevor Flo die Chance kriegt, das Riff von »Another One Bites the Dust«, den Beat von »We Will Rock You« oder den Refrain von »We Are the Champions« hinterherzuschicken.

»Ich habe geerbt«, sage ich.

»Oh«, sagt Judith. »Vater oder Mutter? Ach, tut mir leid, geht mich ja gar nichts an.«

»Vater«, sage ich.

»Ich wollte nicht aufdringlich sein.«

»Schon okay.«

»Und wie lang ist das her?«

»Fast ein Jahr.«

»Und du hast alleine geerbt?«

»Nee, mit meiner Schwester.«

»Und deine Mutter?«

»Geschieden.«

»Verstehe.« Sie zupft ein Blatt vom Gebüsch und spielt damit in der Hand herum. »Und von deinem Erbe hast du die USA-Reise finanziert.«

»Ja. Und die Reisen davor auch.«

»Wie, wo warst du denn noch?«

»Ich war in Polen, Frankreich, Spanien, England, Skandinavien, Nordafrika und Israel. Und dann halt in den USA.«

»Wow!«, sagt Judith. Sie ist genauso neugierig wie gestern Abend im Weinkeller, doch diese Neugierde ist mir nicht mehr unangenehm. Flo dagegen ist auffallend still geworden. Als wäre er nur für Vorträge und Monologe gemacht, für Gespräche aber gänzlich ungeeignet. Seine Kommentare kann er sich trotzdem nicht verkneifen.

»Nicht nur Müßiggänger und Bohemien, auch noch Weltenbummler!«

»Jetzt ist das Geld weg«, sage ich zu Judith, Flos Einwurf ignorierend, und füge im Kopf hinzu: na ja, zumindest fast.

»Alles fürs Reisen ausgegeben?«, fragt sie.

»Ja«, sage ich.

Sie faltet das Blatt in ihrer Hand und zerteilt es in mehrere Schnipsel.

»Darf ich fragen, woran er gestorben ist?«

»Krebs. Unter anderem.«

»Unter anderem?«

»Na ja, er war halt vorher schon länger krank.«

»Ja?«

»Ja.«

Judith sieht mich erwartungsvoll an, als müsste da noch mehr kommen. Und ich überlege sogar kurz, noch mehr kommen zu lassen. Aber ich weiß nicht, wie und wo ich beginnen soll. Ich müsste bei Adam und Eva anfangen.

Adam und Eva? Meine Güte, jetzt denke ich schon so, wie Flo spricht.

Ich klemme die leere Wasserflasche zwischen die Wand und das Geländer der Aussichtsplattform und zünde mir eine Zigarette an. Judith sitzt da mit ihren fragenden Augen. Ich räuspere mich. Sie wendet sich ab und sieht in die Ferne. Seufzt, wie Menschen in Filmen seufzen, wenn sie in die Ferne sehen. Wahrscheinlich hat sie das Gefühl, aufdringlich zu sein. Sie ist bei aller Neugierde zu wohlerzogen und höflich und diskret, um weiter nachzubohren. Obwohl sie gerne würde.

Flo trommelt auf seinen Knien und schleckt sich die Lippen. Judith knibbelt am Fingernagel ihres Daumens. Ich rauche. Nach jedem Zug tippe ich mit dem Zeigefinger gegen die Zigarette, bei jedem dritten oder vierten Mal regnen ein paar winzige Aschefitzel in die Schlucht unter uns.

Flo murmelt irgendwas über das Wetter. Dass es heute nochmal regnen wird, oder dass es heute auf keinen Fall nochmal regnen wird, was weiß ich.

»Das ist so sicher wie das Amen in der Kirche.«

Ich werfe ihm einen vernichtenden Blick zu. Er dreht den Kopf zur Seite, doch ich spüre, dass er meinen Blick spürt.

Der alte kratzige Mantel des Schweigens legt sich wieder über uns. Ich würde gerne reden. Nach dieser sprachlosen Woche mal wieder etwas loswerden. Nur die paar Brocken gerade taten schon gut. Aber ich habe zu lange nachgedacht. Jetzt ist es zu spät. Jetzt finde ich keinen Anfang mehr.

Ich hätte einfach weiterreden sollen. Einfach weiterreden. Ist im Grunde ja alles ganz einfach.

Er war schon immer sehr gebrechlich. Chronische Arthritis, Gelenkschmerzen, Deformierungen. Hat sein Leben lang starke Schmerzmittel genommen. Sehr schlechte Blutwerte. Mit Mitte vierzig Diabetes.

Durch die jahrelang eingenommenen Schmerzmittel bekam er erst ein Magengeschwür, dann eine Leberzirrhose. Ständiges Unwohlsein. Ständiges Fieber. Ständiger Durchfall. Ständige Schmerzen.

Die letzten Jahre ging es richtig bergab. Erst degenerative Meniskusläsionen, also kaputte Knie, dann der Bandscheibenvorfall. Ab da war er Frührentner. Nichts mehr mit Fliesenlegen. Schön kaputtgearbeitet, die Knie, den Rücken, den ganzen Körper.

Ein ständiges Kribbeln in den Beinen und Füßen. Durchblutungsstörungen. Hat seine Zehen nicht mehr richtig gespürt.

Er ist von Arzt zu Arzt getingelt, von Krankenhaus zu Krankenhaus. Neukölln, Lichtenberg, das Rückenzentrum in Mitte. Immer die Hoffnung: Dieses eine Mal noch, nur noch eine OP, dann wird's sicher besser. Aber es wurde nie besser. Im Gegenteil.

Zur Therapie gehörte viel Bewegung. Krankengymnastik und so. Aber Bewegung war nicht sein Ding, und sagen lassen hat er sich sowieso nichts.

Man konnte seine Gebrechen jetzt sehen. Der Bauch war übersät mit blauen Flecken von den Insulin- und Thrombosespritzen. Er bekam Abszesse in den Achselhöhlen und an den Beinen. Große rote Flächen mit eitrigen Wülsten in der Mitte. Er hat versucht, sie zu verstecken. Hat sich geschämt. Auch für die hautfarbenen Kompressionsstrümpfe, die er nie angezogen hat, obwohl mehrere Ärzte ihm sagten, wie wichtig das sei.

Dann begannen die Lähmungserscheinungen. Er konnte kaum noch Auto fahren. Hat es aber trotzdem immer wieder getan. Aufs Autofahren zu verzichten wäre ja ein Eingeständnis der Schwäche gewesen. Ist unter Schmerzen in seinen Benz ein- und ausgestiegen, nur um ihn zur Waschanlage zu fahren und den blitzblanken Wagen danach wieder vor der Garage zu parken. Die Nachbarn und so.

Den Tumor haben sie nur durch Zufall entdeckt. Ein Leberkarzinom. Operation. Er hatte Nachblutungen. Schmerzen, die ihn schreien ließen. Morphinpflaster für Notfälle. Die Notfälle wurden häufiger, das Pflaster die Regel. Er war ständig bedröhnt vom Morphium, anders ließ es sich nicht aushalten. Erste Zeichen von Inkontinenz. Er bekam einen Dauerkatheter, damit er nicht ständig ins Bett machte.

Der Tumor konnte nicht komplett entfernt werden. Also Chemotherapie. Sein Körper war aber nicht mehr in der Lage, die Therapie durchzustehen. Die Haare konnten gar nicht so schnell ausfallen, wie er in sich zusammenschrumpfte. Er konnte nicht mehr richtig urinieren. Wurde immer dünner.

Gleichzeitig begann er aufzuquellen. Seine Organe waren durch den jahrzehntelangen Medikamentenkonsum so angegriffen, dass sie ihren Dienst versagten. Leber und Nieren streikten. Das Wasser lagerte sich im Körper ab, in den Füßen und den Unterschenkeln, dann auch im Rücken und im Bauch. Mehrmals mussten sie es ihm abpumpen. Als der Bauch aufquoll wie ein Luftballon und die Wassertabletten nicht mehr halfen, stachen sie ihm eine große Kanüle in den Bauch. Schräg unterm Bauchnabel. An der Kanüle war ein Schlauch, durch den das Wasser in einen Behälter floss. Eine gelbliche Brühe. Das wurde mehrmals gemacht. Einmal kamen da sechs Liter Wasser raus.

Sechs Liter.

Eigentlich nur noch Kosmetik. Symptome bekämpfen.

Dann hat sich die Wunde entzündet. Das Wasser wurde rötlich. Innere Blutungen. Eine Nierenzyste. Eine Bauchspeicheldrüsenentzündung. Der ganze Körper eine einzige Entzündung.

Geschwollen, geknechtet, gezeichnet.

Fieber und Schwäche, erbärmlich stinkender Durchfall, Schmerzen und Verwirrung.

Er ist mitten im Satz eingeschlafen. Hat alles verwechselt, immer wieder dieselben Fragen gestellt. In den Mundwinkeln hing getrocknete Spucke, und man wusste nicht, ob man ihn darauf aufmerksam machen sollte oder nicht.

Würde geht anders.

Er konnte nicht mehr alleine aufs Klo gehen. Jede Bewegung eine immense Anstrengung. Trotzdem immer wieder der Satz: »Das wird bald wieder.«

Dass irgendwas wieder wird, nachdem die Organe den Dienst einstellen, ist ziemlich unwahrscheinlich. Das weiß jeder. Das wusste auch mein Vater. Aber er hat bis zum Ende die Fassade aufrechterhalten. Es war nicht Optimismus, sondern Angst. Angst vor dem Einsturz des Kartenhauses, zu dem er sein Leben gemacht hatte.

Ich habe ihn mal in der Charité besucht. Als er aus seinem Bett aufstehen wollte, schrie er vor Schmerzen, obwohl er voll auf Morphium war. Ich fragte ihn, ob ich Hilfe holen soll.

»Nein, es geht mir gut«, sagte er. Er hielt das wahrscheinlich für Tapferkeit. Gescherzt hat er auch. Über das Krankenhausessen zum Beispiel.

»Kochen können die hier wohl«, krächzte er heiser, »nur essen kann das keiner.«

Ich versuchte zu lachen. Mir war eher nach Heulen zumute.

Man konnte ihm beim Sterben zusehen. Allerdings hatte niemand so schnell damit gerechnet. Von der Krebsdiagnose bis zum Tod vergingen keine drei Monate.

Die letzten Wochen verbrachte er bei seiner Schwester und ihrem Mann in Jena. Sie hatten ihn immer mal wieder beherbergt, weil er sich seit der Tumor-OP kaum noch bewegen konnte. Zuletzt wurde er ein richtiger Pflegefall.

Tante Helena hatte zu Ostzeiten eine Apotheke geleitet. Weil sie aber nie studiert hatte, wurde ihr nach der Wende ein Zugezogener aus dem Westen als Chef vor die Nase gesetzt. So war sie nur noch Angestellte in ihrer eigenen Apotheke. Das hat sie nie verkraftet.

Meinen Vater zu pflegen war für sie so was wie eine späte Wiedergutmachung ihrer beruflichen Degradierung. Sie umsorgte ihn wie eine Mutter ihr Kind, war Ärztin, Apothekerin und Psychologin in einem.

Sie nahm es Silvia und mir trotzdem immer übel, dass wir uns zu wenig um ihn kümmerten. Es äußerte sich in kleinen Spitzen. »Wahrscheinlich wisst ihr das gar nicht, aber er würde sich ja so über einen portablen DVD-Player mit Bildschirm freuen.« Also haben wir ihm einen portablen DVD-Player mit Bildschirm besorgt.

Uns hätte er nie danach gefragt. Er wollte nie irgendwelche Hilfe. Das wäre ein Eingeständnis von Schwäche gewesen. Über nichts wurde geredet, schon gar nicht über Schwäche, Krankheit oder Tod.

Der Anruf von Silvia kam morgens um sechs. Ich setzte mich gleich in den Zug nach Jena. Er lag im Wohnzimmer und war nicht mehr ansprechbar, als ich um kurz vor zehn eintraf. Ein provisorisches Lager. Ein Krankenzimmer, das zum Sterbezimmer wurde.

Silvia meinte, sie hätte frühmorgens noch ein paar Wortfetzen verstanden. Namen, darunter meinen. Den ganzen Tag verbrachten wir an seinem Bett. Er versuchte ein paarmal, etwas zu sagen, aber ich konnte ihn nicht verstehen.

Seine Augen waren weit geöffnet. Sie waren ganz ausgetrocknet, blinzelten nicht mal mehr. Das Weiße verfärbte sich erst gelb, dann grün. Er musste schon seit Stunden blind gewesen sein. Die Ohrläppchen waren blau, die Füße auch. Ein schmutziges Graublau, das Blut gelangte nicht mehr dorthin. Abgestorben, angeblich schon seit Tagen. Das Gesicht von den Schmerzen zu einer irren Grimasse verzerrt.

Wir wechselten uns an seinem Bett ab, befeuchteten seine Lippen mit einem Waschlappen, sprachen mit ihm, lasen ihm aus der Zeitung vor, saßen einfach nur da.

Ich war bis drei Uhr im Radetzky gewesen, hatte kaum geschlafen und nicht geduscht. Als ich ankam, war mir das unangenehm, doch der Geruch in dem Zimmer überlagerte alles. Ein abscheulicher Gestank von Medizin, Salbe und lauerndem Tod, man konnte ihn auf der Zunge schmecken.

Ich hoffe, dass ich diesen Geruch eines Tages vergessen kann.

Am Nachmittag legte ich mich kurz aufs Sofa im Gästezimmer. Als ich eine Stunde später wieder aufwachte, ging ich ins Wohnzimmer.

Tante Helena stand vor seinem Bett. Ich weiß noch, dass sie eine grüne Bluse anhatte und eine klobige Brosche um den Hals. Sie flüsterte meinen Namen, ohne mich anzusehen. Ich ging zu ihr rüber.

»Tobias«, sagte sie. »Tobias, es geht zu Ende.«

Sie hatte Recht. Es gab immer längere Pausen zwischen den Atemzügen. Irgendwann kam kein nächster Atemzug mehr.

Mir fiel der Wecker auf, der auf der Fensterbank stand. Ein altmodischer runder Wecker, wie er unter dem Begriff »Wecker« im Lexikon zu finden sein müsste, mit Zeigern so dick wie Zigarren. Sein Ticken war das lauteste Geräusch, das ich jemals gehört habe.

Ich starrte den Wecker an, meine Tante starrte meinen Vater an, mein Vater starrte die Decke an.

Er war nicht mal sechsundsechzig Jahre alt geworden.

Tante Helena fing sofort an, ihren toten Bruder zu fotografieren. Heulend kniete sie vor seinem Bett und machte Nahaufnahmen von der erstarrten Fratze.

Ich wollte auch irgendwas tun, also versuchte ich, seine Augenlider zu schließen. Im Film sieht das immer so einfach aus, aber sie gaben nicht nach. Ich zuckte zurück, als hätte ich eine heiße Herdplatte angefasst, und wischte meine Finger an der Hose ab. Meine Tante sah mich entgeistert an. Ich schämte mich, aber ich konnte es nicht ändern, sie fühlten sich besudelt an.

Sofort wurden große Worte in die Runde geschmissen: Erlösung von den Schmerzen, Ende der Qual, Sieg über die Krankheit. Ich nehme an, so was soll beim Trauern helfen.

Aber ein Sieg, der mit dem Tod bezahlt werden muss?

Der Tod ist nichts Würdevolles, sondern etwas Fieses und Erbärmliches. Mein Vater ist nicht sanft entschlafen. Er ist elendig verreckt, nach einem Leben voller Verbitterung, Schmerz und Sprachlosigkeit.

Das erniedrigende Ende einer verkorksten Existenz.

Es gab kein Testament. Wir haben jedenfalls keins gefunden und auch nie darüber geredet. Also wurden Silvia und ich automatisch als Erben eingesetzt.

Viel gab es sowieso nicht aufzuteilen. Ich wollte von dem ganzen Kram aus dem Haus nichts haben. Die Klamotten, die Möbel, das Geschirr, bloß weg damit, weg weg weg. Manches konnte ich nicht mal anfassen. Seinen Ehering zum Beispiel.

Meine Schwester fand ihn in einem Schuhkarton, neben Stiften, Radiergummis und anderem Zeug. »Ursula« war darin eingraviert, und das Hochzeitsdatum. 23.06.1975. Ziemlich genau vier Monate vor Silvias Geburt.

Ob sie ein Unfall war?

Die Heirat eine Notlösung?

Und wenn man darüber nachdenkt, könnte man zu dem Schluss kommen, dass ich in der Hassphase gezeugt wurde.

Kann man aber auch einfach sein lassen. Ändert ja eh nichts.

Ich schlug vor, eine Entrümpelungsfirma anzurufen und den ganzen Krempel abtransportieren zu lassen. Silvia hielt mich für verrückt. Also ließ ich sie das Haus entrümpeln. Dafür durfte sie behalten, was sie wollte. Ich hab nur den alten Haack-Weltatlas mitgenommen. Der war auch gar nicht seiner, der gehörte der ganzen Familie. Einer der Gegenstände, wegen denen die Scheidung meiner Eltern sechs Jahre gedauert hat.

Sechs Jahre, das muss man sich mal vorstellen. Wie viel Geld dabei draufgegangen ist, wie viel Zeit, wie viel Energie. Man müsste laut drüber lachen, wenn es nicht so traurig wäre.

Sie haben sich durch die Instanzen geklagt. Erst vorm Amtsgericht, dann vorm Kammergericht, und wenn es nach ihm gegangen wäre, hätten sie am Bundesgerichtshof weitergemacht.

Es ging um Unterhaltszahlungen, um die Hausratsaufteilung, um das Umgangsrecht. Er unterstellte meiner Mutter »häufig wechselnde Männerbekanntschaften«, die nicht gut für uns Kinder seien. Sie stritten um Fotoalben, um das gute Meissener Porzellan, und natürlich um das Haus.

Ich weiß nicht, warum sie die Hütte überhaupt noch gekauft haben. Sie hätten auch einfach weiter Miete zahlen können, aber sie wollten unbedingt was Eigenes. Also haben sie die Ersparnisse zusammengeschmissen, das Schwarzgeld von meinem Vater, ein kleines Erbe, das meine Mutter von einer Tante bekommen hatte, haben Hypotheken aufgenommen und in einer überstürzten Aktion das Haus gekauft, in dem wir sowieso schon wohnten, zu einem Zeitpunkt, als die Stimmung in der Familie schon sehr schlecht war. Was für eine Fehlinvestition. Ohne diesen unseligen Besitz wäre die Scheidung vermutlich wesentlich schneller und schmerzloser über die Bühne gegangen.

Meine Mutter wollte das Haus gar nicht, sie wollte nur ihren gerechten Anteil. Den gerechten Anteil bestimmt ein Gutachter. Aus Sicht meines Vaters waren die Gutachter aber entweder inkompetent oder gekauft. Vor dem Gericht behauptete er, der »sogenannte Sachverständige« habe »kein Gutachten, sondern ein Schlechtachten« erstellt.

Er hat sogar versucht, nachträglich eigene Handwerkerrechnungen einzureichen. Fürs Fliesenlegen und den Kellerausbau. Um zu zeigen, dass er viel mehr ins Haus gesteckt hatte als meine Mutter. Das ging natürlich total nach hinten los. Man kann sich selbst keine Rechnungen schreiben, schon gar nicht Jahre später. Die Juristen haben nur die Köpfe geschüttelt.

Drei Anwälte hat er verschlissen. Der erste hat ihm vehement von seinen wirren, überzogenen Anträgen abgeraten, mit denen er das Gericht gegen sich aufbrachte. Zack, Mandat entzogen. Beim zweiten war es ähnlich. Mit seiner lächerlichen Paranoia hat er sich immer weiter ins Abseits manövriert.

Alle hatten sie sich gegen ihn verschworen. Seine Frau, die Richter, die Anwälte, die Gutachter. Er fühlte sich immer gegängelt, schikaniert, betrogen, gedemütigt. Und er war immer zu verbohrt, um Fehler einzugestehen. Zu stolz, sich geschlagen zu geben.

Stolz. Auch nur so ein alberner Euphemismus für gekränkte Eitelkeit. Es hieß ja bei ihm auch immer *Gerechtigkeit* statt

Rache. Man war nicht stur, sondern *prinzipientreu*. *Kämpferisch*, nicht cholerisch. Und auf keinen Fall jähzornig, sondern immer *sensibel*.

Ich war fünfzehn, als ich vor Gericht aussagen musste. Die Richterin und der Verfahrenspfleger behandelten mich wie ein armes, misshandeltes Kleinkind. In ihren Augen stand pures Mitleid.

Irgendwann zu der Zeit hat mein Vater mal zu mir gesagt, ich solle es im Leben einmal besser haben. Wenn man diese abgeschmackte Bemerkung ernst nahm, konnte man sie nur als Aufforderung verstehen, alles anders zu machen als er.

Meine Mutter hatte die bessere Erkenntnis: *Ich* will es besser haben in *meinem* Leben. Eines Tages hat sie einfach aufgehört, sich kleinzumachen und in sich selbst zu vergraben, nur um des lieben Hausfriedens willen, der gar kein Frieden war, sondern nur ein nett dekoriertes Schaufenster. Sie hat sich freigestrampelt und sich nach langen Jahren des stillen Leidens für ein Leben in Freiheit entschieden. Die beste und wichtigste Entscheidung ihres Lebens.

Es gibt Menschen, die es ihren Eltern übelnehmen, dass sie sich getrennt haben. Bei mir ist es umgekehrt. Ich würde es meiner Mutter übelnehmen, wenn sie sich *nicht* von meinem Vater getrennt hätte.

Familie ist kein Selbstzweck.

Familie muss zerstört werden, bevor sie ihre Mitglieder zerstört.

Als ich achtzehn wurde, wollte er keinen Unterhalt mehr für mich zahlen. Ich sprach ihn darauf an, es gab einen Streit, er warf mich aus dem Haus. Es war das Haus, in dem ich aufgewachsen war.

Er wäre gesetzlich dazu verpflichtet gewesen, Unterhalt zu zahlen. Aber dazu hätte ich ihn verklagen müssen. Damit wäre ich eine weitere Kriegspartei in diesem sowieso schon komplizierten Spiel geworden.

Ich habe es nicht getan. Sollte er sein beschissenes Geld doch behalten.

Ein paar Monate später verscherzte er es sich auch mit Silvia, als er sie auf der Rückfahrt aus Jena kurz vor Berlin an einer Raststätte stehenließ.

Sie hatte ihn auf der Fahrt auf die Unterhaltssache angesprochen und ihm außerdem klarzumachen versucht, dass er in ihrer Gegenwart bitte nicht mehr vor anderen, in diesem Fall vor Tante Helena und Onkel Uli, schlecht über unsere Mutter reden sollte. Mein Vater quittierte das mit ein paar zynischen Kommentaren, und als Silvia sich damit nicht abspeisen lassen wollte, fuhr er am Rastplatz Michendorf rechts ran.

»Würden Sie dann hier bitte aussteigen, Fräulein Naseweis!«

Verdutzt stieg Silvia aus, mein Vater fuhr davon und kam auch nicht mehr zurück. Silvia musste schließlich ein Taxi nach Hause nehmen. Als sie dort ankam, wartete schon ein Fax auf sie – eine Rechnung über 34,50 Euro für »Fahrtkosten Berlin–Jena und Jena–Michendorf«. Mein Vater war sich nicht mal zu blöd, handschriftlich hinzuzufügen, dass er seine »Chauffeurdienste« dabei nicht berechnet habe. Silvia platzte der Kragen, sie rief ihn an und nahm ihn sich zur Brust, bis er sich unter Tränen bei ihr entschuldigte.

Bei mir hat er sich nicht entschuldigt. Ich gab ihm auch keine Gelegenheit dazu. Zwei Jahre lang haben wir uns nicht gesehen, bis zum achtzigsten Geburtstag meines Opas. Mein Vater hatte plötzlich weißes Haar. Es ging ihm schon ziemlich schlecht, das sah man sofort, wie er da am Tisch saß, so steif und krumm und fahl.

Von da an sahen wir uns wieder ab und zu. Ausgesprochen haben wir uns nie. An den zwei bis drei Tagen im Jahr, an denen wir uns trafen, durfte nichts die heile Welt stören.

Ich wollte das Haus nach seinem Tod sofort verkaufen. Ich verband nichts Gutes damit, außerdem war es hässlich. Ein Flachdachkasten wie aus dem Katalog, umgeben von Dutzenden identischen Flachdachkästen. Ein kleinbürgerliches Eigentumsghetto, von Hecken umzäunte Langeweile, bescheidener Wohlstand für Leute, die vom Leben nichts mehr erwarten.

Silvia hat gezögert. Die Immobilienpreise waren im Keller, und an dem Haus war seit Jahren nichts mehr gemacht worden. Aber was sollte sie machen, sie war ja gerade erst mit Markus zusammengezogen und schrieb an ihrer Doktorarbeit, da konnte sie sich nicht auch noch darum kümmern.

Auf dem Haus lagen noch achtzigtausend Euro Schulden. Das war fast genauso viel, wie es zehn Jahre zuvor gekostet hatte. Statt weiter das Darlehen abzuzahlen, hatten meine Eltern alles Geld für ihren Rechtsstreit verballert. Mein Vater machte ständig neue Schulden, verlor alles.

Die Einzigen, die die ganze Zeit über an dem Streit verdient haben, waren Anwälte und Gutachter. Und natürlich die Bank. Die beschissene Bank verdient wahrscheinlich immer noch daran, weil sie mit im Grundbuch steht. Der zuständige Sachbearbeiter kann abends sicher vor Lachen nicht einschlafen.

Nach Abzug der Darlehen und der ganzen Gebühren blieben ein paar Tausend Euro für jeden. Dazu kamen der Mercedes und der ganze Kleinkram. Insgesamt hat mir Silvia fünfzehntausend Euro überwiesen. Nicht gerade viel, was nach einem Leben der Plackerei übrig bleibt, dachte ich.

Aber ich hatte noch nie in meinem Leben so viel Geld besessen. Nicht mal annähernd.

Mein Vater ist nie viel gereist. Er konnte jederzeit den Kilometerstand seines Mercedes in Äquator-Umrundungen umrechnen, doch das Land hat er mit dem Wagen nie verlassen.

Silvia meinte, er hätte ganz früher oft von Prag erzählt. Er wusste alles, Karlsbrücke, von wem und wann und wie gebaut. Aber ohne jemals dort gewesen zu sein. Keine Risikobereitschaft, kein Bedürfnis oder kein Mut, etwas Neues zu sehen.

Auch vor der Trennung ist er nie mit uns weggefahren. Das waren immer nur meine Mutter, Silvia und ich. Im Sommer an die Ostsee, im Winter ins Erzgebirge. Aber wehe, einer von uns wollte mal nicht mit nach Jena zu seiner Schwester, dann war der Teufel los.

Ich erinnere mich nur an ein einziges Mal, dass er mit uns Urlaub gemacht hat. Im Winter, in dem Ferienhaus bei Schwarzenberg, zu einer Zeit, in der meine Eltern nur noch gestritten haben. Mein Vater, der große Türenknaller, in keiner Disziplin war er leidenschaftlicher. Tür knallen, Fresse halten.

Doch die Tür im Ferienhaus hat er unterschätzt. Bei uns zu Hause wurden die Türen immer gebremst, man musste sie richtig andrücken, um sie zu schließen, und sie dementsprechend rabiat zuwerfen, um den erwünschten Knalleffekt zu erreichen. Bei dem Streit im Urlaub dagegen wackelte das ganze Haus, als er die Wohnung verließ. Silvia fing vor Schreck an zu heulen. Ich versuchte sie zu trösten, aber sie sagte nichts. Schließlich weinte ich auch ein bisschen, weil ich irgendwie dazugehören wollte.

Daran kann ich mich erinnern, und an die Schrägen im Kinderschlafzimmer, und an den Uhu, den mein Vater und ich bei einem Spaziergang im Wald beim Sandbaden beobachteten. Der Uhu hatte uns nicht kommen hören, und wir verharrten ein paar Minuten lang ganz still an einem Baum und sahen ihm bei seiner lustigen Putzeinlage zu. Mein Vater hatte einen Finger an seine Lippen gelegt. Seine Augen leuchteten. Ich habe ihn nie wieder so glücklich gesehen.

Nach der Scheidung wollte er Silvia und mich mal zum Urlaub einladen, nach Südfrankreich, Spanien oder Italien. Er war ins Reisebüro gegangen und hatte den ganzen Küchentisch voller Prospekte, er war richtig enthusiastisch. Aber irgendwie wurde nichts draus. Wahrscheinlich war meine Mutter dagegen, und meiner Schwester muss sein plötzliches Reisefieber wohl auch etwas suspekt vorgekommen sein.

Ende der Neunziger war er mal für eine Woche alleine auf Ibiza. Oder Teneriffa, keine Ahnung.

Das war's, mehr hat er nicht von der Welt gesehen. Und obwohl ich ja immer wusste, dass ich nicht so leben wollte wie er, ist mir erst nach seinem Tod aufgefallen, wie ähnlich wir uns in dieser Beziehung waren.

Deswegen gebe ich jetzt sein Geld fürs Reisen aus. Ich mache das nicht für ihn, sondern für mich. Weil es besser ist als alles andere, was man mit dem Geld anfangen könnte. Vielleicht auch, weil ich Angst davor habe: Besitz. Ein Klotz am Bein. Hält gefangen und ruiniert Leben.

Das hier ist meine letzte Reise von der Kohle. Und so sehr ich es auch genossen habe, in der Welt unterwegs zu sein – ich bin froh, wenn das Scheißgeld endlich weg ist.

Das alles hätte ich sagen können, reinen Tisch machen, mich erleichtern, wie auch immer man das nennen würde, stattdessen sitze ich nur da und rauche und atme erleichtert aus, als Judith vorschlägt, sich auf den Rückweg zu machen.

Wir sind schon am Wagen, da geht Flo nochmal zurück und holt die leere Wasserflasche, die ich hinter das Geländer geklemmt habe. Ich weiß erst gar nicht, was er damit vorhat, bis mir klar wird, dass er gerade Pfand einsammelt.

Ich habe seit Jahren kein Flaschenpfand mehr weggebracht. Ich lass es immer einfach liegen oder stell es an die Straße. Irgendwer wird schon vorbeikommen und es mitnehmen. Aber so was wie Pfandgeier gibt es hier wohl nicht. Der nächste Obdachlose sitzt wahrscheinlich in der Altstadt von Koblenz und bettelt Loreley-Touristen an.

Dampfend steigt schwüle Luft vom Asphalt auf, legt sich wie ein Film auf die Haut, während sich der Wagen langsam ins Moseltal zurückschlängelt. Ich könnte dringend eine kalte Dusche vertragen.

Vorher steuern wir aber noch einen der Arend'schen Weinberge an. Flo will mir unbedingt zeigen, wie es da aussieht. Judith bleibt im Wagen sitzen. Sie ist wahrscheinlich schon tausendmal hier gewesen.

Wir klettern den Hügel nur zur Hälfte hinauf, trotzdem bin ich komplett nassgeschwitzt. Unvorstellbar, dass hier oben Menschen körperliche Arbeit verrichten. Mit einem Eimer herumkraxeln, in der prallen Sonne oder im Regen, sich bücken und mit der Hand die Trauben von der Rebe rupfen. Wie leicht man auf diesem lockeren Schieferboden abrutschen, wie schnell man sich hier sämtliche Knochen brechen kann. Und das für ein paar Euro die Stunde, die dann auch noch auf die Stütze angerechnet werden. Wenn ich arbeitslos wäre und mir das hier als Job zugeteilt würde, ich würde mich auch krankschreiben lassen.

»Das hier ist unser steilster Südhang. 74 Prozent Steigung«, sagt Flo und geht in die Hocke. Ich kann ihn mir jetzt gut als ambitionierten Sportstudenten vorstellen.

Meine Lungen pfeifen. Das viele Rauchen. Bei dem Gedanken kriege ich sofort Bock auf Nikotin. Ich fummle eine

Zigarette aus der Hosentasche und lass mich neben Flo auf den Schieferboden fallen.

Er sagt, dass das Wetter gerade optimal fürs Wachstum sei, der Regen bei konstanter Wärme, dass viel Wachstum aber auch viel Arbeit bedeute, wegen dem Beschnitt, dem Einkürzen der Triebe und wegen der Pilzkrankheiten. Er zeigt mir auch, was zurzeit gemacht wird.

»Aufbinden. Dabei werden die Triebe an den Reben fixiert. Ist 'ne Menge Maloche, aber wichtig, vor allem für die Schädlingsbekämpfung.«

Er ist aber nicht mehr so ausschweifend in seinen Erklärungen. Vielleicht will er schnell zu Judith zurück. Vielleicht schwant ihm aber auch, dass er es gestern und heute etwas übertrieben hat. Oder er ist noch gekränkt, weil ich ihn vorhin mitten im Vortrag stehengelassen und auf seine letzten Bemerkungen gar nicht mehr reagiert habe. Und dann dieser Blick, den ich ihm vorhin zugeworfen habe.

Ich weiß, dass ich ziemlich böse gucken kann. »Wenn Blicke töten könnten!«, hat meine Mutter früher oft gesagt, wenn ich sauer war. Muss irgendwie mit meiner Gesichtsphysiognomie zu tun haben. Im Radetzky wirkt das auch immer. Einmal habe ich mit dem Blick eine Schlägerei beendet. Habe die zwei Streithähne vorm Tresen einfach angestarrt, bis sie vor Schreck aufhörten und den Laden verließen. Holger war tief beeindruckt. »Hast du gesehen, wie die geguckt haben? Die haben sich in die Hose geschissen!«, rief er hysterisch kichernd. »Wie die aussahen! Hast du gesehen, wie *aus* die sahen!«

Mist, jetzt tut mir Flo fast ein bisschen leid. Er hat mir ja eigentlich nichts getan. Im Gegenteil. Der ist nun mal so. Er meint es ja nur gut.

Ich heuchle schnell ein wenig Interesse. Fasse eine Rebe an, frage ihn, wonach sie riecht.

»Ist das Düngemittel oder so was?«

»Ja. Bisschen schwefelig, oder? Der Spritzhubschrauber war gestern hier. Direkt danach riecht das ziemlich stark. Jetzt eigentlich kaum noch, der Regen hat ja alles weggewaschen.«

»Spritzhubschrauber?«, frage ich, um noch etwas zu sagen.

»Ja«, sagt Flo. »Von Mai bis August fliegt der alle zehn Tage. Ist effektiver, und insgesamt sogar günstiger, wenn man sich mit anderen Winzern zusammentut.«

»Klingt logisch«, sage ich.

»Mitte der Neunziger ist hier in der Nähe mal einer abgestürzt. Hat nicht aufgepasst und sich in der Hochspannungsleitung verfangen. Ist aber niemand gestorben. Als der Pilot aus dem Krankenhaus kam, standen die Nachbarn bei ihm vor der Tür und haben gesungen. *Flieg nicht so hoch, mein kleiner Freund* ... Das konnte der sich noch jahrelang auf jedem Weinfest anhören.«

Flo lacht. Ich lache auch. Meine Lache klingt gekünstelt. Ätzend eigentlich. Aber egal, geht jetzt nicht anders.

74 Prozent Steigung auf dem Hinweg bedeuten auch 74 Prozent Gefälle auf dem Rückweg. Wegen der Profillosigkeit meiner schönen alten Sneakers bewältige ich den Abstieg größtenteils auf dem Hintern.

Der Golf steht auf dem Seitenstreifen dicht an der Landstraße. Judith lehnt an der Motorhaube. Weil ich immer noch das Gefühl habe, irgendwas wiedergutmachen zu müssen, frage ich die beiden, ob ich sie später zum Essen einladen kann.

Flo dreht sich zu Judith um und macht irgendwelche maunzigen Geräusche. Sie nuscheln etwas, das ich nicht verstehe, weil gerade ein Traktor vorbeifährt.

»Was?«

»Na ja«, sagt Flo, »das ist nett von dir, aber ich bin morgen Abend nicht da. Ich mache einen Hausbesuch bei einem Stammkunden, habe ich dir ja am Telefon erzählt.«

»Ja?«

»Ja.« Er spielt mit der Zunge in seinem Mundwinkel herum, als würde er dort etwas suchen. »Ja, und deshalb würden Judith und ich heute gerne noch einen Abend zu zweit verbringen. Pärchenabend, weißt du?«

Obwohl mir das ganz recht ist, weil ich sowieso lieber alleine esse, muss ich mich jetzt wirklich beherrschen, nicht laut und hässlich loszulachen.

Pärchenabend also.

Ich friere meine Gesichtszüge ein und verbiete mir mit aller Kraft meinen Killerblick. Es fällt mir nicht leicht. Durch meine Zähne kommen irgendwelche Laute, als wäre ich gerade beim Vorsprechen für eine Rolle als Clint-Eastwood-Double.

Die Turteltäubchen hören mich gar nicht. Sie stecken die Köpfe zusammen und flüstern sich in Babysprache irgendwas zu, nehmen sich in den Arm und schaukeln so komisch hin und her, als wäre ich gar nicht anwesend. Unendlich langsam verstreichen die Sekunden. Sie stehen da wie Verwundete, die sich nicht alleine auf den Beinen halten können. Obszön, vulgär. Ich weiß gar nicht, wo ich hingucken soll. Wenn die nicht aufpassen, haben sie sich gleich völlig zerstreichelt, kaputtgekuschelt, zu Tode gesäuselt.

In sämtlichen Zellen meines Körpers tobt jetzt nur noch ein ganz schlimmer Bierdurst.

10

Das Innere der Speisegaststätte Zur Linde besteht zu ungefähr neunzig Prozent aus Holz. Tische, Wände, Decke, Tresen – alles aus Holz. Sogar der Kippenautomat ist mit hellem Holz vertäfelt, Kiefer oder Fichte oder was das ist.

Über der Schiebetür zum Hinterzimmer hängt ein großes Hirschgeweih. Es sieht hier aus, als hätte man das Esszimmer der Arends zur Kneipe gemacht. Mir soll's recht sein. Spätestens nach der Schwammtechnikhölle von gestern weiß ich das Traditionell-Rustikale durchaus zu schätzen.

Hinter dem Tresen stehen einige Pokale im Regal. Außerdem ein Aschenbecher in Toilettenform sowie zwei große Flaschen mit einer braunen Flüssigkeit. Die Flaschen haben die Form von menschlichen Körpern, eine weiblich, die andere männlich.

Aus dem Hinterzimmer dröhnt das dumpfe Stimmengewirr einer größeren Versammlung. Der junge Spund mit der Baseballkappe gehört offenbar zur Kellnerin oder ist zumindest scharf auf sie. Er sitzt am Ende des Tresens, trinkt eine Cola und beobachtet jeden ihrer Schritte.

Ich setze mich an einen Tisch in der hintersten Ecke des Thekenraums. Raucherbereich.

Über meinem Platz hängt ein Teller an der Wand. Er zeigt einen Jungen in kurzen Lederhosen, der in hohem Bogen in einen See pinkelt. Dort, wo sein Strahl das Wasser trifft, springen panisch zwei Frösche zur Seite. »Trink niemals Wasser!«

Es sind nur zwei weitere Tische besetzt. Gegenüber vom Tresen sitzen drei Männer und spielen Karten, einen Tisch weiter hat ein älteres Ehepaar gerade das Abendessen beendet und raucht nun fröhlich um die Wette. Sie sehen zufrieden aus. Irgendwie glaube ich ja, dass Raucher die besseren Menschen sind. Unter soziologischen Gesichtspunkten vielleicht eine etwas fragwürdige These, aber egal.

Der Ventilator verteilt den Zigarettenqualm der beiden gleichmäßig unter der Holzdecke, wo er als mächtiger Schleier hängenbleibt. Mir gefällt das. An einem Ort zu essen, wo geraucht wird, hat mich noch nie gestört. Beim Trinken ist Rauch sogar essenziell, sonst kann man sich ja gleich in der antiseptischen Atmosphäre eines Krankenhauses oder Hallenbades besaufen. Das Radetzky ohne den Duft von Zigarettenqualm? Völlig unvorstellbar. In guten Momenten brauche ich anderthalb Minuten für eine Zigarette, ohne dass mir schwindelig wird. Dann inhaliere ich Nikotin mit jedem Atemzug. Sollte sich das Rauchverbot wirklich mal durchsetzen, muss ich mir auf jeden Fall einen anderen Job suchen. Oder besser gleich einen anderen Planeten.

Die Kellnerin kommt freundlich lächelnd auf mich zu. Ich schätze sie auf Anfang zwanzig. So stellt man sich in Fredericksburg, Texas, ein deutsches Mädchen vor: groß, kräftig, mit zwei blonden Zöpfen und einem tiefen Dekolleté, aus dem ein mächtiger Busen hervorlugt. Fehlt nur noch das Dirndl, um das Klischee zu komplettieren. Sie sieht aus, als würde sie Dagmar heißen. Dagmar hat einen kleinen Kopf und eine irgendwie kegelförmige Figur. Der sogenannte Michelinmännchen-Torso. Was sie dadurch zu unterstreichen weiß, dass sie ihre Klamotten gerne ein paar Nummern zu klein kauft. Enge weiße Bluse, enger schwarzer Kittel und eine dunkle Jeans der Marke *Arsch frisst Hose*.

»Was darf's denn sein?«

»Ein großes Bier, bitte.«

»Bitburger?«

»Egal. Hauptsache groß. Und habt ihr 'ne Karte?«

»Ja, da«, sagt sie und deutet auf einen Stapel Zeitungen neben mir. »Ich komm dann gleich nochmal wieder.«

Ich nehme mir eine der Zeitungen. »Lindenblatt« steht in grünen Versalien auf dem Deckblatt. »Herzlich willkommen in unserem Hause!«

Darunter unscharfe Fotos von Wurstplatten, Weinregalen und holzvertäfelten Räumen. Die Speisekarte ist als Poster in der Mitte abgedruckt. Der Rest der achtseitigen Zeitung enthält eine Zeittafel der Familie Schäfer, die dieses Restaurant nebst Gästezimmern seit 1909 betreibt, außerdem Anzeigen lokaler Unternehmen, ein Silbenrätsel und eine Witze-Ecke.

»Gestern wollte ich ganz besonders vorsichtig aus der Kneipe nach Hause gehen, da tritt mir irgend so ein Idiot auf die Hand.«

Das Menü ist ziemlich fleischlastig, aber zum Glück ist gerade Spargelzeit. Auf einer Tafel an der Wand sind die Spargelgerichte aufgeführt. Ich entscheide mich für die Variante mit Sauce Hollandaise und Kartoffeln.

Dagmar stellt mir ein großes Glas Bier auf den Tisch und kritzelt meine Bestellung auf einen schmalen Block.

Bier!

Wie herrlich!

Der Wein muss mir schon aus sämtlichen Körperöffnungen kommen. Nicht nur, weil ich gestern einiges davon getrunken habe, sondern vielmehr, weil er hier so allgegenwärtig ist, dass man ja eigentlich gar nicht anders kann, als aus Protest nur noch Bier zu trinken.

Noch bevor Dagmar den Tresen erreicht hat, habe ich das Glas in zwei großen Zügen geleert. Bis auf den letzten Schluck natürlich.

»Und noch ein Bier, bitte!«, rufe ich ihr hinterher.

»Yo!«, ruft Dagmar zurück.

Während ich auf das Essen warte, blättere ich in der gestrigen Ausgabe der *Rhein-Zeitung*. Ein Artikel berichtet über eine Studie, nach der die Hälfte der Deutschen auch krank zur Arbeit geht. Aus Pflichtgefühl, weil sonst zu viel Arbeit liegenbleibt. Und aus Angst, den Job zu verlieren. Die Vorstellung, jeden Tag in ein beschissenes Großraumbüro oder was weiß ich wohin zu müssen, ist ja schon schlimm. Die Vorstellung, sich auch noch krank dorthin zu schleppen, übersteigt mein Vorstellungsvermögen. Und haben nicht Hubert und Flo gestern noch von den faulen deutschen Erntehelfern geredet?

»Guden, Herr Meise!«

Ich schmeiße vor Schreck fast mein Bierglas um.

Hubert trägt denselben roten Pullover wie gestern. Und dieselbe rote Nase. Seine Augen sind zu zwei Bud-Spencer-artigen Sehschlitzen zusammengezogen, er grinst übers ganze Gesicht.

»Wie bitte?«

»Guden. Guten Abend, auf Hochdeutsch!«

»Ach so, ja, guten Abend auch«, stammle ich, und bevor mir noch so was rausrutscht wie *»Na, so ein Zufall, gerade an dich gedacht!«,* frage ich: »Wie geht's?«

»Na, ich sag mal so: Schlechten Menschen geht es immer gut«, lacht Hubert. »Und selbst?«

»Kann nicht klagen«, sage ich. Was ja eigentlich nichts heißt, mir aber trotzdem oder gerade deswegen irgendwie passend erscheint. »Ich bin zum Abendessen hier.«

»Und mein Sohnemann?«

»Ist zu Hause, mit Judith. Pärchenabend.«

»Ach ja, die Liebe«, seufzt Hubert. »Das muss schon was Schönes sein! Die beiden können ja die Finger nicht voneinander lassen. Da haben sich zwei gefunden!«

»Ja«, sage ich.

»Schönes Paar«, sagt Hubert.

»Ja«, sage ich.

»Stimmt's, oder hab ich Recht?«, sagt Hubert.

»Ja, sicher«, sage ich. »Und du, Feierabend?«

»Ja, hab noch eben hinten ein Bierchen mit dem Jagdverein getrunken. Du kennst ja vielleicht den Witz: Gehen zwei Jäger an einer Kneipe vorbei.«

»Ja, und?«

»Ja, das war der Witz.«

Er lacht.

»Ach so, verstehe.«

Ich lache auch.

Hubert stützt sich auf dem Tisch ab, beugt sich vor und senkt die Stimme.

»Aber Spaß beiseite. Wir haben hier gerade ein Problem mit Wilderern. Die Wildschweine fressen uns die Trauben weg, das zahlt mir keine Versicherung. Die Biester müssen geschossen werden, klare Sache. Aber nicht von Wilderern.

Deswegen die Krisensitzung. Lässt sich ja auch gut mit einem Feierabendbierchen verbinden.«

»Ach so«, sage ich und denke, dass es einem Wildschwein ziemlich egal sein dürfte, von wem es abgeknallt wird. Und außerdem: *Feierabendbierchen?* Nach allem, was ich bisher gesehen und gehört habe, hätte ich eher gedacht, dass Bier für einen Winzer so was ist wie eine Daily Soap für einen seriösen Theaterschauspieler. Flo hat gestern erzählt, dass auf manchen Weinfesten nicht mal Bier verkauft wird.

Hubert kommt noch etwas näher. Seine Ohren sind wirklich riesig. Er flüstert jetzt fast.

»Unter uns, für mich ist das ja nichts, diese Vereinsmeierei und so. Außerdem fangen die gerade schon wieder an mit ihrem Parteiengedöns. Wenn der Hoffmann von der SPD da ist, dann weiß man immer, bald geht der Wahlkampf wieder los. Lässt sich sonst nicht blicken, der alte Steifhals. Aber was willste machen. Mit den Wilderern, das geht so nicht weiter. Am Wochenende haben'se wieder einen angeschossenen Keiler gefunden und den Gnadenschuss geben müssen. Hat den halben Wald vollgeblutet, das arme Tier. Na ja, was erzähl ich das einem Vegetarier ...«

»Ach, wieso, also«, sage ich. Manchmal kommt es mir vor, als hätte ich die Konversation mit Fremden komplett verlernt.

Etwas vibriert in meiner Hosentasche. Dann höre ich auch das Klingeln. Ich krame mein Handy hervor, werfe einen Blick aufs Display: VERENA ZUHAUSE. Ich drücke die Lautlos-Taste und lege das Handy zur Seite.

»'tschuldigung.«

»Willst du nicht rangehen?«, fragt Hubert.

»Ach, nicht so wichtig gerade«, sage ich.

Hubert starrt auf das Handy, das wie eine zuckende Ratte vor sich hin vibriert. Das Brummen wird durch den Holztisch verstärkt, bohrt sich in meinen Kopf und entfaltet dort ein Bild von Verena, wie sie in Unterhemd und Schlüpfer auf der Bettkante in ihrer Hannoveraner WG sitzt, das Telefon am Ohr, mit aufeinandergepressten Lippen, diesem typischen Blick, den sie hat, wenn sie sich konzentriert oder auf etwas freut. Es ist ein schöner Blick.

»Bist du sicher?«, fragt Hubert.

Nein, denke ich. Und sage: »Ja.«

Endlich hört das Brummen auf. Hubert klopft dreimal kräftig auf den Tisch.

»Ich werd dann mal nach Hause gehen, bevor die liebe Frau Gemahlin noch eine Vermisstenmeldung aufgibt. Wünsche guten Appetit und einen schönen Abend, Herr Meise!«

»Gleichfalls«, sage ich.

Und als er durch die schwere Tür verschwunden ist, denke ich etwas wirklich Eigenartiges: schade. Schade, dass er gegangen ist. Ich hätte gerne noch ein bisschen mit ihm abgehangen, mir von Wilderern erzählen lassen, von Vereinsmeierei oder steifhalsigen SPD-Heinis, was weiß ich, mir ganz egal.

Dann überlege ich, ob ich Verena zurückrufen soll, aber ich hab jetzt wirklich keine Lust, zu telefonieren, und außerdem kommt da auch schon Kellnerin Dagmar mit meinem Essen auf mich zu. Ich rufe sie morgen zurück, oder übermorgen, mal sehen.

»Guten Appetit.«

»Danke.«

Die Kartoffeln dampfen, der Spargel schmeckt gut. Mein Handy liegt vor mir und starrt mich vorwurfsvoll an. *Ein*

Anruf in Abwesenheit. Ich stecke es in die Tasche und esse weiter. Versuche mich zu konzentrieren, auf das Essen, das Bier, die Zeitung.

Es nutzt nichts. Ich sehe sie immer wieder vor mir. Wie sie auf die rote Taste drückt, das Telefon zur Seite legt und sich rückwärts aufs Bett fallen lässt, enttäuscht, dass ich schon wieder nicht abgenommen habe. Habe ich sie überhaupt schon mal traurig gesehen?

Ich glaube nicht.

Sie hat so viel gelacht auf unserer Reise. Ich auch. Wie viel Spaß wir hatten. Verena ist intelligent genug, um auch noch im schlechtesten Scherz etwas Lustiges zu finden. Die ganzen alten Kneipenwitze konnte ich wieder hervorkramen. Je flacher es wurde, desto lauter lachte sie. Davon angespornt, bin ich richtig zu Höchstform aufgelaufen. Manchmal lachten wir nur darüber, dass wir über etwas völlig Unlustiges lachen mussten.

Auf einer langen Fahrt durch die Wüste haben wir schließlich Eduardo erfunden. Eine Art Alter Ego, das von da an vier Wochen lang mit uns im Auto saß. Eine Figur, auf die wir alles projizieren konnten, über das wir uns lustig machen wollten. Nach und nach wurde daraus ein richtiger Charakter.

Eduardo war ein schlichtes Gemüt, tumb, aber gutmütig. Ein freundlicher Neandertaler mit scheunentorgroßem Herzen. Einer, der immer sagt, was er denkt, weil er intellektuell gar nicht in der Lage ist, sich zu verstellen. Zu dumm zum Lügen, zu primitiv für schwere Schultern, zu einfach gestrickt für Reflexion jeglicher Art. Die Axt im Walde, der Elefant im Porzellanladen. Ein bärenstarkes Riesenbaby, ein Grobian, der alles zerbricht, was ihm in die Finger kommt, der aber im Grunde seines Herzens keiner Fliege etwas zuleide tun kann. Ein grobschlächtiger Kumpeltyp, der einem den letzten Nerv raubt, auf den man aber doch nie lange sauer sein kann. Immer gut gelaunt und voller Energie.

Die Sorte Typ, die man gerne zum Freund hat, wenn man im Dschungel oder im Slum oder bei einem Armdrückwettbewerb ausgesetzt wird, aber eher ungern, wenn man mit wichtigen Geschäftspartnern oder schöngeistigen Freunden fein essen geht.

Bei Eduardo war immer alles »ultra« oder »mega«, jeden zweiten Satz begann er mit »Ey« oder »Boah«. Er sagte Sachen wie »geile Meile!« oder »Leck mich am Arsch, ist das warm hier, ich schwitze wie ein Schwein!«, bevor er aufstand und polternd zum Klo stampfte, und beim Zurückkommen verkündete er freudestrahlend, er hätte gerade den »Monsterschiss« abgeliefert, einen »Neger abgeseilt« oder einen »Bob in die Bahn gedrückt«. Dann lachte er schallend und haute einem seine riesige Pranke auf die Schulter, dass einem die Zähne im Schädel wackelten.

Ansonsten beschränkte sich sein Humor auf einfache Gesten und uralte Scherze. Er liebte es beispielsweise, auf Gruppenfotos hinter jemandem zu stehen und ihm mit den Fingern Hasenohren zu machen, und lachte über T-Shirts mit lustigen Aufdrucken wie »Thirty but dirty« oder »Bier rein (Pfeil nach oben) – Bier raus (Pfeil nach unten)«.

Bei jeder Gelegenheit trommelte er sich vor Freude auf die Brust und brüllte laut seinen eigenen Namen: E-DU-AR-DOOOO! Am liebsten auf Bergen oder Brücken. Es überkam ihn einfach, ein animalischer Reflex. Überhaupt machte er alles laut. Rülpsen, furzen, gähnen, schmatzen. Ohne Rücksicht auf andere. Nicht aus Boshaftigkeit, sondern weil sein Erbsenhirn einfach nicht in der Lage war, den übermächtigen Körper zu bändigen.

Er stand auf große Autos und große Brüste, die bei ihm natürlich »Schlitten« und »Möpse« hießen, er öffnete sein Bier mit den Zähnen, egal ob Flasche oder Dose, hatte noch nie ein Buch gelesen und aß eigentlich nur Fleisch, am liebsten roh und blutig und selbst gefangen.

Das war Eduardo. Eine Mischung aus Tarzan, Forrest Gump und Conan der Barbar.

Wir haben uns auf diesen Fahrten vor Lachen die Bäuche gehalten. Irgendwo am Mississippi zwischen Baton Rouge und New Orleans fuhr Verena tatsächlich mal rechts auf den Seitenstreifen, weil wir nicht mehr geradeaus gucken konnten. Ich weiß nicht mehr, worüber genau wir lachten. Wahrscheinlich wussten wir in dem Moment selbst nicht mehr, was der ursprüngliche Auslöser gewesen war. Und das ist ja das Beste: wenn sich alles so verselbstständigt. Wenn das Hirn überlistet wird, man sich einfach gehen lässt und keine Albernheit zu peinlich ist, weil Albernheit und Peinlichkeit als Koordinaten keine Rolle mehr spielen.

Was für eine Reise. Ich kann mich nicht daran erinnern, während der neun Wochen mit Verena auch nur ein einziges Mal schwere Schultern gehabt zu haben.

»Piss nicht daneben, du altes Schwein, der Nächste könnte barfuß sein.«

Das geschnitzte Schild über dem Pissoir würde Eduardo gefallen. Nach dem Froschbild und dem Toilettenaschenbecher ist das schon der dritte humoristische Urin-Bezug in diesem Etablissement. Familie Schäfer scheint ein gewisses Faible für das Thema Urin zu haben. Wahrscheinlich wird jedes Wochenende ein Familienmitglied losgeschickt, um die Flohmärkte der Umgebung nach passenden Accessoires zu durchstöbern.

»Aber komm mir ja nicht ohne irgendwas mit Urin nach Hause, Dennis!«

Auf dem Weg zurück ziehe ich eine Schachtel Zigaretten. Zur Sicherheit. Man weiß hier ja nie, wann und wo man als Nächstes welche bekommt. Diesmal muss ich mit Marlboro Lights vorliebnehmen, denn auch dieser Automat bedient eher die Nachfrage von Mitbürgern, die bereits im Ersten Weltkrieg mit dem Rauchen angefangen haben. Weit und breit keine Benson & Hedges, auch nicht die goldenen. Nicht mal rote Gauloises haben sie hier. Habe ich in den letzten zehn Jahren schon mal einen Zigarettenautomaten ohne rote Gauloises gesehen?

Als ich mich wieder setze, räumt Dagmar gerade meinen Tisch ab.

»Hat's geschmeckt?«, fragt sie.

»Sehr gut«, sage ich.

Ich glaube nicht, dass ich auf die Frage schon mal was anderes geantwortet habe. Mein Kumpel Itchy dagegen hat mal zu einer Kellnerin gesagt: »Da hab ich jetzt gar nicht drauf geachtet.« Nicht weil er lustig sein wollte – er meinte das ernst. Er hatte vor lauter Hunger so schnell gegessen, dass er wirklich nicht auf den Geschmack geachtet hatte. Itchy ist allerdings generell ziemlich verpeilt. Einmal rief er mich auf dem Weg zur Arbeit an und meinte mitten im Gespräch: »Scheiße, ich muss nochmal zurück, hab mein Handy zu Hause vergessen.« Als ich ihm sagte, dass er damit gerade telefoniere, sagte er nur: »Ach ja, stimmt«, als wäre das ganz normal, als könnte man sich da schon mal vertun.

Ich bestelle noch ein Bier und zünde mir eine Zigarette an. Irgendwie sieht die »Linde« jetzt ganz anders aus. Gar nicht mehr wie ein Restaurant, eher wie eine Kneipe. Das

Radio läuft, dicke Rauchschwaden hängen unter der Decke, und der Junge mit der Baseballkappe sitzt an einem dudelnden Spielautomaten, den ich vorhin gar nicht bemerkt habe. Aus dem Hinterzimmer dröhnt das tiefe Lachen der Jäger, am Tresen hockt ein Mann in Jeanshose und Jeanshemd. Zu den Kartenspielern hat sich ein viertes Mitglied gesellt, das die Lautstärke um ein paar Dezibel hebt.

Es ist eine seltsam zusammengewürfelte Runde. Vier Männer zwischen zwanzig und fünfzig, was ja schon mal echt merkwürdig aussieht. Ins Radetzky kommen natürlich auch Leute unterschiedlichen Alters, aber dieses Quartett wirkt, als wäre fundamentale Langeweile der einzig gemeinsame Nenner.

Der Jüngste hat eine unkomfortable Frisur, die ihm wie eine Gardine ins Gesicht hängt und mich an die Nummer einundsechzig beim Inder auf der Oranienstraße erinnert, Palak Paneer, irgendwie schlammfarben. Unter der Gardine versteckt sich ein Bubigesicht mit rosigen Wangen und unsicher zuckenden Augen.

Der Schnauzbartträger ihm gegenüber könnte rein altersmäßig sein Vater sein. Er hat eine dicke Handytasche am Gürtel, wie sie ältere Herren benutzen, die ihre Freizeit am liebsten bei Conrad Electronic oder im Baumarkt verbringen. Vielleicht hat er hier bei der Vertäfelung geholfen und darf deswegen umsonst saufen. Auf jeden Fall scheint er nicht weit entfernt zu wohnen, er ist in Pantoffeln da.

Eins weiter in der Ecke hockt der Comicverkäufer aus Springfield. Ein Nerd wie aus dem Bilderbuch, eine fleischgewordene Karikatur, inklusive Kassengestell, einer Bartfrisur, die man umgangssprachlich auch als *Gesichtsfotze* bezeichnet, und der überflüssigen Pfunde, die die Verköstigung im Hotel Mama nun mal so mit sich bringt.

Der Enddreißiger am Kopfende des Tisches ist neu hinzugekommen. Er hat ein irgendwie weiches und konturloses Gesicht. Erst nach wiederholter Betrachtung fällt mir auf, woran das liegt: Es gibt in diesem Gesicht keine Haare, nicht mal Augenbrauen. Die Geheimratsecken gehen fast bis zum Hinterkopf, und das Kinn ist kurz davor, sich zu verdoppeln. Auf seinem sonnenverbrannten Oberarm prangt ein ausgeblichenes Tribaltattoo, dessen Vorlage offensichtlich der erste Linolschnittversuch eines minderbemittelten Drittklässlers mit zwei gebrochenen Armen war.

Das schwammige Äußere steht allerdings in scharfem Gegensatz zu der dröhnenden Stimme, mit der der Alphawolf dieser trüben Truppe eine Lebensweisheit nach der anderen durch den Raum brüllt.

»Psychopathen bauen Luftschlösser, und Psychiater kassieren die Miete!«

»Was Hänschen nicht lernt, lernt Hans nimmermehr!«

»Wo gehobelt wird, fallen Späne!«

Noch so ein Sprücheklopfer. Doch bei ihm klingt das Phrasengedresche anders als bei Hubert und Flo. Die pflegen zwar eine Art von Humor, den ich höchstens unter Aspekten der Realsatire als lustig bezeichnen würde, verströmen dabei aber Ausgeglichenheit und Lebensfreude, wohingegen von dem Alphawolf eine latente Feindseligkeit ausgeht.

Während Bubigesicht die Karten mischt, haut er ihm mit voller Wucht auf die Schulter und ruft: »Brich dir mal nicht die Finger, Jungchen!«

Dann dreht er sich zu Comicverkäufer und Handwerkertyp um und zeigt mit dem Daumen auf Bubigesicht. »Der spielt, wie er aussieht, wie ein Mädchen!«

Die anderen lachen. Sogar Bubigesicht kichert schüchtern.

»Schwach anfangen und dann stark nachlassen, darin biste Meister, Jungchen!«

Vielleicht ist das so was wie ein Stammtisch. Ich habe mich noch nie gefragt, wie so ein Stammtisch wirklich aussieht. Ich hielt den Begriff bisher für eine Art Metapher, eine Überspitzung. Hier werde ich eines Besseren belehrt: So etwas gibt's wirklich. Und wie so oft steht die Realität dem Vorurteil in nichts nach.

Ich bestelle ein weiteres Bier und versuche, das Gedudel des Spielautomaten und die Sprüche vom Nebentisch auszublenden, um mich wieder auf die Zeitung zu konzentrieren, doch die Einwürfe des Alphawolfs werden immer lauter und aggressiver.

»Kaum gestohlen, schon in Polen«, brüllt er. Und: »Der Iwan, der frisst das Brot aus der Dose!«

Ich weiß weder, was das bedeuten soll, noch, wie er da jetzt plötzlich drauf kommt. Das Kartenspiel geht ganz normal weiter. Dabei lässt er weitere Salven vom Stapel. Mal gegen Polen, mal gegen Russen. Dann gegen beide zugleich.

»Warum klauen die Russen in Deutschland immer alles doppelt?«, fragt er mit weit aufgerissenen Augen augenbrauenlos in die Runde, um sich sogleich selbst die Antwort zu geben: »Sie müssen auf dem Rückweg noch durch Polen!«

Heiser lacht er über den eigenen Witz. Die anderen blicken in ihre Karten, grinsen gequält, sagen nichts. Doch das spornt den Alphawolf eher noch an.

»Was passiert, wenn man einen Russen und einen Polen kreuzt? Das Kind ist zu faul zum Klauen!«

Seine Lache klingt wie das gurgelnde Rasseln eines alten Wartburg-Motors, tief und böse und irgendwie kaputt. Er donnert seine Faust auf den Tisch und wird im nächsten Augenblick ganz ernst.

»Dreckspack, ein elendes Dreckspack ist das. Nirgendwo bist du vor denen sicher!«

Er macht eine Kopfbewegung in Richtung Theke, wo der Jeansträger sitzt. Erst da fällt mir auf, dass der ziemlich osteuropäisch aussieht. Dagmar stellt ihm gerade ein Bier und einen Schnaps hin.

»Wenn bei mir zu Hause jemals einer von den Brüdern übern Zaun kommt, dann rauscht es! Ich hab eine deutsche Eiche im Garten. Die ist mit Sicherheit vierhundert Jahre alt. Sieht bestimmt gut aus, wenn da ein Polacke dran baumelt.«

Comicverkäufer, schüchtern: »Aufknüpfen musst du sie ja vielleicht nicht gerade.«

Alphawolf: »So, mein Freund, ich sag dir jetzt mal was: Ich verteidige mein Eigentum. Wenn der Staat mich und meine Familie nicht schützt, dann schütz ich mich eben selbst. Und so wie ich denken viele. Sagt nur keiner. So sieht das nämlich aus. Aber ich lass mir das Maul nicht verbieten von denen da oben.«

Handwerkertyp, zwischen den beiden vermittelnd: »Man muss ja schon sagen, im Eifelbereich haben die Russen den kompletten Drogenhandel in der Hand.«

Alphawolf: »Mein Reden!«

Handwerkertyp: »Und nicht nur Haschisch und Marihuana, sondern auch Heroin.«

Comicverkäufer: »Ja, das ist wohl wahr.«

Handwerkertyp, leise, als würde er den anderen jetzt eine ganz besonders brisante Geheiminformation anvertrauen: »Heutzutage ist ja auch viel mehr Wirkstoff in Haschisch enthalten. Die züchten sich da ein Kraut heran, das macht dich fertig, da bist du sofort abhängig!«

Alphawolf: »So sieht's aus. Ich sag ja immer: Vorsicht ist besser als Nachsicht. Ich hab nichts gegen den Iwan, er soll nur schön in Sibirien bleiben, da kann er nicht so viel Schaden anrichten!«

Er wedelt mit seinem Bierglas in der Luft herum.

»So, Frollein, würdest du dann hier nochmal die Luft rauslassen!«

Dagmar steht bei der Baseballkappe am Spielautomaten. Da könnte heute noch was gehen.

»Was?«

»Eine Gerstenkaltschale, Schätzchen! Schwing die Hufe, ich bin am verdursten!«

»Jaja, kommt.«

Der Alphawolf blickt ihr aus den Augenwinkeln hinterher: »Das sind unsere Moselweiber: Gesicht wie ein Engel, Arsch wie ein Brauereipferd.«

»Hey, bleib mal ganz geschmeidig da hinten«, sagt die Baseballkappe mit piepsiger Stimme.

»Halt die Backen, Grünschnabel, dann tut das Gesicht nachher nicht so weh beim Weinen«, antwortet der Alphawolf, ohne die Baseballkappe überhaupt anzusehen.

Er schnalzt mit der Zunge und wirft eine Karte in die Tischmitte. Handwerkertyp und Comicverkäufer kichern leise vor sich hin. Baseballkappe schüttelt den Kopf. Dagmar tut so, als hätte sie von alldem gar nichts mitbekommen, und zapft ein großes Bier.

Bubigesicht hat als Einziger nichts zu der Unterhaltung beigesteuert. Er sitzt mir genau gegenüber. Als seine nervösen Augen meinen Blick kreuzen, wird er noch ein bisschen röter im Gesicht und vergräbt es schnell wieder unter seiner Gardine. Dass er in dieser üblen Runde seinen Freitagabend verbringt, weil es in diesem Scheißnest nichts Besseres zu tun gibt, ist doch nicht zum Aushalten.

Warum bleibt er nicht zu Hause und liest ein Buch?

Verbündet sich mit Baseballkappe und Dagmar und gibt dem Alphawolf sein Weizenbierglas zu fressen.

Oder zieht einfach weg, weit weg, irgendwohin, wo er in einer anonymen Masse verschwinden und den Ballast der Dorfjugend abwerfen kann, einen Schutzwall aus Menschen um sich, der ihn von seinen Wurzeln trennt!

Es ist so eine spontane Eingebung. Ich stehe auf, nehme mein Glas und gehe mit meinem finstersten Gesichtsausdruck auf den Kartenklopptisch zu. Bubigesicht starrt mich erschrocken an, doch kurz bevor ich an ihrem Tisch bin, drehe ich nach links ab und lehne mich an den Tresen, direkt neben den Jeansträger.

»Ist hier noch frei?«

»Ist freies Land«, sagt der Jeansträger. Polnischer Akzent. Ich habe mich nicht getäuscht.

»Dziękuję«, sage ich und setze mich auf den Barhocker. Eins von drei polnischen Wörtern, die ich kenne. *Danke*, *Bier* und *Prost*. Reicht ja eigentlich, um damit durch den Abend zu kommen.

Der Jeansträger dreht langsam den Kopf und schaut mich mit einer Mischung aus Überraschung und Misstrauen an. Dann beginnt er zu grinsen, wobei er eine ziemlich große Zahnlücke offenbart, so eine, wie ich sie früher gerne gehabt hätte. Ich schätze ihn auf Mitte bis Ende dreißig. Dunkle Haare, hageres Gesicht.

»Tobias«, sage ich. Ich weiß nicht, warum ich meinen echten Vornamen wähle. Mache ich sonst eigentlich nie.

»Marek«, sagt er.

Marek, Marek, da war doch was.

»Arbeitest du bei den Arends?«

»Hm«, sagt er und nickt. Hinter mir lachen die Kartenklopper über irgendetwas. Ich mache eine Kopfbewegung in ihre Richtung und rolle mit den Augen.

»Kurwa«, sagt Marek leise. Ich wusste, dass ich noch ein viertes polnisches Wort kenne.

Er trinkt Bier und Wodka. Ich bestelle eine Runde für uns beide.

»Na zdrowie!«, sage ich, und er schenkt mir wieder sein verschmitztes Grinsen.

Wir stürzen den Wodka hinunter. Merkwürdigerweise habe ich den Letzten-Schluck-Ekel nicht bei Kurzen, die kann ich so wegkippen. Muss also was mit der Lippenstellung oder so zu tun haben. Ist ja auch egal.

Die Kommunikation mit Marek ist etwas einseitig, sie erschöpft sich mehr oder weniger darin, dass ich ihm eine Frage über die Arbeit stelle und er mit wenigen Worten antwortet. Immerhin erfahre ich, dass er seit drei Jahren jeden Sommer auf dem Weingut der Arends arbeitet, als Erntehelfer, zusammen mit seinem Vater Stanislaw. Was ich ja im Grunde alles schon von Flo und Hubert weiß.

Trotzdem tut es gut, hier zu sitzen und mit ihm zu reden, mich mit ihm zu solidarisieren und zu verbünden. Wenn es gleich knallt, dann weiß ich, auf welcher Seite ich stehe. Klare Fronten, das ist mal wieder was. Und plötzlich kann ich es kaum erwarten.

Marek und ich arbeiten eine weitere Runde Bier und Schnaps weg. Dabei horche ich mit einem Ohr auf weitere Faschosprüche vom Tisch hinter uns, doch es kommen keine. Die Idiotenrunde diskutiert gerade über ihren fünften Mann, der heute nicht erschienen ist.

Handwerkertyp: »Ist bestimmt schon wieder voll bis Oberkante Unterlippe, der alte Süffel.«

Alphawolf: »Mit dem Arno kannste eh nicht in Ruhe zocken. Der hat so eine Konfirmandenblase, alle fünf Minuten rennt der aufs Örtchen.«

Handwerkertyp: »Vor allem, wenn er dran ist mit Runde bestellen. Dann muss er immer besonders dringend!«

Comicverkäufer: »Wohl wahr, wohl wahr.«

Alphawolf: »Da krieg ich so 'nen Hals, ganz ehrlich. Letzten Sonntag auch. Wir beim Frühschoppen. Und Arno auf einmal: *Halb eins, Essen steht aufm Tisch.* Da sag ich: *Du bleibst jetzt so lange hier, bis du einen ausgegeben hast, sonst hau ich dich um, das schwör ich dir.*«

Handwerkertyp: »So welche gibt's überall.«

Comicverkäufer: »Wohl wahr, wohl wahr.«

Handwerkertyp: »Armes Deutschland.«

Alphawolf: »Das sag ich dir.«

Comicverkäufer: »Wohl wahr.«

Dann wird es wieder ruhiger, sie konzentrieren sich auf ihr Kartenspiel. Dagmar stellt uns zwei neue Schnäpse hin.

»Bist du öfter hier?«, frage ich Marek.

»Nicht oft. Viel Arbeit. Mein Vater sagt, besser Geld sparen. Aber er ist alte Mann. Ich junge Mann, ne. Manchmal ich muss in Kneipe.« Er hebt prostend sein Schnapsglas. Ich proste zurück. Während der Wodka mir heiß die Kehle runterläuft und in meiner Brust die Lungenbläschen zum Tanzen bringt, erklingt hinter mir die Stimme des Alphawolfs.

»Hauptsache, der junge Mann lässt die Finger von unseren Frauen.«

Er hat es zu seinem Rudel gesagt, ganz ruhig und beiläufig, aber laut genug, dass alle im Raum es hören konnten.

Ich drehe mich auf meinem Barhocker um. Der Wichser sitzt mit dem Rücken zu mir. In meinem Körper zieht sich alles zusammen. Jeder Muskel ist gespannt. Die Augen von Bubigesicht flackern wie irre vom einen zum anderen. Auch Handwerkertyp und Comicverkäufer wirken nun ziemlich nervös.

Marek dagegen scheint das alles nicht im Geringsten zu tangieren. Er trinkt sein Bier aus und sagt: »Zahlen, bitte.«

»Ich auch«, sage ich, rutsche von meinem Hocker, beuge mich vor und schreie dem Alphawolf genau ins Ohr. »SIND JA EH NUR ARSCHLÖCHER HIER!«

Niemand sagt einen Ton. Die Stammtischbrüder sind mit ihren Karten in den Händen zu Salzsäulen erstarrt. Dagmar steht mit Mareks Deckel in der Hand wie festgenagelt hinterm Tresen, und die Baseballkappe sitzt mit offenem Mund am Spielautomaten. Auch aus dem Hinterzimmer kommt kein Geräusch. Sogar der Spielautomat ist verstummt.

Es ist für einen Moment wie im Western, wenn alle den Atem anhalten und warten, wer als Erster den Colt zieht. Der Alphawolf sitzt nur da und bewegt sich nicht. Er sieht mich nicht mal an. Ich überlege fieberhaft, was ich machen soll, wenn er sich rührt. Luft kann nicht knistern. Wenn sie es könnte, würde sie es jetzt tun.

Welche Bewegung wird er als Erstes machen?

Ich sollte ihm von oben auf den Kopf hauen, damit er gar nicht erst aus dem Stuhl hochkommt. Muss ihn irgendwie zu Boden kriegen, und dann am besten sofort reintreten. Oder ihm den Stuhl über den Rücken ziehen. Mit beiden Händen seinen Kopf packen und immer wieder auf den Boden hämmern. Auf jeden Fall nicht lange fackeln, sonst habe ich keine Chance.

11

Es ist immer noch warm und schwül. Der Himmel ist sternenklar. Er sieht anders aus als in der Stadt, mächtiger, weiter entfernt. Ein Halbmond beleuchtet den Parkplatz. Er ist die einzige Lichtquelle, abgesehen von dem eitergelben Schein, der matt durch die milchigen Scheiben der Linde auf die Straße fällt.

»Ich kenne gutes Puff. Willst du mit?«

»Okay.«

Ich war noch nie in einem Puff, schon gar nicht auf dem Land. Es zieht mich auch nicht unbedingt dorthin. Ich steige trotzdem zu Marek in den Wagen. Wir haben uns soeben heldenhaft dem Dorfmob entgegengestellt, und ich will unsere frische Allianz nicht direkt wieder auseinanderbröckeln lassen, sondern mich noch ein bisschen an diesem warmen Loyalitätsgefühl laben.

Es ist ein Mercedes. Zweihunderter Diesel. Das weiß ich, weil mein Vater sich sofort nach der Wende das gleiche Modell gekauft hat. Oder dasselbe, was weiß ich. Holger hatte auch mal so einen. Der sogenannte »Bauernbenz«, damit haben wir ihn damals immer aufgezogen. Zuletzt habe ich das Modell auf den Straßen Tangers gesehen, da war so gut wie jedes Taxi ein Zweihunderter Diesel. Scheint im großen Stil nach Marokko verschifft zu werden, der Bauernbenz. Wenn er vorher nicht gerade von polnischen Erntehelfern abgefangen wird. Marek hat den Wagen vor ein paar Wochen gebraucht in Wittlich gekauft, wie er mir stolz erzählt.

»Bisschen Rost, zu Hause reparieren, ist billiger, sonst gutes Auto, deutsche TÜV, sehr gut«, sagt Marek. Er sieht eigentlich noch ganz frisch aus, obwohl er ja schon eine Menge getankt hat. Mindestens vier Bier und vier Wodka, und wer weiß, was er vorher schon getrunken hat.

»Fahren alle hier besoffen Auto«, sagt er, als könne er meine Gedanken lesen, und fährt mit quietschenden Reifen vom Parkplatz.

Zwei Minuten später sind wir auf der Landstraße Richtung Osten. Der Mercedes saust durch die dunkle Nacht, es gibt kaum Lichter. Wir fliegen in die Kurven, als hätte er diese Strecke schon tausendmal bei »Mario Kart« geübt. Die plötzliche Geschwindigkeit fühlt sich so gut an, dass es mir völlig egal ist, was er alles intus hat oder wohin wir fahren.

Hauptsache weg hier. Hauptsache Bewegung.

Das Geschehen in der Kneipe wird nicht weiter thematisiert. Marek wirkt, als würde es ihn überhaupt nicht interessieren. Vielleicht ist es ihm unangenehm, also fange ich gar nicht erst damit an. Ich weiß außerdem immer noch nicht, wer da jetzt eigentlich gewonnen hat.

Ich, weil ich den Alphawolf beleidigt und herausgefordert habe, er aber gekniffen hat, oder der Alphawolf, weil er sich nicht hat provozieren lassen, sondern nach einer halben Ewigkeit des Schweigens nur den Mund spitzte und ganz ruhig in die Runde fragte, wer jetzt eigentlich dran sei mit Mischen.

Ich entscheide mich für Ersteres, aber ganz sicher bin ich mir nicht.

Marek peitscht das alte Schiff im hohen Drehzahlbereich den Berg hinauf. Es drückt mich in den Sessel, der viel angenehmer, weicher und großzügiger ist als die Sitze in all den Mietwagen, die ich in den letzten Monaten gefahren habe. Meine Beine sind komplett ausgestreckt, ich liege fast, und zum ersten Mal bekomme ich eine leichte Ahnung davon, warum mein Vater so ein Mercedesfreak war.

»Ist das hier die Eifel?«

Marek nickt. Dann fragt er mich, woher ich komme.

Ich behaupte, Student aus Köln zu sein und hier Wochenendurlaub zu machen. Mir fällt auf die Schnelle nichts Besseres ein. Er fragt mich, was ich studiere, und ich sage: Journalismus. So lebt die Wunschvorstellung meiner Eltern wenigstens in einer kleinen Lüge weiter.

»Hm«, sagt Marek. Ich weiß nicht genau, was das bedeuten soll. Womöglich hält er mich für einen Schnösel, einen intellektuellen Städter ohne Schwielen an den Händen, verweichlicht und bourgeois, aber das ist immer noch besser, als ihm die Wahrheit zu sagen: dass ich keinen Beruf habe, nie einen hatte und auch niemals einen haben möchte, dass ich in einer Bar jobbe, meistens bis mittags schlafe und nachts nach der Schicht mit wechselnden Frauen nach Hause gehe, und zwar ohne sie dafür zu bezahlen.

Besser schnell das Thema wechseln.

»Kann ich hier rauchen?«

»Hm«, sagt Marek nochmal und drückt auf den Zigarettenanzünder. Er redet von sich aus nicht viel, scheint von meinem Interesse an seiner Person aber geschmeichelt zu sein, zumindest beantwortet er in zwar gebrochenem, aber verständlichem Deutsch all meine Fragen, so dass ich Stück für Stück einen Abriss seiner Lebensgeschichte erhalte.

Marek ist achtundzwanzig, also eine Ecke jünger, als er aussieht, und kommt aus Gdansk, das er Danzig nennt, weil er wohl denkt, ich würde den echten Namen nicht kennen. Sein Vater war Werftarbeiter. Hat an dem berühmten Solidarność-Streik auf der Leninwerft 1980 teilgenommen. Er kannte sogar Lech Wałęsa, den Marek als »Hurensohn« bezeichnet. Anfang der Neunziger, kurz nach Glasnost und Perestroika, wurde die Werft in eine Aktiengesellschaft umgewandelt. Stanislaw war einer der Ersten, die ihren Job verloren. Er zog mit seiner Frau, dem zwölfjährigen Marek und der neunjährigen Karolina zurück in das westpommersche Dorf, in dem er geboren wurde. Dort hielt Stanislaw sich und seine kleine Familie mit Gelegenheitsjobs über Wasser. Reparaturen, Hausmeistertätigkeiten, Aushilfe für alles, was anlag. Manchmal lag monatelang nichts an. Aus dem einst stolzen Arbeiter wurde ein verbitterter alter Mann.

»Kaputt, hier«, sagt Marek und fasst sich ans Herz.

Stanislaw war und blieb überzeugter Antikommunist, aber das vermischte sich nun mit der Enttäuschung über die Marktwirtschaft, die Privatisierung, den Westen an sich. Er begann zu trinken. Saß nächtelang hinter dem Haus und sang traurige Lieder. Ein melancholischer Säufer, der die Vergangenheit verdammte und ihr gleichzeitig hinterhertrauerte.

Mareks Mutter führte den Haushalt. Manchmal ging sie putzen. Wenn sie nicht bei sich oder anderen saubermachte, betete sie.

Ich bin kurz davor, ihn zu fragen, ob er mit dem Begriff »schwere Schultern« etwas anfangen kann, lasse es aber lieber bleiben. So gut kennen wir uns nun doch nicht, und ich will nicht, dass er mich für ein Weichei hält, wo ich doch gerade in der Kneipe noch so eindrucksvoll Stärke bewiesen habe.

Ende der Neunziger war Stanislaw zum ersten Mal als Erntehelfer an der Mosel. Ein Nachbar mit deutscher Verwandtschaft hatte ihm das vermittelt. Schlagartig ging es mit ihm wieder bergauf. Er hörte sogar auf zu saufen. Die Arbeit auf einem Weingut hat ihn also von seinem Alkoholproblem befreit.

Marek sagt, dass ein Mann Arbeit braucht. Dass ein Mann ohne Arbeit kein richtiger Mann ist. Dass sein Vater arbeiten kann wie zwei. Dass er seit zehn Jahren jeden Sommer hierherkommt und es noch nie eine Klage über ihn gab.

Marek selbst ist jetzt den dritten Sommer hier. Ein Weinernte-Lakai in zweiter Generation. »Ist gut Geld«, sagt er. »Aber Polen besser. Essen besser, Trinken besser, Frauen besser!«

Er grinst. Ich grinse auch. Und wundere mich über dieses weitere Vater-Sohn-Gespann. Nach Flo und Hubert haben wir hier schon wieder so ein eingespieltes Team, ein blutsverwandtes Duo, kumpelnde Komplizen mit gemeinsamem Auftrag.

Das Grinsen verschwindet aus Mareks Gesicht, als ich ihn frage, was er denn gelernt hat. Nachdem er ein wenig herumgedruckst hat, beginnt er zu erzählen. Dass er nach der Schule zurück nach Danzig gegangen ist, wie sein Vater zwanzig Jahre vor ihm. Er wollte Drucker werden, aber dann ist etwas Schlimmes passiert.

»War Unfall, kurwa!«, sagt er und beißt sich auf die Unterlippe.

Eines Nachts kam ihm auf dem Heimweg mit lautem Getöse ein Motorrad entgegen, viel zu schnell in der kleinen

Straße. Der Motorradfahrer wohnte in der Nachbarschaft und raubte Marek schon seit langer Zeit den Nerv. Als er ihn kommen sah, schnippte Marek verärgert seine glühende Kippe in Richtung des Motorradfahrers. Der erschrak, geriet ins Schleudern und verlor die Kontrolle über die Maschine. Ungebremst krachte er gegen einen Stromkasten. Marek geriet in Panik. Statt dem Mottoradfahrer zu helfen, rannte er los und versteckte sich in seiner dunklen Küche. Doch jemand hatte ihn gesehen. Der Mann blieb querschnittsgelähmt. Marek bekam drei Jahre Jugendarrest.

Vor vier Jahren ist er rausgekommen. Gleich den nächsten Sommer hat sein Vater ihn mit hierhergenommen.

Mit einer Hand wühlt er hinter dem Beifahrersitz herum und gerät dabei auf der engen Landstraße leicht ins Schlingern. Er schaltet einen Gang herunter, drückt das Gaspedal durch und holt schließlich zwei große grüne Halbliterdosen Bier hervor.

Bier!

In Dosen!

Eine wirft er mir in den Schoß, die andere knackt er mit einer Hand. Es ist polnisches Bier. Lech. Marek sagt, dass er davon immer welches aus der Heimat mitbringt. Sein Vater hat den ganzen Kofferraum voller Lebensmittel gepackt, als sie Mitte Mai nach Deutschland aufgebrochen sind. Pierogi, Bigos, Wurst, Gurken, Kuchen. Alles von der Mutter zubereitet, verpackt und in Kühlboxen transportiert, weil Stanislaw das polnische Essen während der Sommermonate immer so vermisst.

Das Bier ist lauwarm, aber abgesehen von der Temperatur schmeckt es überraschend gut. Ich weiß gar nicht, ob ich das vorher schon mal getrunken habe. Wir hatten mal

Tyskie im Sortiment, auch eine polnische Marke. Aber die hat nie jemand bestellt, da hat Yolanda sie wieder rausgenommen. Ist ja auch nicht gerade ein Spezialitätenladen, das Radetzky, sondern eher die Sorte Kneipe, für die es im Englischen den schönen Ausdruck »Dive Bar« gibt. Ich denke manchmal, wir könnten auch Sterni ausschenken, die Leute würden trotzdem kommen und saufen wie die Löcher.

Marek leert die Dose in zwei Zügen, zerknüllt sie in der Hand und wirft sie aus dem offenen Fenster. Die Dose klappert drei- oder viermal auf der Straße und verschwindet dann geräuschlos im Wald.

Ich habe keine Ahnung, wo wir sind. Seit zwanzig Minuten sind wir durch keine Ortschaft gekommen. Aber Marek ist jetzt aufgetaut, er erzählt von ganz alleine. Von dem Mädchen, das er vor zweieinhalb Jahren kennengelernt hat. Agnes. Er benutzt auch hier wieder die deutsche Version des Namens, aber ich weiß, dass es auf Polnisch Agnieszka heißt, was ja wohl viel besser klingt. Sogar, wenn ein Mann es ausspricht.

Marek und Agnes wollten heiraten und Kinder kriegen, sobald er einen festen Job gefunden hätte. Aber letzten Sommer, während seiner Zeit hier an der Mosel, hat sie ihn verlassen. Wegen eines Russen. »Hurensohn, kurwa!«, sagt Marek und drischt aufs Lenkrad. Er lässt ein paar Tiraden gegen die »Scheißrussen« vom Stapel und klingt dabei fast wie der Alphawolf vorhin. Ich sage nichts. Trinke mein Bier aus. Spiele am Verschluss der Dose herum, bis Marek zwei weitere Dosen hervorkramt und mir eine unter die Nase hält. Sie scheinen irgendwo hinter mir in einem unsichtbaren Gebüsch zu wachsen.

»Erzähl nicht Familie«, sagt er, als wir das Ortsschild von Wittlich passieren. Ich verstehe erst nicht, was er meint, nicke trotzdem.

»Muss Scheff nicht wissen«, sagt er, und da verstehe ich, dass er die Arends meint, und das Bier, und die ganze Situation hier.

»Ehrenwort«, sage ich.

Ich glaube nicht, dass er das Wort kennt. Die Aussage aber versteht er. Er hält mir die Hand hin, damit ich abklatschen kann.

Ich klatsche ab.

»Sag mal, wo fahren wir eigentlich hin?«

»Puff.«

»Ja, aber wo ist der Puff?«

»Gleich da.«

»Ich meine, wie heißt die Stadt, also, der Ort?«

Marek zuckt mit den Schultern und grinst. Er fasst sich zwischen die Beine und brummt wie ein angeschossener Bär. »Aaaah, Tanja, geile Frau!« Mir wird ein bisschen mulmig zumute. Ich habe auf der Fahrt fast vergessen, dass wir ja tatsächlich zu einem Bordell unterwegs sind. Und wahrscheinlich nicht, um dort nur lustig abzuhängen, sondern um zu bumsen. Was das wohl für ein Laden ist, hier in dieser Einöde, mitten im Nichts. Wittlich jedenfalls haben wir nur gestreift, längst sind wir wieder auf irgendeiner verlassenen Landstraße Richtung was weiß ich wo, Belgien oder Holland oder was da irgendwann kommt.

Der Diesel durchschifft von einem Fahrbahnrand zum anderen eine scharfe Links-rechts-Kurve, dann setzt Marek den Blinker.

»Musst du schnell bremsen, sonst bist du vorbei«, sagt er.

»Na ja, das gilt hier in der Gegend ja eigentlich für alles«, sage ich.

Marek reißt das Lenkrad herum und tritt auf die Bremse. Der Mercedes kommt auf einem kleinen, dunklen Parkplatz zum Stehen.

Das, was Marek als »Puff« bezeichnet hat, stellt sich als ein an der Landstraße stehendes Wohnmobil heraus. Der Arbeitsplatz von Tanja. Ein kleines rotes Herzchen blinkt in der Windschutzscheibe.

Er steigt aus und bedeutet mir mit der rechten Hand, sitzen zu bleiben. Ich sehe, wie er an die Tür klopft. Die Tür geht nach außen auf, ein Kopf mit einem blonden Zopf kommt zum Vorschein. Marek und die Frau begrüßen sich mit Küsschen links-rechts. Als wären sie alte Bekannte, die sich hier zum Kaffeekränzchen treffen. Er sagt irgendetwas und macht eine Kopfbewegung Richtung Auto. Tanja kneift die Augen zusammen und winkt in meine Richtung.

Ich winke zurück und forme meine Lippen zu einem »Hallo«. Ich komme mir wahnsinnig dämlich vor, wie ein kleiner Junge, der im Auto zum ersten Mal vorne sitzen darf und brav dort wartet, bis Papa seine Geschäfte erledigt hat.

Andererseits ist es besser als ein richtiger Puff, wo man dann verlegen rumsteht, sich eine Frau aussucht und sich die ganze Zeit irgendwie schämt. So stelle ich mir das zumindest vor. Hier dagegen kann ich in Ruhe im Auto sitzen bleiben und rauchen und trinken, während Marek sein Nümmerchen schiebt.

Ich finde eine weitere Dose Bier hinter dem Sitz und öffne sie. Dann zünde ich mir eine Zigarette an und kurble das Fenster herunter. Ich strecke meinen Kopf heraus, mache kein Geräusch, horche. Wind in den Bäumen, aber keine Ficklaute. Das Wohnmobil wackelt auch nicht. Das wäre ja auch noch schöner. Als wenn die ganze Situation hier nicht sowieso schon cartoonmäßig genug wäre.

Nach drei Zigarettenlängen fällt ein Lichtstrahl auf den Parkplatz. Marek kommt aus der offenen Wohnmobiltür und zieht sich tatsächlich den Reißverschluss seiner Jeans hoch. Den hat er mit Sicherheit extra offen gelassen, bis er rauskommt, weil er denkt, dass das unheimlich cool aussieht. Er grinst dabei auch so schäbig.

Er öffnet die Fahrertür, lässt sich auf den Sitz fallen und atmet geräuschvoll aus, als hätte er gerade einen Halbmarathon hinter sich gebracht. Langsam dreht er sich zu mir um, legt seinen Daumen auf Zeige- und Mittelfinger, führt die Finger zum Mund und küsst sie trocken. Eine irgendwie italienische Geste. Vielleicht aber auch das internationale Gütezeichen der Playboys und Lebemänner mit Geschmack, auch und gerade hier in der Eifel, am Arsch der Heide.

»Tanja! Geile Sau!«, sagt er schwärmerisch. »Sauber und geil. Kannst du alles machen. Wartet schon!«

»Nein, danke«, lache ich.

»Los!«, ruft Marek. Er hat seine Augen weit aufgerissen und lacht nicht.

»Ach nee, muss nicht sein.«

»Wieso, was ist?«

»Nichts ist.«

»Schwul?«

»Nein.«

»Na also!«

»Was, *na also*?«

»Liegt und wartet. Los!«

Er macht keinerlei Anstalten, den Wagen zu starten. Sieht mich nur an mit ernstem Blick, als wäre es ihm wirklich wichtig, dass ich dort reingehe, als wäre er persönlich enttäuscht, wenn ich seinen Insider-Tipp ablehnen und Tanja verschmähen würde.

»Los!«, ruft er nochmal, und am liebsten würde ich ihm sagen, dass er gefälligst die Fresse halten und losfahren soll. Stattdessen habe ich auf einmal den Türgriff in der Hand und steige aus. Ich habe keine Ahnung, warum. Marek grinst mich an und zeigt mir einen erhobenen Daumen. Ich gehe die fünf Schritte zum Wohnmobil und klopfe dreimal kurz gegen die Tür. Sie öffnet sich sofort. Tanja hat anscheinend wirklich auf mich gewartet.

»Na, wen hat der Marek denn da mitgebracht?«

»Hallo. Tommy«, sage ich und strecke die Hand aus, was mir im selben Augenblick völlig unpassend vorkommt, ich bin hier ja nicht der Klempner. Und wie komme ich ausgerechnet auf *Tommy*?

»Freut mich, Tommy. Ich bin die Tanja.«

»Ja. Hallo.«

»Na, dann mal rein mit dir in die gute Stube.«

Innen wirkt das Wohnmobil kleiner als von außen. Ansonsten sieht es aber genauso aus, wie ich mir das Innere eines Wohnmobils immer vorgestellt habe. Wobei ich mir genaugenommen noch nie das Innere eines Wohnmobils vorgestellt habe.

In der Ecke gibt es einen Tisch mit einem kleinen Fernseher und einer roten Siebziger-Jahre-Lampe, die für gedämpftes Licht sorgt. Die andere Hälfte des Raums besteht nur aus Bett. Es ist mit einer weißen Spitzenbettdecke bedeckt, die bestimmt schon ganz steif ist vor lauter Sperma und Sekret.

Tanja ist stark geschminkt. Vielleicht ist sie sogar ganz hübsch, aber ihr professionelles Prostituiertenoutfit täuscht erfolgreich darüber hinweg. Enge Corsage, kurzer Rock, weiße Stiefel. Ich frage mich, ob das nicht furchtbar unbequem ist. Ich weiß ja nicht, wie oft hier ein Auto hält, aber ich nehme an, dass Tanja die meiste Zeit in ihrem Gefährt hockt, mit einer Zeitschrift in der Hand oder was zu stricken. Da kann man doch etwas deutlich Gemütlicheres tragen. Ist ja auch nicht gerade die Oranienburger Straße hier, wo es von Konkurrenz nur so wimmelt.

»Was kann ich denn für dich tun, Süßer?«

Ich halte mich für alles andere als verklemmt, aber jetzt bin ich wirklich unsicher.

»Hm, französisch?«, sage ich, wie eine Frage, weil es das Erste ist, was mir einfällt. Mir einen blasen zu lassen ist bestimmt die einfachste und schnellste Möglichkeit, das hier hinter mich zu bringen. Ich bin mir nur nicht sicher, ob das überhaupt *französisch* heißt. Ich meine, das sagt ja keiner. Aber »Blasen« klingt zu stumpf, und »Fellatio« zu klinisch.

»Hallo, einmal Fellatio bitte«, das klingt ja wie in der Apotheke.

»Kein Problem, noch ein paar Hustenbonbons dazu?«

Tanja lächelt. »Klar, Schatz. Hast du denn auch zwei Blaue für mich?«

»Blaue?«

»Vierzig Euro.«

»Ach so.«

Ich krame mein noch immer prallgefülltes Portemonnaie aus der Tasche und blättere ihr das Geld hin. Sie faltet die

Scheine zusammen und steckt sie sich in den BH, als wolle sie mir bei meinem ersten Prostituiertenbesuch eine besonders klassische Vorstellung liefern.

Sie knöpft meine Hose auf und zieht sie mir bis zu den Knien herunter. Die Unterhose auch. Dann drückt sie mich aufs Bett und kniet sich vor mich auf den großen flauschigen Teppich. Sie fummelt ein Kondom aus der Verpackung, nimmt es zwischen die Lippen und streift es mir mit dem Mund über den Schwanz. Alle Achtung. Das macht die nicht zum ersten Mal.

Wild bewegt sie den Kopf auf und ab. Sie schmatzt und seufzt und wird immer schneller, sie stöhnt und grunzt, aber ich merke schon nach einer Minute, dass das so nichts wird.

Ich versuche mich zu konzentrieren. Stelle mir andere Frauen vor. Die amerikanische Geschäftsfrau aus dem Flugzeug, die ich aber irgendwie nicht auf diese Situation transferieren kann. Die süße Bedienung aus dem Siebenbürgen, aber das klappt auch nicht. Dann probiere ich es mit Julia, einer Freundin von Yolanda, die ich ziemlich scharf, als Mensch aber viel zu anstrengend finde, weil sie wahnsinnig viel redet und immer auf hundertachtzig ist, ein bisschen wie Flo, dazu aber auch noch launisch. Man kann gut mit ihr feiern, und sie sieht fantastisch aus, großer Mund, gierige Augen, tolle Figur, und flirten kann sie wie keine Zweite, manches Mal war ich kurz davor, ihr zwischen zwei Drinks einfach meine Zunge in den Hals zu stecken, aber irgendetwas hat mir immer geraten, besser die Finger von ihr zu lassen. Trotzdem, eines Tages muss ich mal mit ihr ins Bett, am besten bei ihr zu Hause, draußen in Grünau, wenn ihr Macker nicht da ist. Ich war da auf der Einweihungsparty. Tolles Haus. Ihr Typ ist ein angesagter Electro-DJ, scheint ziemlich gut zu verdienen. Das Wohnzimmer von denen ist der Hammer, mit Blick auf den Garten und Erker und Kamin und allem, Kunst an der Wand, nur die allerbesten Möbel. Komplett ikeafrei, die Wohnung, und dann haben die noch den weltbesten Stuck unter der Decke …

Erst als Tanja ein tiefes Gurgeln hören lässt, fällt mir auf, dass ich mit den Gedanken überall bin, nur nicht hier in diesem Wohnwagen, bei dieser Blasnummer. Bei halbwegs okayem Sex denkt man an nichts, aber schon gar nicht an die Innenarchitektur der Häuser von entfernten Bekannten. Ich blicke auf Tanjas Hinterkopf, der engagiert auf und ab geht. Ihr Zopf baumelt hin und her wie eine ausgefranste alte Peitsche.

Das Haar ist auf jeden Fall gefärbt, denke ich, und dann: Was mache ich hier eigentlich?

Pissgelbe Wände. Ein albern vor sich hin blinkendes Herz in der dunklen Fahrerkabine. Die schmierige Plastiktürklinke, angefasst von was weiß ich wie vielen ranzigen Händen einsamer Eifel-Männer. Draußen auf dem Parkplatz ein Mann in Jeanskluft, der ihr gerade seinen Dödel sonst wohin gesteckt hat, und irgendwo in Trier oder Koblenz ein fieser drittklassiger Zuhälter.

Das hat einfach alles keinen Stil hier.

Letzte Ausfahrt: Fake. Ich gebe ein paar laute Jauchzer von mir, als hätte ich gerade den derbsten Orgasmus. Tanja, oder wie auch immer sie in Wahrheit heißt, macht ein paar übertriebene Schluckgeräusche. Obwohl ich ja nur vortäusche. Und außerdem ein Kondom über habe.

Fehlende Erotik kann man nicht mit Lautstärke ausgleichen. Wir versuchen es trotzdem. Ich seufze laut. Sie röchelt. Ich schiebe sanft ihren Kopf weg, drehe mich zur

Seite und ziehe mir das Kondom vom Schwanz, welcher traurig zwischen meinen Beinen herumbaumelt. Ich knülle es zusammen, stecke es in die Hosentasche und sage: »Danke.«

Sie hat natürlich gemerkt, dass ich nicht wirklich gekommen bin. Wahrscheinlich hatte sie es schon lange nicht mehr mit so einem schlaffen Ding zu tun. »Sehr gerne, Schatz«, sagt sie lächelnd und zieht ihren Zopf stramm.

Selten war ich jemandem so dankbar dafür, sich nichts anmerken zu lassen. Am liebsten würde ich mich entschuldigen. Mich erklären. Dass das nichts mit ihr zu tun hat. Dass das schon mal vorkommt, erst neulich noch, in Mexiko, bei einer Frau, die ich *wirklich* scharf fand. Aber das wäre ja noch erbärmlicher. Besser einfach gehen.

»Na dann ... tschüss.«

»Tschüss, Schätzchen. Komm mal wieder vorbei!«

»Ja.«

Die Plastikklinke. Die Dunkelheit. Mareks dämliches Grinsen. Der Bauernbenz.

######

Baja California. In der Abendhitze fuhren wir den mit Palmen, Stromleitungen und mexikanischen Flaggen gesäumten Highway entlang des Pazifiks hinunter. Wir waren auf dem Weg nach Südosten, zum Golf, wo wir uns eine Tauchbasis suchen wollten. Verena hatte mir mehrmals vom Tauchen vorgeschwärmt. »Das ist neben Sex die einzige Tätigkeit, die gleichzeitig aufregend und entspannend ist«, hatte sie gesagt und damit meine Neugier geweckt. Aber wir hatten Stunden im Stau vor Tijuana gestanden. Es dämmerte schon, also hielten wir in einem winzigen, staubigen Nest namens La Fonda vor dem erstbesten Hotel und fragten nach einem Zimmer.

Wir bekamen eine Suite, ein richtiges kleines Anwesen. Elegant, großzügig und stilvoll. Backsteinwände, Kamin, schwere alte Möbel. Ein dreistöckiges Bad und eine große Terrasse. Und das alles direkt am Meer. Ein Glückstreffer für hundert Dollar die Nacht. Wir buchten direkt zwei Nächte, der Tauchtrip musste warten.

An der hinteren Wand neben dem Kamin stand das Bett, ein großer Fickthron in einem Meter Höhe, von dem aus man einen perfekten Blick auf den Pazifischen Ozean hatte. In dem Moment, als Verena und ich das Zimmer betraten, war uns klar, dass wir auf der Stelle ficken mussten. So wie man in der Sauna entspannen, ein teures Abendessen in einem guten Restaurant genießen und zu Weihnachten bei der Familie ganz erfüllt und glücklich sein *muss*. Die Innenarchitektur zwang uns förmlich zum Sex. Alle hatten sie hier schon gevögelt und sich danach im Holz verewigt: Jason und Lita, Jim und Pam, Nat und Tony, Tiffany und Martin. Krakelige Buchstaben, in Türrahmen, Nachtschränkchen und Bett geritzt.

Ich frage mich, wie viele von ihnen dabei wohl gescheitert sind. Gescheitert wie ich, als Verena nur zehn Minuten nach der Ankunft mit zur Seite geschobenem Schlüpfer auf mir saß und ihre feuchte Vagina an meinem halbsteifen Schwanz rieb. Mein Gott, was für eine Szene – nur bei mir tat sich nichts. Das Frustrierendste auf der Welt ist, wenn man will, aber nicht kann. Es war mir entsetzlich peinlich, dass ich diesen perfekten Moment durch mein Versagen zu zerstören drohte.

Zum Glück merkte ich es vor ihr. Ich warf sie auf den Rücken und rutschte schnell an ihr hinab. Zog ihr den Schlüpfer herunter und fing an, es ihr mit dem Mund zu machen, bevor wir in die unwürdige Situation geraten konnten, den Geschlechtsverkehr mit halbsteifem Schwanz zu versuchen.

Nachher schmiegte sie sich dankbar an mich. Ich glaube, an dem Abend verstand ich zum ersten Mal die Bedeutung von »aus der Not eine Tugend machen«.

Wir gingen rüber zum Hotel-Restaurant und setzten uns an die Bar, tranken jede Menge Margaritas und aßen den größten Berg Pancakes, den ich je gesehen habe. Wir rochen nach Schweiß, Sex, Salz und Alkohol. Eine Mariachi-Band kam vorbei, und wir lachten über einen kleinen Hund, der versuchte, eine Fliege zu fangen. Später schrieb Verena mit ihren nackten Füßen »EDUARDO!« in den feinen Sand am Strand, dabei trommelte sie sich auf der Brust herum und schrie: »E-DU-AR-DO!« Ich saß auf der Terrasse, betrunken und glücklich, und lachte, bis mir die Zigarette aus der Hand fiel.

Aber jetzt kommen sie mir wieder in den Sinn, Jason und Lita, Jim und Pam, Nat und Tony, Dick und Pussy, Cock und Robin, Fickspecht und Bumsnudel, Arsch und Loch, *Big Love, were here, Love 4ever* und der ganze sentimentale Quatsch, mit dem sie glauben, ihr blödes Leben in eine Episode ihrer Lieblingsfernsehserie umgestalten zu können. Diese nach Unsterblichkeit lechzenden Möbelschänder verrecken hoffentlich gerade in einer dreckigen Klokabine eines Fastfoodrestaurants in Tijuana an gepanschten Drogen.

»Und, war geil?«

Marek steht neben mir in der offenen Fahrertür. Wir haben nach kurzer Fahrt zum Pissen angehalten und schiffen nun in die dunkle Nacht. Etwas Schweres legt sich auf meine

Schultern. Läuft mir von da aus kalt den Rücken runter. Es ist die Art, wie er das Wort »geil« sagt.

»Ja«, sage ich.

»Was hab ich gesagt ... Tanja, geile Sau.«

»Ja«, sage ich.

Wir verstauen unsere Schwänze, und fast ist es mir peinlich, auch einen zu haben. Jede Gemeinsamkeit mit dem Jeansfuzzi neben mir ist plötzlich unerträglich. Er ist nicht mehr der sympathische Außenseiter von vorhin, sondern nur noch ein ganz armes Würstchen. Kein Mitstreiter im Kampf gegen die dröge Banalität des Alltags, bloß ein weiterer Vollidiot, der einzig und allein aufgrund seiner Herkunft nicht in den Kreis der Stammtischprolls aufgenommen wird, sich mit seinem Gelaber von *Scheißrussen* und *geilen Säuen* aber kaum von ihnen unterscheidet.

Wahrscheinlich ficken sie nach Feierabend sogar dieselbe Frau, oder die gleiche, was weiß ich. Auch seine Zahnlücke wirkt nicht mehr ansatzweise cool, sondern höchstens noch *geil* – im höchst ungeilen Sinne.

Wir steigen wieder ein und fahren weiter. In meiner Hosentasche steckt noch das labbrige Kondom. Das war dann also mein erster gekaufter Sex. Wenn ich eine To-do-Liste hätte, würde ich jetzt einen Haken machen. Ein für alle Mal. Vielleicht sollte ich nachträglich eine solche Liste anlegen, »Zu einer Prostituierten gehen und nicht kommen« draufschreiben und das dann abhaken, das wäre sicher ein gutes Gefühl.

Zu einer Prostituierten gehen und nicht kommen, das muss man auch erst mal schaffen. Ich mein, kann ja mal passieren. Ich bin ja auch schon ziemlich betrunken. Und so.

Ach, hilft alles nichts. Realität ist, wenn man nicht löschen und zurückspulen kann.

Warum bin ich jetzt nicht bei Verena?

Warum gehe ich nicht mal ran, wenn sie anruft?

Andere würden sich die Finger nach einer wie ihr lecken. Marek, die Stammtischprolls – sie alle werden niemals auch nur in die Nähe einer solchen Frau kommen.

Wir schweigen. Ich will nichts mehr von Marek wissen, was bedeutet, dass wir gar nicht mehr kommunizieren. Der Rückweg kommt mir dementsprechend lang vor. Marek fährt auch nicht mehr so schnell wie auf dem Hinweg. Er muss sich bei Tanja völlig verausgabt haben. Quälend langsam kriecht der Diesel die düstere Landstraße entlang.

Ich zünde mir eine Zigarette an, kurble das Fenster herunter und lasse den Fahrtwind mein Gesicht streicheln.

»Kannst du Fenster hochmachen«, sagt Marek. Es war keine Frage.

Ich kurble das Fenster wieder hoch und starre wie hypnotisiert geradeaus. Die Poller am Wegesrand blitzen im Lichtkegel des Wagens auf wie Glühwürmchen. Links und rechts von uns eine Wand aus Wald. Bäume wie Mauern. Feindliches Territorium. Das mächtige Gebiet von Pflanzen und Tieren, durch das für Leute wie uns eine sinnlose Schneise geschlagen wurde, um sinnlose Punkte zu verbinden, damit sinnlose Transaktionen durchgeführt werden können. Mit einem Mal erscheint es mir völlig absurd, hier zu sein, wo die Vögel sind, die Würmer, die Wildschweine, die Rehe.

Wald, Sterne, Mond. Kulisse und Klimbim.

Muss man sich denn überall einmischen?

Muss man sich denn überall breitmachen?

Kann man sich denn nicht einfach mal gegenseitig in Ruhe lassen?

Und wieso stellt dieser Denimdämon nicht mal das Radio an? Ist ja nicht zu ertragen, diese Stille, diese fiese Nähe unserer tristen Fickergemeinschaft.

Wie es wohl wäre, ihn jetzt einfach zum Anhalten zu bringen.

Hey Marek, fahr mal rechts ran und lass mich raus. Ich lauf lieber nach Hause, als mit einem deprimierenden Opfer wie dir weiter in dieser Scheißkarre zu sitzen.

Einfach auszusteigen. Loszugehen und zuzusehen, wie die Rücklichter des Bauernbenz hinter der nächsten Kurve verschwinden. So weit ist es auch nicht mehr bis nach Renderich. Und es ist niemand da, vor dem ich mir blöd vorkommen muss. Mich kennt hier ja keiner.

Aber stimmt das überhaupt? Oder bin ich schon einer von ihnen, nach anderthalb Tagen Aufenthalt bereits mit einem Fuß verheddert im feinmaschigen Netz des Dorflebens, weil ich Flo kenne, weil ich Judith kenne, weil ich die Arends kenne und Marek, mit dem ich gerade bei derselben Frau war und der auf der Hinfahrt sein halbes Leben vor mir ausgebreitet hat?

Wurzeln, blutige Wurzeln. Sie graben sich schneller fest, als man sie abschlagen kann.

»Bier?«, sagt Marek und hält mir die leere Hand hin.

Ich wühle hinter dem Sitz und ziehe zwei weitere Dosen Lech hervor. Eine fette Motte klatscht gegen den Scheinwerfer. Ich fummle das Zellophan von der Marlboro-Lights-Schachtel und zünde mir eine an.

Marek rülpst.

12

Vorsichtig versuche ich, die Butter wenigstens einigermaßen gleichmäßig auf der Scheibe Vollkornbrot zu verteilen, doch entweder ist die Butter zu hart oder das Brot zu dünn, es zerfleddert dabei in mehrere Teile. Vielleicht bin ich auch zu ungeschickt, oder einfach zu verkatert.

Das ganze Bier, der Wodka, und dann noch die Flasche Riesling, die ich im Hof geklaut und im Bett getrunken habe, nachdem Marek mich vorm Haus abgesetzt hatte. Die hätte ich mir wirklich sparen sollen. Wie heißt das noch: *Wein auf Bier, das rat ich dir*? Eine infame Lüge.

Ich drücke eine Scheibe Käse auf die Brot-und-Butter-Fetzen, falte den ganzen Schlamassel irgendwie zusammen und stopfe ihn mir in den Mund.

Es ist zehn vor zehn.

Vor einer Viertelstunde bin ich aufgewacht, um genau 09:36 Uhr. Der Radiowecker lief also schon seit sechsunddreißig Minuten, bevor mich ein Pfarrer weckte, der in seinem Wortbeitrag mit sanfter Stimme den Krach und die Hektik des modernen Alltags beklagte.

»Die Sprache des Herzens und die Sprache Gottes gehen unter im immer lauteren Getöse oberflächlicher Kurzzeitbedürfnisse«, behauptete er und berichtete von seinen Erfahrungen einer einsamen Woche im Kloster. »Nach ein paar Tagen des Schweigens bekommt man die Chance, jemanden wiederzutreffen, den man vermutlich schon länger nicht mehr getroffen hat: sich selbst.«

Ich drückte den Aus-Knopf und quälte mich aus dem Bett, um nicht schon wieder das Frühstück zu verpassen. Als ich die Haustür öffnete, traf mich das grelle Sonnenlicht wie ein Schlag. Mein Kopf schien über Nacht auf die doppelte Größe angeschwollen zu sein. Benommen taumelte ich über den Hof zum Frühstücksraum, wo dieser Platz schon für mich gedeckt war. »Gudde Morge«, sagte die Frau am Nebentisch, und ihr Mann nickte mir zu.

Mittlerweile haben sie ihr Frühstück beendet, sitzen aber noch da und unterhalten sich leise. Müssen die Fahrradfahrer aus Tübingen sein, von denen Flo erzählt hat. Der Mann hat eine Pigmentstörung und dünnes krauses Schamhaar auf dem Kopf, er sieht aus wie eine Art gefleckter T. C. Boyle. Die Frau trägt eine gebatikte Dreiviertelhose und die Haare bis zum Arsch, dazu bunte Ledersandalen und jede Menge rasselnde Perlenketten um den Hals. Ein farbenfrohes Fossil aus einer vergangenen Epoche. In Tübingen fährt man wohl nicht nur gerne Fahrrad, sondern auch Zeitmaschine.

Sie reden im Flüsterton miteinander, als wären sie im Wartezimmer beim Arzt. Wahrscheinlich fühlen sie sich von mir belauscht. Zu Recht. Allerdings verstehe ich kaum ein Wort. Schwäbisch ist ja so ein bescheuerter Dialekt, ein Sprache gewordener Schluck Wasser in der Kurve, ein kaum verständliches Genöle.

Ich kann dem knödeligem Kauderwelsch nur entnehmen, dass es um biodynamischen Weinbau geht. Die Frau erzählt etwas von Kräutern, die bei Vollmond vergraben werden, um daraus ein Düngemittel herzustellen, das nur rechtsherum gerührt werden darf, oder so ähnlich. Hat etwas mit dem »großen Organismus« und einem »ganzheitlichen Ansatz« zu tun. Ihre Stimme hat dabei die Intensität eines Schlaflieds für Säuglinge. T. C. Boyles Beitrag zur Konversation beschränkt sich auf gelegentliche Mhm-Laute. Die beiden scheinen zum Frühstück hauptsächlich Valium zu sich genommen zu haben. Schließlich stehen sie geräuschlos auf und verlassen schleichend den Raum. Der Mann beginnt, leise zu flöten. Das Lied kenne ich. »Kein schöner Land in dieser Zeit«.

Es gibt in diesem Raum weder etwas zu lesen noch ein Radio, es herrscht nun absolute Stille. Mal abgesehen von der Melodie, die durch die weiten Hallen meines Betonschädels geistert. *Da-Da-Da-Daaaa-Da-Dada-Daaaa* ... – vielen Dank für den Ohrwurm, T. C.!

»Listen to your hea-aart!«, hat Verena mir immer wieder vorgesungen, als ich in New York an einer inneren »I was made for loving you, baby«-Dauerschleife litt. Das war die aktive Anwendung ihrer Theorie, nach der man einen Ohrwurm nur mit einem anderen Ohrwurm bekämpfen kann. Bei mir wirkt diese »Fight fire with fire«-Therapie aber leider nicht, es führte nur dazu, dass sich beide Songs in meinem Kopf zu einem grausamen Medley vermischten, das mich noch stundenlang terrorisierte.

Ohrwurm und Kater, das ist eine qualvolle Kombination. Der überall präsente Wein macht es auch nicht besser. Das Aquarell an der Wand zeigt Weinberge an der Mosel, die Wanduhr hat die Form eines Weinblatts, auf dem Tresen und in der Vitrine dahinter stehen lauter Weinflaschen, und die Marmelade auf dem Tisch muss die selbst gemachte Weinbergpfirsichmarmelade sein, die man bei Arends kaufen kann. Als ich daran schnuppere, wird mir ein bisschen übel. Wie damals, als ich bei Olli in Leipzig übernachtet habe. Olli hatte damals diese Jägermeister-Bettwäsche. Wir waren die Nacht vorher aus gewesen und hatten irre viel gesoffen, unter anderem Jägermeister, und als ich mittags aufwachte und das Logo dieses Gesöffs vor mir sah, wurde mir so schlecht, dass es mir sofort hochkam. Weil nichts anderes da war, formte ich meine Hände zu einer Schüssel und würgte hinein. Auf dem Weg zum Klo lief mir die dünne Suppe zwischen den Fingern durch. Danach nannte Olli mich eine Weile »Reiher-Tobi«. Ich war froh, dass wir in zwei verschiedenen Städten wohnten, denn so ein Spitzname bleibt ja schnell haften, den wird man unter Umständen nie wieder los, und als »Reiher-Tobi« wollte ich nicht unbedingt in die Geschichte eingehen.

Genauso wenig wie als »Halbsteifer-Wohnmobilnutten-Meise«.

Ich gieße mir noch einen Kaffee ein.

Was für eine Scheiße das gestern war. Ich komm ja öfter mal auf dumme Ideen, wenn ich betrunken bin, aber sonst werden die immer in halbwegs vernünftige Bahnen gelenkt. Vielleicht liegt es daran, dass es in dieser Gegend gar keine vernünftigen Bahnen gibt. Amokläufer kommen schließlich auch häufig aus kleineren Ortschaften. Habe ich zumindest mal gelesen. Erscheint mir auch durchaus plausibel.

Wie viele Menschen ich wohl schon gekillt hätte, wenn ich hier leben müsste?

Und wo kommt eigentlich dieses Flüstern auf einmal her?

Da ist so ein leises Zischen. Ich lausche angestrengt. Klingt, als würde irgendwo Gas ausströmen. Ich habe noch nie Gas ausströmen gehört, ich weiß nicht mal, ob ausströmendes Gas ein Geräusch macht, aber so stelle ich es mir vor.

Oder bilde ich mir das nur ein? Die sich nähernden Schritte jedenfalls sind real. Frau Arend betritt den Frühstücksraum und fragt mich lächelnd, ob ich alles habe, was ich brauche.

Ein kleines Bächlein Schweiß läuft mir kühl die Wirbelsäule entlang und pappt mein Hemd an meinem Rücken fest, als ich mich in den Rattanstuhl zurücklehne.

»Absolut«, sage ich, »ich bin sowieso kein großer Frühstücker.« Ich hoffe, dass sie das nicht missversteht und als Kritik an ihrem Frühstück deutet. Das wäre mir dieser freundlichen Frau gegenüber sehr unangenehm. Genau wie mein Zustand. Wahrscheinlich sehe ich nicht gerade blendend aus.

»Ich hab Ihnen extra statt der Wurst mehr Käse und Marmelade hingestellt.«

»Danke«, sage ich. Ich würde am liebsten hinzufügen, dass sie doch bitte endlich aufhören soll, mich zu siezen, lasse es aber sein. Die Ausfahrt haben wir irgendwie verpasst, das hätte man gleich machen sollen, jetzt ist es zu spät, jetzt müssen wir das so durchziehen, Frau Arend und ich.

Sie räumt den Tisch der Schwabenhippies ab und erzählt mir dabei den neuesten Gossip, den Talk of the Town, den heißen Scheiß von Renderich: Bei Metzger Busch ist heute früh eine Kuh abgehauen. Und das ging so: Kuh wird frühmorgens zur Schlachtung angeliefert, Hänger wird geöffnet, Kuh springt heraus und galoppiert schnurstracks die Straße runter.

»Der Metzger hinterher, aber die Kuh war schneller. Sie ist geradewegs auf die Mosel zugerannt, reingesprungen und einmal durchgeschwommen. Auf der anderen Seite haben sie sie erwischt und direkt erschossen.«

»Irre«, sage ich.

»Das ganze Dorf redet von nichts anderem.«

»Das glaube ich.«

»Das sind die Geschichten, die das Leben schreibt. So was erleben Sie in der Stadt nicht, gell!«

»Stimmt.«

»Da soll nochmal einer sagen, in der Provinz wär nichts los!«

»Stimmt.«

Frau Arend lacht. Ich lache auch. Mein Kopf dröhnt.

Sie verlässt mit dem gefüllten Tablett den Frühstücksraum. Für ein paar Sekunden ist es wieder still, und der Ohrwurm meldet sich zurück. *Da-Da-Da-Daaaa-Da-Dada-Daaaa* ... Dann nehme ich auch wieder dieses Zischen wahr.

Das bilde ich mir doch nicht ein!

Oder doch?

Vielleicht werde ich ja verrückt. Nach anderthalb Tagen auf dem Dorf dem Wahnsinn verfallen. Na wunderbar.

Flo kommt herein. Er hat einen Karton Wein unter dem Arm.

»Moin, Meise.«

»Morgen.«

»Haste schon gehört mit der Kuh?«

»Ja.«

»Lecko mio! Als ob die gewusst hätte, was ihr blüht.«

»Stimmt.«

»Das müsste dir als Vegetarier doch eigentlich gefallen.«

»Stimmt.«

Flo stellt den Karton auf den Tisch und lehnt sich in den Türrahmen. Ich überlege, ihn zu fragen, ob er das Zischgeräusch auch hört. Komme mir aber blöd vor. Was, wenn da gar nichts ist, dann hält der mich doch für bescheuert!

Mein Kopf. Mein Kopf. Mein Kopf.

Flo lässt seine Zunge langsam über die Oberlippe gleiten, kratzt sich im Nacken und sieht mich an. »Und, warste noch lange aus gestern?«

Ja Flo, das war super gestern.

Ich hab mir in dieser schmierigen Dorfschänke einen angesoffen und dann versucht, eine Schlägerei mit den Stammtischprolls anzuzetteln, aber die haben gekniffen.

Danach bin ich mit eurem Erntehelfer in die Eifel gefahren, zu irgendeiner Wohnmobilnutte auf einem finsteren Landstraßenparkplatz. Hab aber keinen hochgekriegt.

Um eins lag ich mit einer Flasche Wein im Bett und hab mir einen runtergeholt.

Den Wein habe ich übrigens aus eurem Hof geklaut. Zwei Flaschen. Eine liegt noch bei mir im Kühlschrank, willst du die wiederhaben?

»Nee, nicht lange, war nur 'ne Kleinigkeit essen.«

Flo nickt langsam und sieht mich dabei irgendwie prüfend an. Ob er mich vielleicht gesehen oder gehört hat, als ich nach Hause kam?

Wie ich bei Marek aus dem Wagen gestiegen bin, mir auf dem Hof die Flaschen unter den Arm geklemmt, die Haustür des Ferienhauses aufgeschlossen, Licht gemacht und auf dem Balkon eine geraucht habe?

Nein, kann ich mir nicht vorstellen. Er lag bestimmt schon mit Judith im Bett. Fernsehen, gegenseitiges Nasebohren oder eine Runde Winzerquartett, wie auch immer ein gelungener *Pärchenabend* bei denen so aussieht.

»Eichenfässer?«

»Zehn.«

»Ha, zwölf, her mit der Karte. Weinbautradition?«

»493 Jahre.«

»Shit!«

Im Haus jedenfalls war es dunkel, vermutlich haben sie einfach früh geschlafen, um heute wieder frisch und munter zu sein. Und überhaupt, was denke ich überhaupt darüber nach, sind doch nicht meine Eltern hier!

»Ich muss mich auch ein bisschen sputen jetzt, Auto einladen und so«, unterbricht Flo meine Paranoia. »Wir müssen bald mal los, wenn wir im Ruhrpott nicht in den Feierabendverkehr geraten wollen.«

Das hatte ich fast vergessen. Flo fährt heute mit seiner Mutter zu Kunden, irgendwo nach Norddeutschland, Osnabrück oder Bielefeld oder so. Eine private Weinverkostung, bei Stammkunden zu Hause. Sie bleiben über Nacht, er hat es gestern erzählt und sich mehrmals bei mir entschuldigt.

»Sorry«, sagte er, englisch ausgesprochen. Er sagt es auch jetzt wieder, mit übertrieben amerikanischem »r«, als wäre er ein Farmer aus Arizona. »Echt sorry, aber ich muss das mit meiner Mutter machen. Mein Vater kann momentan nicht weg. Der muss schaffen im Weinberg, weil die mit dem Aufbinden kaum nachkommen. Ist natürlich doof, gerade jetzt, wo du hier bist. Aber ich kann das nicht absagen. Für einen kleinen Betrieb wie unseren ist der persönliche Kundenkontakt enorm wichtig, nur so können wir überleben. Echt sorry.«

»Schon okay«, sage ich.

»Die Judith kommt gegen Nachmittag wieder. Ich glaub zwar, dass die noch einiges lernen muss übers Wochenende, aber wenn du was wissen willst, kannst du sie natürlich fragen. Oder meinen Vater, wenn er aus dem Weinberg zurück ist.«

»Keine Sorge, ich komm schon klar.«

»Ich bin morgen Mittag zurück. Vielleicht sogar schon vormittags. Abends wollen wir mit ein paar Freunden was machen. Wahrscheinlich aufs Weinfest in Sörz. Du bist natürlich herzlich eingeladen mitzukommen.«

»Alles klar, dann bis morgen.«

Gut, dass er wegmuss, denke ich, ich bin heute sowieso viel zu verkatert für eine weitere Winzerpredigt, ich werde seine Abwesenheit also gerade noch so verkraften. Wo immer er auch hinfährt, er soll sich ruhig Zeit lassen.

Flo geht in den Hof und fängt an, Weinflaschen in Kisten zu verpacken und zum Auto zu tragen. Susi liegt wie ein ausgefranster Fußabtreter vor der Tür in der Sonne. T. C. Boyle und seine Frau rollen flötend auf ihren Fahrrädern vom Hof.

Ich gieße mir noch einen Kaffee ein. Als ich den Deckel der Thermoskanne zuschraube, verstummt auch das Zischen.

Was mache ich denn jetzt mit diesem Tag?

######

»hallo mutti, bin übers wochenende an der mosel. echt wahr. schön hier. nicht grad viel los, aber ruhe = auch mal gut. melde mich wenn zurück. tobias.«

SENDEN.
SUCHEN.
M.
U.
MUTTER MOBIL.
AUSWÄHLEN.

MITTEILUNG WIRD GESENDET.
MITTEILUNG GESENDET.

»hallo schwesterherz, bin übers wochenende an der mosel. echt wahr. schön hier. nicht grad viel los, aber ruhe = auch mal gut. melde mich wenn zurück. tobias.«

SENDEN.
SUCHEN.
S.
I.
SILVIA MOBIL.
AUSWÄHLEN.
MITTEILUNG WIRD GESENDET.
MITTEILUNG GESENDET.

»tach chef, du glaubst nicht wo ich grad bin: tief im westen, an der mosel! hab ich dir von dem typen erzählt, den ich in NYC kennengelernt habe? flo, ein jungwinzer. häng ein paar tage da aufm weingut ab & verbrenn letztes geld. meld mich wenn zurück. meise.«

SENDEN.
SUCHEN.
H.
O.
HOLGER MOBIL.
AUSWÄHLEN.
MITTEILUNG WIRD GESENDET.
MITTEILUNG GESENDET.

»hallo verena, ich wollte mich schon längst melden, aber«

13

»GLOBUS – Da ist die Welt noch in Ordnung« steht auf dem 333er nach Bernkastel-Kues. Der Bus ist komplett mit Werbung für diesen Zeller-Supermarkt verziert. Allerlei Lebensmittel sind fotografisch abgebildet. Direkt neben dem Eingang ist es Fleisch in vielen verschiedenen Variationen. »Die längste Wursttheke der Region« steht darüber. Ein überlebensgroßer Verkäufer strahlt mich zuversichtlich an. Mit seiner Sparbuchvisage könnte er für alles mögliche werben – nur halt für nichts, das man gerne haben möchte.

Am Steuer sitzt Tamara Danz, die von den Toten auferstandene Silly-Sängerin, und streckt den versprengten Teilnehmern des öffentlichen Nahverkehrs an der Mosel fröhlich grinsend ihr wulstiges Zahnfleisch entgegen. Außer mir steigen nur zwei weitere Personen ein, ein Jugendlicher mit entzündeten Pickeln auf der Stirn und eine Frau mit einem winzigen Lederrucksack auf dem Rücken.

Wir drei sind die einzigen Fahrgäste.

Ich setze mich auf die hinterste Bank. Der Bus fährt auf die Bundesstraße, dann in den nächsten Ort und, ohne anzuhalten, wieder hinaus. Hinter mir sehe ich zwei Jungs aus einer Bushaltestelle hervorspringen und wild mit den Armen in der Luft herumfuchteln. Tamara Danz sieht die Jungs nicht, oder sie hat einfach keine Lust, anzuhalten. Wenn ich das richtig sehe, können die beiden jetzt zwei Stunden auf den nächsten Bus warten.

Die engen Altstadtgassen von Bernkastel quellen über vor Menschen. Es sind überwiegend Urlauber aus Holland, Belgien und Deutschland, auch ein paar Amerikaner und Franzosen. Die meisten sind jenseits des Rentenalters. Irgendwo haben sie den Ausflugsdampfer Viking Sky geentert und fallen nun wie gierige Piraten über das Städtchen her, das mit seiner absurden Mischung aus Folklore und Kommerz so was wie das touristische Epizentrum hier zu sein scheint. Der Hackesche Markt des Moseltals.

Ich stoße fast gegen eine ältere Frau, die unvermittelt vor mir stehen bleibt und mißbilligend einen Klamottenladen betrachtet.

»Guck mal, Walter, wie vollgestopft das Geschäft ist! Wie im Ausland!«

Ja, fragt man sich da, wo liegt das eigentlich, dieses sogenannte *Ausland*, und wie komme ich auf schnellstem Wege dorthin?

Walter reagiert nicht. Er schlendert mit auf dem Rücken verschränkten Armen weiter die Straße hinauf. Walter ist von oben bis unten beige: Mütze, Haare, Polohemd, Socken, Sandalen und die kurze Hose – alles beige. Sogar seine Haut hat diesen traurigen Farbton zwischen grau und ranzig.

Ich weiß wirklich nicht, was ich hier soll, aber in meinem Zimmer ist mir die Decke auf den Kopf gefallen. Noch so ein Ausdruck, den ich heute zum ersten Mal wirklich verstanden habe.

Mein Kopf dröhnt noch mehr als heute Morgen. Ich glaube, beim Frühstück war ich noch betrunken, und je mehr ich ausnüchtere, desto schlimmer wird es.

Es war auch so irre heiß in der Bude, unter den Schrägen, wo sich die nasswarme Luft zu einer suppigen Konsistenz zusammenstaut. Nach dem Frühstück habe ich sofort geduscht. Ich hatte mich kaum abgetrocknet, da begann ich schon wieder zu transpirieren und fragte mich, ob ich das geerbte Geld nicht lieber dafür hätte ausgeben sollen, mir sämtliche Schweißdrüsen versiegeln zu lassen.

Jetzt, in diesen überfüllten Gassen, fühle ich mich nur noch wie ein nasser Sack, puren Alkohol ausschwitzend, ein nasser Sack mit einem viel zu großen Kopf.

Ich betrete die erstbeste Apotheke und kaufe eine Packung Aspirin bei Juliette Binoche, die sich hier in Bernkastel unter dem Tarnnamen A. Georg ein kleines Zubrot verdient. Während ich das Wechselgeld verstaue, betritt eine ältere Dame den Laden.

»Tag, Frau Georg.«

»Tag, Frau Lemmich.«

»Na, haben Sie auch schon von dem Stier in Renderich gehört?«

»Ja, das ist ein Ding, was! Das muss ja ein Riesenkaventsmann gewesen sein.«

»Aber hallo! Und der soll noch gut einen Kilometer die Mosel runtergeschwommen sein, bevor sie ihn erwischt haben.«

»Ich wusste gar nicht, dass Stiere schwimmen können.«

»Das wusste der Stier wohl selber nicht.«

Sie lachen. Ich schmunzele.

Interessant, dass aus der Kuh mittlerweile ein Stier geworden ist, der außerdem auch noch die Mosel runtergeschwommen sein soll. Ein paar Dörfer weiter ist bestimmt schon von einem Dinosaurier die Rede, der bei Renderich mit einem Schritt über den Fluss gestiegen ist, wobei er die Wohnwagensiedlung unter sich begraben und ein paar friedlich im Sandkasten spielende Kinder verspeist hat, bevor er mit einem lauten Furz das ganze Dorf ausräucherte.

»Alle tot!«

»Ein Riesenkaventsmann!«

»Aber hallo!«

Durst Durst Durst. An der Ecke befindet sich das »Take it easy«. »Bistro und mehr« steht auf dem Schild vorm Laden. Drinnen läuft Panflötenmusik. Ich gehe eine Ecke weiter zum italienischen Eiscafé und Restaurant »Pizza, Pasta, Basta«. Welcher Scherzkeks sich wohl hier als Promofuchs verdingen und all diese bescheuerten Ladennamen ausdenken durfte!

An einem wackligen runden Plastiktisch im Schatten studiere ich die Hochglanzspeisekarte. Neben den meisten Gerichten sind Fotos von denselben abgebildet. Eins unappetitlicher als das andere. Es gibt Pizza, Pasta und, nein, nicht etwa Basta, sondern jede Menge Fleischgerichte, die so gar nicht italienisch wirken. Bei den Desserts ein matschiger Haufen, der offenbar Tiramisu darstellen soll, ein überbelichteter Eisbecher und mit Schokosoße überzogene Waffeln, die aussehen wie eine vollgeschissene Matratze.

Bei einem blonden Mädchen mit Micky-Maus-T-Shirt bestelle ich ein Glas Wasser und einen Espresso. Ich zünde mir eine Zigarette an und betrachte das Leben auf der Straße.

Beziehungsweise das, was man hier Leben nennt.

Was machen die jungen Leute nur, wenn sie mal einen guten Film im Kino sehen wollen? Oder eine wirklich gute Pizza essen. Oder Sushi. Oder eine Tom-Kha-Suppe mit Tofu. Wenn sie auf ein Popkonzert gehen wollen, oder einen neuen Sexualpartner brauchen oder irgendetwas anderes, was das Leben schön macht – müssen sie dann immer gleich Urlaub einreichen und ein paar hundert Kilometer mit dem Auto fahren?

Was ist, wenn man schwul ist oder lesbisch oder gerne zu Soulmusik oder Indierock tanzt?

»So, Ihr Wasser und der *Expresso*«, sagt das blonde Mädchen. Italienerin ist die auf jeden Fall nicht.

Ich lasse eine Kopfschmerztablette ins Wasserglas fallen und trinke es in einem Zug leer. Also fast leer. Als ich das Glas vorm letzten Schluck absetze, sehe ich, dass sich die Tablette noch gar nicht ganz aufgelöst hat.

Weil ich wirklich üble Kopfschmerzen habe, bestelle ich sicherheitshalber ein zweites Glas Wasser. Diesmal warte ich, bis sich die sprudelnde Scheibe komplett aufgelöst hat, und zwinge mir erst dann das Getränk rein. Es schmeckt metallisch, nach Straßenschild, irgendwie.

Mir ist unfassbar langweilig, und es ist nicht die Art von Langeweile, die ich zu Hause so liebe, wo man sich einfach irgendwo hinsetzt und weiß, dass früher oder später schon irgendwas passieren wird, auch wenn man gar nichts erleben will, und von der ich jetzt weiß, dass sie gar keine Langeweile ist, sondern etwas ganz anderes, vielleicht Entspannung oder Freizeit oder so was.

Das hier ist die richtige Langeweile, und sie ist nicht angenehm oder entspannend, sondern hässlich, stumpf und brutal.

Wie ist das wohl im Winter, wenn man nicht mal mehr draußen sitzen kann, dann kann man hier ja gar nichts mehr machen, außer sich in der Bude zu verkriechen. Wird bestimmt sehr dunkel und einsam hier, wenn die Dampfertouristen ausbleiben. Bei der Vorstellung habe ich direkt Bilder aus *Shining* vor Augen. Der wahnsinnige Jack Nicholson und das irre Kind auf dem Dreirad, so muss das hier sein, wenn das Wetter die Menschen hinter den fein herausgeputzten Fassaden einschließt.

REDRUM! REDRUM!

Je länger ich hier rumsitze, desto schlechter wird meine Laune. Doch dann kommt mir die rettende Idee. Mann, wieso bin ich da nicht eher drauf gekommen – ich gehe zum Friseur!

Das ist in den letzten Monaten zu einer meiner Lieblingsbeschäftigungen in fremden Städten geworden. Rein haarlängenmäßig hatte ich es meist gar nicht nötig, doch sich unterwegs von Fremden ein wenig den Kopf streicheln zu lassen ist die beste Dienstleistung, die es gibt. Ein guter kleiner Luxus, ein sauberer Deal, eine klare Sache ohne versteckte Haken oder andere Zwielichtigkeiten.

Am besten war es in Krakau. Der Laden war eher so eine Art Schönheitssalon für gutsituierte Damen. Es war ein Samstagvormittag, und es war bumsvoll. Als einziger männlicher Kunde wurde ich von den Friseusen zunächst skeptisch beäugt, bedient haben sie mich aber trotzdem. Mit geschlossenen Augen lag ich da, ließ mir in den Haaren rumfummeln und lauschte dem sanften Stimmengewirr der polnischen Frauen. Der Himmel auf Erden.

In Atlanta musste Verena nach meinem Friseurbesuch mit der Papierschere im Motelzimmer einiges reparieren. Trotzdem hatte es sich gelohnt. Es geht beim Friseurbesuch nicht um die Frisur, die dabei herauskommt, sondern um den Akt des Haareschneidens an sich.

Der Friseursalon Kaiserschnitt liegt unten am Wasser, schräg gegenüber der Viking Sky. Die junge Friseuse hat eine Betty-Page-Frisur und trägt einen Petticoat. Ihr betont gelangweilter Blick verleiht ihr etwas leicht Überhebliches. Mir gefällt das. Ich mag arrogante Frauen. Jedenfalls fast so sehr wie unarrogante. Sie hat Piercings in der Nase und im Mund, ein Kruzifix als Ohrring, rot lackierte Fingernägel und spitze Brüste, die sie an meine Schulter drückt, als sie mir mit lauwarmem Wasser die Haare wäscht.

Meinem Kopf geht es schon viel besser. Ich weiß nicht, ob die Schmerztablette wirkt oder ob die kraulenden Bewegungen mich entspannen. Aber wenn ich die Wahl hätte zwischen einmal frei französisch von Wohnmobilnutte Tanja oder einmal Haarewaschen bei dieser jungen Dame, ich würde mich immer für Letzteres entscheiden.

Sie fragt mich, wie ich heiße.

»Carlo«, sage ich. »Und du?«

»Silvie«, sagt sie.

»Oh, schön, fast wie meine Schwester«, sage ich, und auf Silvies Gesicht legt sich die Andeutung eines Lächelns. Nur ganz kurz, dann fängt sie sich und setzt wieder ihren Faye-Dunaway-mäßigen Schlafzimmerblick auf, den sie bestimmt lange zu Hause vorm Spiegel geübt hat. »Ist das dein Laden hier?«

»Pff«, macht Silvie, »schön wär's. Mein Chef ist heute in der anderen Filiale drüben in Kues.«

»Wie lange bist du denn schon Friseuse?«

»Fünf Jahre. Aber das heißt nicht *Friseuse*, das heißt *Friseurin*.«

»Ach so. 'tschuldigung, wusste ich nicht.«

»Schon gut. Du bist nicht der Einzige, der das nicht weiß. Wird wohl noch 'ne Weile dauern, bis sich das rumgesprochen hat«, sagt Silvie in emotionslosem, aber dadurch umso bitterer klingendem Tonfall. »So, Carlo. Dann einmal hier rüber, bitte.«

Sie führt mich zum Frisierstuhl, rubbelt mir die Haare trocken und beginnt, darin herumzuwuscheln und zu zupfen und zu schnibbeln. Das Schnippen und Schnappen der Scherenblätter an meinen Ohren jagt mir einen wohligen Schauer nach dem anderen über den Rücken. Wie die meisten Friseusen oder Friseurinnen, oder wie das jetzt heißt, ist Silvie eine professionelle Smalltalkerin. Vermutlich lernen sie das in der Berufsschule. Fünfte und sechste Stunde: »Unverfängliches Geblubber«. Anders als sonst stört mich das aber nicht im Geringsten. Beim Friseur muss das so.

Silvie gibt sich abgeklärt. Mit ausdrucksloser Miene stöhnt sie, wie voll es gerade in der Stadt ist.

»Je voller die Stadt, desto weniger Umsatz. Die alten Leute, die gucken ja alle nur, kaufen aber nichts. Und wenn, dann wollen sie feilschen.«

»Auch beim Friseur?«, sage ich.

»Auch beim Friseur. In den Cafés ist es nicht besser, da vergleichen sie die Kaffeepreise und gehen dahin, wo es zehn Cent billiger ist. Ich hab früher viel gekellnert. Die Holländer und Belgier waren die Schlimmsten. Kaum Trinkgeld, da wurde höchstens mal auf den nächsten vollen Betrag aufgerundet.«

»Das ist ja kacke«, sage ich.

»Kannste laut sagen«, sagt Silvie.

Sie nimmt einen Schluck Wasser, räuspert sich, macht sich wieder an die Arbeit. Weiterschnibbeln, weiterreden. Es geht jetzt um ihr Ausgehverhalten. Beziehungsweise darum, dass sie kaum noch ausgeht.

»Auf Dauer ist das einfach zu aufwendig und zu teuer, die Zugfahrten nach Trier oder Koblenz oder Köln, der Eintritt, die Getränke. Und dann ist da ja auch immer die Frage, wie man zurückkommt und wann. Der reinste Organisationsstress. Da lädste besser ein paar Leute ein und säufst zu Hause.«

Es soll lässig klingen, doch ihre Einsamkeit umhüllt sie wie ein Schleier.

In Albufeira habe ich eines Samstagabends vom Balkon aus zwei aufgetakelte Mädchen beobachtet. Sie liefen immer wieder die Gassen des leergefegten Urlauberörtchens auf und ab. Wussten nicht, wohin mit sich. Wussten nicht, wofür sie sich so hübsch gemacht hatten. Schoben sich gegenseitig die Brüste ins Dekolleté und scherzten tapfer herum, kicherten ein wenig, wirkten dabei aber alles andere als glücklich. Früher oder später würden sie sich für einen der noch verfügbaren Typen aus dem Ort entscheiden müssen. Oder abhauen, so weit weg wie möglich, mindestens aber in die nächste Großstadt. Vielleicht hatten sie den Absprung schon längst verpasst. Es war wirklich traurig, den beiden zuzusehen.

Mit Silvie ist es ähnlich. Vielleicht kommt sie hier niemals raus. Festgenagelt auf den Brettern der Provinz. Verdammt dazu, ein Leben lang bräsigen alten Damen Lockenwickler in die Haare zu schrauben und sich am Wochenende mit dem durch Landflucht und Familiengründungen immer kleiner werdenden Freundeskreis im Wohnzimmer zu besaufen.

Ich bin kurz davor, sie zu fragen, was sie heute Abend vorhat. Obwohl sie gar nicht mein Typ ist, mit dem Blech im Gesicht und diesem komischen Fifties-Style, oder Sixties oder was das ist. Andererseits habe ich gar keinen festgelegten Frauentyp, und wenn man sich die Klamotten und die Piercings wegdenkt, ist sie eigentlich gar nicht so übel.

Oder ist das jetzt schon ein Teil des Phänomens, das ich in der ganzen Gegend hier vermute? – Das Phänomen, dass man aufgrund der geringen Auswahl seine Ansprüche an Stil, Humor und Aussehen des potenziellen Sexualpartners auf ein Mindestmaß herunterschraubt und stattdessen dankbar nimmt, was man kriegen kann. Dass man sich Menschen schönredet, schöndenkt, schöntrinkt, um bloß nicht alleine zu sein. Vereint durch Langeweile, aneinandergekettet aus Mangel an Alternativen.

Ich kann sie doch jetzt nicht aus Mitleid anbaggern. Oder etwa doch?

»So, zufrieden?«

Silvie bewegt einen runden Spiegel hinter meinem Kopf hin und her.

»Ja, danke«, sage ich, ein bisschen enttäuscht, dass es schon vorbei ist.

Sie rasiert mir den Nacken aus. Der Höhepunkt eines jeden Friseurbesuchs. Das leise Brummen des Elektrorasierers beschert mir eine veritable Gänsehaut, genau wie der sanfte Wind des Föns, den sie danach benutzt.

Ich lasse mir sogar noch Wachs in die Haare massieren, nur um die Behandlung ein wenig zu verlängern. Dann wischt sie mir schwungvoll den Kittel vom Oberkörper und geht zur Kasse.

Das Waschen und Schneiden kostet 13,50. Ich gebe zwanzig. Weil ich weiß, wie wichtig Trinkgeld ist, und weil ich gerne Trinkgeld gebe, und weil ich besser sein will als die knauserigen Touristen. Der angenehme Nebeneffekt meiner Großzügigkeit ist, dass ich so keinen ekligen Fünfeuroschein zurückbekomme.

Silvie kann sich jetzt nicht mehr beherrschen. Sie lächelt. Ihre Augen glänzen. All die selbst verordnete Coolness fällt von ihr ab. Sie bedankt sich sogar mit einem kleinen Knicks. Ich lächle auch und nicke leicht mit dem Kopf, wie der Großstadtgentleman, der ich bin. Verlasse den Laden und verschwinde in den Fluten der Sonne, die mir jetzt nur noch halb so brutal erscheint wie vor meinem Friseurbesuch.

Ich bin mir sicher, dass sie mir hinterherschaut und sich fragt, was ich hier mache, wo ich herkomme und was ich heute noch vorhabe.

Nichts habe ich heute noch vor, gar nichts. Mir ist genauso langweilig wie dir. Vielleicht sogar noch langweiliger, weil ich im Gegensatz zu dir keinerlei Übung darin habe. Ich heiße übrigens auch nicht Carlo, sondern Meise. Manchmal stelle ich mich mit falschem Namen vor, ich weiß auch nicht, warum.

Was hältst du davon, wenn wir uns drüben bei Jagd- und Sportwaffen Jung ein paar Schrotflinten besorgen und anschließend einen Wagen klauen? Dann können wir wild ballernd durch die Gegend fahren à la Bonnie und Clyde. Gucken wie Faye Dunaway kannst du ja schon. Wenn du magst, überfahren wir ein paar Omis. Jagen die geizigen alten Schachteln durch die Straßen dieser todgeweihten Altstadt, bis sie vergeblich um Gnade winseln. Das schöne Knirschen von alten Knochen unter den Reifen, lustige Muster aus Blut auf der Windschutzscheibe, Lockenwickler, die sich in den Wischblättern verfangen – wär das was? Aus ihren Medikamenten basteln wir uns Drogen, auf ihren Leichen haben wir animalischen Sex, und zum Schluss brennen wir mithilfe selbstgebauter Molotow-Cocktails die ganze Stadt nieder und tanzen hysterisch gackernd in den Flammen.

Einen Abend Wahnsinn gegen tausend Jahre Stumpfsinn – nimm meine Hand und sei dabei, liebe Silvie!

Es war eine halbe Stunde Urlaub, und es war schön, aber schon nach wenigen Minuten hat mich die echte Welt wieder, das Gefängnis aus Hitze, Tristesse und Langeweile. Ich starre auf den Fluss und versuche, ihn schön zu finden. Kein schöner Land in dieser Zeit. *Da-Da-Da-Daaa-Da-Dada-Daaa …*

Zurück in der Fußgängerzone streune ich durch ein paar Läden und versuche, Geld auszugeben:

– 14,90 für einen Langhaarschneider, den der verschollen geglaubte Zwillingsbruder von Walter Momper umständlich in einer riesigen Plastiktüte verpackt, während die Deckenbeleuchtung des staubigen Elektroladens sich in seiner schwitzenden Glatze spiegelt.

– 7,95 für die Taschenbuchausgabe von *Der alte Mann und das Meer* im Buchladen Gensch, der neben Moselsouvenirs, Kalendern, Kinderbüchern und der Rubrik »Freche Frauen« ganze zwei Drehständer voller Romane im Sortiment hat. Erst beim Bezahlen fällt mir auf, dass ich dieses Manifest der schweren Schultern jetzt eigentlich überhaupt nicht gebrauchen kann.

– 21,98 für ein Paar Flipflops und einen Fünferpack Socken beim Modetreff Er-Sie-Es, in dem offenbar die ganze Familie eingekleidet wird. Nicht mal einen H & M haben sie hier. Ein Ort, an dem eine H & M-Filiale einen Fortschritt darstellen würde, das muss man sich mal vorstellen.

– 1,80 für ein Eis, zwei Kugeln, Zitrone und Haselnuss.

– 14,10 für drei Päckchen Benson & Hedges.

Danach habe ich immer noch 653 Euro und 10 Cent im Portemonnaie und weiß nicht mehr, was ich tun soll. Da trifft es sich ganz gut, dass in einer halben Stunde der letzte Bus zurück nach Renderich fährt.

Ich latsche langsam Richtung Bushaltestelle. Mache ein paar Umwege durch die Gassen, betrachte lange die Bilder von verliebten Paaren, heiratenden Paaren und Paaren mit speckigen Babys im Schaufenster von Foto-Atelier Brandt, und bin trotzdem zwanzig Minuten zu früh an der Bushaltestelle.

14

Das Schnattern der Turmfalken ist ein monotones, schimpfendes Geräusch, wie ein hochgepitchtes Quietscheentchen, in einer Tonlage, von der man sich wünscht, dass nur Hunde sie hören könnten. Ich habe dieses Gepiepe noch nie gehört. Dass es Turmfalken sind, weiß ich auch nur, weil Flo gesagt hat, dass am Nachbarhaus abends welche sitzen. Es gibt hier auch jede Menge Fledermäuse. Nachts sieht man sie angeblich über den Hof jagen und Mücken fangen. Wo sie tagsüber von der Decke hängen, wusste Flo auch nicht. »Gute Frage«, hat er gesagt, und ich habe mich gefreut, wie ich mich immer freue, wenn andere auch mal etwas nicht wissen. Besonders wenn es sich um Schlauberger wie Flo handelt.

Ich beuge mich übers Balkongeländer, kann die Vögel aber nirgendwo entdecken.

»Was suchst du denn?«

Ich zucke zusammen wie ein Schuljunge, der wichsend vorm Schlüsselloch der Mädchenumkleide erwischt wurde. Judith steht im Hof. Mit der rechten Hand schirmt sie ihre Augen vor der Sonne ab, die schon ziemlich tief am Himmel steht.

»Ach, nichts. Ich guck nur, wo die Vögel sitzen.«

Judith zeigt auf das Dach des Nachbarhauses. Ich verfolge die Linie ihres Fingers, sage »Ah, ja!«, obwohl ich die Viecher immer noch nicht entdecken kann, und drehe mich wieder zu ihr um. »Und du so?«

»Ich war spazieren. Ist noch so schön draußen.«

Sie trägt Flipflops, einen kurzen schwarzen Rock und ein tailliertes grünes Oberteil. Es sind die ersten halbwegs figurbetonenden Kleidungsstücke, die ich an ihr sehe. Ihre dunklen Haare hat sie zu einem kurzen Zopf zusammengebunden. Auf der Nase sitzt eine runde Sonnenbrille. Von hier oben sieht sie gar nicht mal schlecht aus.

»Da hast du Recht«, sage ich. »Und, hast du noch was vor?«

»Nee, was soll ich vorhaben«, sagt sie.

»Ja, weiß ich ja nicht.«

»Nee, nichts geplant. Der Flo ist mit seiner Mutter weg.«

»Ich weiß, hab ihn heute beim Frühstück noch gesehen.«

»Ach so.«

Ich überlege, was ich als Nächstes sagen könnte. Dann gebe ich mir einen Ruck.

»Also, ich weiß zwar nicht, ob ich dich damit locken kann, aber ich hab noch 'ne Flasche Wein im Kühlschrank. Wenn du Lust hast, komm hoch und leiste mir Gesellschaft.«

»O toll, Wein! Hurra!«, lacht Judith.

Ich lache auch.

»Und außerdem gibt es von hier oben gleich einen top Sonnenuntergang zu sehen.«

Das ist so ziemlich der lahmste Spruch, den ich jemals einer Frau gegenüber geäußert habe. Mein Hirn ist so ausgedörrt, dass mir einfach nichts Besseres einfällt.

Sie überlegt, sieht sich kurz um, als wären ihr irgendwelche Verfolger auf den Fersen, und sagt dann: »Okay. Ich geh nur kurz ins Haus und hol mir einen Pullover.«

In den fünf Minuten, die sie dafür braucht, räume ich die ganze Wohnung auf. Als Erstes öffne ich das Fenster neben dem Bett, um für Durchzug zu sorgen und den Zigarettenqualm zu vertreiben. Dann raffe ich meine im ganzen Zimmer herumliegenden Klamotten zusammen und stopfe sie in die Reisetasche. Ich leere den Aschenbecher, spüle die dreckigen Gläser und schüttle das Bett auf. Ich wasche mir mit kaltem Wasser das Gesicht, lege grob meine neue Frisur zurecht und entferne mir mit der Nagelschere ein hervorstehendes Nasenhaar. Schließlich ziehe ich mir sogar noch ein frisches Hemd an. Es ist weiß, wie das andere, so dass sie hoffentlich nicht bemerkt, dass ich mich extra umgezogen habe.

Aufmerksam schaut Judith sich im Zimmer um.

»Ich wohne jetzt seit einem Jahr hier bei Flo und seinen Eltern, aber in dieser Ferienwohnung war ich noch nie«, sagt sie und setzt sich auf den freien Plastikstuhl auf dem Balkon. Sie legt ihre Sonnenbrille auf den Tisch. Ich setze mich ihr gegenüber, öffne die Weinflasche und schenke uns ein. Mir steht der Sinn zwar immer noch nicht nach Wein, aber ohne Alkohol, das geht jetzt nicht. Das wäre wie Tanzen ohne Musik. Autofahren ohne Reifen. Fallschirmspringen ohne Fallschirm.

»Prost«, sage ich und sehe sie an.

»Zum Wohl«, sagt sie und erwidert meinen Blick, wobei mir auffällt, dass sie auf einmal grüne Augen hat.

»Du hast ja grüne Augen.«

»Ich weiß.«

»Waren die nicht gestern noch braun?«

»Woher weißt du das?«

»Weil ich es gesehen habe, woher sonst.«

»Ich habe nicht bemerkt, dass du mir in die Augen geschaut hast.«

»Die ganze Zeit.«

»Spinner. In meinem Ausweis steht grün-braun. Meistens sind sie das auch, manchmal aber auch nur eins von beiden.«

»Ach, echt?«

»Ja.«

»Interessant.«

»Na ja.«

Eine Pause entsteht, während der sich Judith eine Falte aus ihrem Rock streicht und in mir Angst aufsteigt. Angst vor der Stille, dieser peinlichen Stille, die alles unter sich begräbt, bis jede Bewegung und jedes Geräusch zum Krampf wird und man anfängt, sich zu räuspern und Alte-Leute-Sachen zu sagen wie »Jaja, so ist das alles« oder »Tja, und sonst so?«, und schließlich aufs Klo geht, ohne zu müssen, auf der Klobrille hockt, mit dem Gesicht in den Händen, und hofft, dass der andere sich bald verabschiedet. Fünf Sekunden nachdem man sich getrennt hat, atmet man erleichtert aus und weiß: Der andere tut gerade dasselbe.

So weit darf es auf keinen Fall kommen. Ich muss reden. Und ich rede. Ich rede einfach drauflos. Erzähle Judith, dass sie mich an Hilary Hahn erinnert.

»Wie bitte? An wen?«, fragt sie mit zusammengekniffenen Augen.

»Hilary Hahn.«

»Hi-la-ry Hahn? Willst du mich verarschen?«

»Nein, wieso!«

»Den Namen hast du dir doch ausgedacht!«

»Nein, die gibt's wirklich. Das ist 'ne Violinistin. Geige spielt die.«

Judith wirft mir einen »Hältst du mich für blöd?«-Blick zu. Ich reagiere nicht darauf. Ich darf jetzt nicht aufhören zu sprechen.

»Noch keine dreißig, aber schon weltberühmt. Hat sowohl auf dem Achtzigsten von Papst Benedikt als auch auf einer Platte von irgend so 'ner texanischen Krachband gespielt. Ganz schöner Spagat, was? Das ist, als würde man gleichzeitig bei Slayer und bei ... was weiß ich, Rolf Zuckowski spielen.«

Ich weiß nicht, was ich da eigentlich von mir gebe und aus welchen Katakomben meines Hirns ich diese seltsamen Halbinformationen abrufe, aber ich muss weiterreden, damit das hier nicht versandet. Ich habe das dringende Bedürfnis, sie zu unterhalten. Ich fühle mich für die Stimmung auf diesem Balkon verantwortlich, jetzt, wo wir nur zu zweit sind. Ich will ihr etwas bieten, ich will, dass sie sich gut fühlt. Außerdem sieht sie wirklich ein bisschen aus wie die amerikanische Stargeigerin.

»Sehr hübsch, übrigens. Die Hahn, meine ich. Kleine Knubbelnase. So wie deine.«

Judith sieht mich an, ohne eine Miene zu verziehen. Kommt mir vor, als hätte ich seit über einer Woche nicht mehr so viel gesprochen. Mein Sprachzentrum hat sich in der Zeit anscheinend vom Resthirn abgenabelt und selbstständig gemacht, ist zu einer eigenständigen Person geworden, der ich jetzt mit zunehmender Befremdung beim Süßholzraspeln zuhöre.

»Und ein irgendwie altersloses Gesicht. Sieht aus wie achtzehn, aber von der Mimik her total erwachsen.«

Was quatsche ich mir hier für eine gequirlte Kacke zusammen?

»Ein bisschen geheimnisvoll auch.«

Geheimnisvoll? Ich rede mich ja um Kopf und Kragen!

»Und so rotblonde Haare.«

Judith sagt immer noch nichts. Sie spielt an ihrem Glas, dreht es in der Hand und zeichnet mit der anderen den Rand des Bodens nach. Ich geb's auf.

»Na ja, kannste ja mal googeln, wenn's dich interessiert«, sage ich. Es ist mein Angebot, diesen miesen Monolog zu beenden. Das Thema zu wechseln oder für immer den Mund zu halten. Die weiße Flagge nach einem missglückten Angriff. I surrender. Am liebsten würde ich einfach vom Balkon springen.

»Rote Haare habe ich eigentlich auch.« Judith nimmt einen Schluck, stellt das Glas auf den Tisch und sieht mich an. »Allerdings eher dunkelrot. Das Schwarz ist nur gefärbt.«

»Hab ich schon gesehen.«

»Ach, das hast du also auch schon gesehen!«

Macht sie sich über mich lustig, oder fühlt sie sich geschmeichelt?

Hält sie mich für einen Schwätzer oder für einen feinen Beobachter?

Ihre Augen sind aufmerksam und klar. Flink wie die von Silvias Katze, und genauso grün und undurchsichtig. Dass ich sie immer noch nicht richtig einordnen kann, macht mich ganz nervös.

Ich zünde mir eine Zigarette an, nehme einen tiefen Zug und blicke in den Himmel, der kurz davor ist, die blaue Stunde anzutreten. Die beste Zeit des Tages. Jetzt, Ende Juni, ist die blaue Stunde wirklich bis zu einer Stunde lang und so schön, dass sie einem mit ihrer Schönheit ganz schwere Schultern machen kann.

»Warum machst du das?«

»Warum mach ich was?«

»Das mit den Haaren.«

»Weiß nicht, habe ich schon ewig so.«

»Das ist kein Argument.«

»Soll auch keins sein.«

»Nein?«

»Nein.«

»Ach so.«

»Wie, *ach so*?«

»Ja nichts, ich mein nur.«

»Ach so, du meinst nur.«

»Ja. Ich mein, Rot sieht doch bestimmt gut aus, das steht dir doch bestimmt super.«

Wir blicken jetzt beide in den Himmel. Ich glaube schon, es endgültig verbockt zu haben mit meinem peinlichen Gesülze, da sieht sie mich an und lächelt.

»Auf meinem Führerschein ist noch ein altes Bild mit meiner echten Haarfarbe. Willst du sehen?«

»Gerne.«

Sie kramt in ihrer Tasche herum. Dabei fällt ihr eine Strähne ins Gesicht, die sich aus dem Zopf gelöst hat. Sie baumelt ein bisschen herum, bevor sie mit einer raschen Handbewegung wieder hinters Ohr geklemmt wird. Sie reicht mir ihren Führerschein rüber. Ich sehe mir das Foto an, dann Judith, dann wieder das Foto.

»Wow!«

Sie ist ungefähr siebzehn oder achtzehn auf dem Bild und sieht umwerfend aus. Sie trägt keine Brille, was ihren leichten Silberblick betont. Und nicht nur den, auch die langen Wimpern, die schmalen Augenbrauen, die kleinen Sommersprossen auf der Nase. Das hübsche Gesicht ist von einem Bett aus dunkelroten Haaren eingerahmt, die sich auf Kinnhöhe zu wellen beginnen und ihr locker auf die Schultern fallen.

Mir fällt ein Spruch von Olli ein: »Rostiges Dach, feuchter Keller.« Ich komme mir ziemlich schäbig vor, aber ich kann nichts dafür, er poppt einfach in meinem Kopf auf wie eine Warnmeldung auf dem Computerbildschirm. Ist ja auch irgendwie kein Wunder, bei all den Redewendungen und Sprüchen und Witzchen, denen ich seit Tagen ausgesetzt bin, da stumpft man ja selbst total ab. Ich sage ihr, dass sie die Haare wieder so tragen sollte wie auf dem Foto.

»Findest du?«

»Auf jeden Fall. Sieht super aus. Außerdem sterben die Rothaarigen aus.«

»Wie die Blonden?«

»Schlimmer! Nur eins Komma irgendwas Prozent der Weltbevölkerung sind rothaarig, und es werden immer weniger. In Holland gibt es seit ein paar Jahren sogar ein jährliches Rothaarigentreffen.«

»Aha. Woher weißt du denn so was?«

»Ich kenn mich aus.«

»Soso, der Herr Meise kennt sich also aus mit Rothaarigen.«

»Genau.«

Sie lacht. Ich lache auch.

»Flo sagt, er mag die schwarzen Haare lieber«, sagt Judith.

»Dann hat Flo keine Ahnung«, sage ich.

Darauf reagiert sie nur mit einem Schulterzucken und verstaut ihren Führerschein wieder in der Tasche, während ich mir verkneife hinzuzufügen, dass man sich ihren Freund nur angucken muss, um zu sehen, dass er keine Ahnung hat, dass man Leuten mit geweiteten Ohrläppchen in stilistischen Fragen lieber grundsätzlich nicht trauen sollte und dass es wirklich schade ist, wie sie ihr gutes Aussehen versteckt, die schönen roten Haare mit langweiliger Haarfarbe, ihre Figur unter sackartigen Kapuzenpullis, ihren süßen Silberblick hinter einer viereckigen Brille.

Das Sinnloseste auf der Welt ist gutes Aussehen, das versteckt wird, da kann man sich ja gleich unter einer Burka verkriechen!

Die Glut ist fast am Filter angekommen, ich rauche schon die Schrift. Ich habe keinen Aschenbecher hier, will sie aber auch nicht über den Balkon schnippen, solange Judith hier sitzt, also drücke ich sie auf dem Geländer aus und lege die Kippe auf den Tisch.

Dann brauche ich dringend eine neue Beschäftigung für meine Hände. Ich nehme die Flasche Wein und gieße uns beiden die Gläser voll. Wir stoßen an und trinken.

Irgendwo in der Ferne ertönt ein Geräusch, das sich anhört, als würde ein Mann einen bellenden Hund imitieren.

Es ist Freitagabend. Das Radetzky füllt sich jetzt langsam.

»Wie alt bist du nochmal?«

»Sechsundzwanzig.«

»Echt krass.«

»Was ist *echt krass*?«

»Dass du sechsundzwanzig und seit fast zehn Jahren mit Flo zusammen bist. Ganz schön lange für das Alter.«

»Ich weiß. Er ist erst mein zweiter Freund, und er ist derjenige, den ich heiraten werde.«

»Heißt das, er ist …«

»Was?«

»Ach, nichts.«

»… einer von zwei Männern, mit denen ich geschlafen habe?«

Ich sehe sie an, ohne etwas zu sagen.

»Ja«, sagt sie.

Die Turmfalken sind verstummt. Ich springe auf und stelle das Radio an. Dort läuft gerade eine Deutschrockballade. Eine flehende Frauenstimme verlangt ein kleines bisschen Sicherheit, weil in dieser Welt nichts mehr sicher zu sein scheint. Ich stelle das Radio sofort wieder aus. Setze mich zurück auf meinen Platz, murmle etwas von wegen »Ach nee, ohne Musik ist doch besser« und gieße den Rest der Flasche in unsere Gläser.

»Das war der letzte Wein«, sage ich.

»Tja, und nun?«, fragt sie und blinzelt.

»Weiß nicht. Ich bin noch nicht müde, und du?«

»Ich auch nicht.«

»Also wenn du willst, hol ich noch eine, oder ...«

»Oder was?«

Ich versuche ihrem Blick standzuhalten, aber ich schaffe es nicht.

»Ach, nichts.«

»Schon wieder *ach, nichts*?«

Ich senke den Kopf und grinse. Als ich ihn wieder hebe, erscheint mir Judiths Gesicht viel näher als vorher. Es ist einer dieser winzig kurzen Momente, die man nicht steuern kann. Wo das kleinste Zucken der Augen entscheidet, was passiert und was nicht passiert.

Sie sieht mir in die Augen. Ich sehe ihr in die Augen.

»Aller guten Dinge sind drei«, sagt Judith, und auf ihrem Gesicht erscheint nun ein ganz leichtes Grinsen. Es dauert einen kurzen Moment, bis ich verstehe. Im nächsten Augenblick hat sie auch schon ihren Mund auf meinem.

Der Himmel ist tiefblau. Es ist ganz still. Meine Hand liegt auf der Taille einer Frau, die eigentlich einem anderen gehört. Der uns aber jetzt nicht stören kann.

Es ist der perfekte Moment. Man müsste ihn einfrieren und abrufbar machen. Für den Fall, dass man mal jemandem den Begriff »Der perfekte Moment« erklären muss.

######

»Tut mir leid, ich muss jetzt eine rauchen.«

»Nur zu.«

»Ich kann auf den Balkon gehen, wenn es dir lieber ist.«

»Ach was. Bleib gefälligst hier. Und gib mir auch eine.«

»Du rauchst?«

»Nicht mehr. Na ja, hin und wieder mal eine.«

Ich fische zwei Zigaretten aus der Schachtel, zünde beide an und gebe ihr eine. Wir liegen auf dem Rücken und rauchen gegen die Schräge. Ich bin nassgeschwitzt und nackt, bis auf die Socken.

Es ist heiß im Zimmer. Judith hat die Balkontür geschlossen, als sie mich an der Hand ins Zimmer zog. Wahrscheinlich, damit uns niemand hört. Das Bett hat ziemlich geknarzt, ich weiß nicht, wie laut wir waren. Ist mir auch egal.

Alles egal gerade. Die angenehme Form von egal.

Ich fühle mich so leicht wie seit langem nicht mehr.

»Ich hab ihm zuliebe aufgehört«, sagt sie und atmet eine große Wolke Rauch aus.

»Flo zuliebe?«

»Wer denn sonst, du Dussel.«

»Hast du deswegen so böse geguckt, als ich mir auf der Fahrt vom Bahnhof im Auto eine angesteckt habe?«

»*Zwei* hast du dir angesteckt, direkt nacheinander! Und ich habe nicht böse geguckt. Ich war nur ein bisschen perplex. Flo hat es immer gehasst, wenn ich geraucht habe. Nirgendwo durfte ich rauchen, schon gar nicht im Auto. Letztes Jahr habe ich aufgehört, weil es wirklich keinen Spaß mehr gemacht hat.«

»Das glaube ich.«

»Er hat mir sogar mal einen Anti-Raucher-Aschenbecher zum Geburtstag geschenkt.«

»Einen was?«

»Einen Anti-Raucher-Aschenbecher. So ein schwarzes Ding in Form zweier Lungenflügel.«

»Ist ja widerlich!«

»Ja.«

»Igitt!«

»Ja. Und dann kommt irgend so ein Penner aus Berlin daher und qualmt ihm die Karre voll. Und was sagt er: *Klar, kein Problem.*«

»Hey, wen nennst du hier *Penner*!«

Ich kneife ihr in den Hintern. Sie zuckt und lacht. Am Ende des Bettes liegt ihr Schlüpfer. Es ist ein schöner Schlüpfer aus Baumwolle, mit bunten Streifen und einem dünnen weißen Gummizug. Wenn man in einem Lexikon nach dem Begriff »Schlüpfer« sucht, ist da bestimmt eine Abbildung von diesem Schlüpfer.

Je nackter Judith wurde, desto besser war sie gekleidet. Mir fallen Raupe und Schmetterling ein, Aschenputtel, das hässliche Entlein, Märchen und Hollywoodfilme. Wahnsinnig peinlich, was ich mir hier für einen Quatsch zusammendenke, aber es ist nun mal wirklich so, als würde unter den Schichten von Unscheinbarkeit ein ganz anderes Wesen schlummern.

Das Beste ist ihr Rücken, den sie mir jetzt zugedreht hat. Er ist mit Hunderten von Sommersprossen übersät, die mit einer geraden Linie kurz über dem Steißbein aufhören. Der Hintern dagegen ist schneeweiß.

»Da hat der liebe Gott vergessen zu tapezieren«, sagt sie und lacht.

Es sind irre viele Sommersprossen. Tausende. Die müsste man eigentlich mal zählen. Ich frage mich, ob das schon mal jemand gemacht hat. Flo, oder der Typ vor ihm, wer immer das war.

Als ich sie vor etwas mehr als achtundvierzig Stunden kennengelernt habe, hätte ich ihr so was niemals zugetraut. Und außer der Konversation auf dem Balkon habe ich wirklich nicht viel dazu beigetragen. Sie hat mich als Erstes geküsst. Mich zum Bett geführt, die Tür geschlossen. Erst sich, dann mir mit wenigen Bewegungen Hose und Hemd ausgezogen. Sich ausgestreckt aufs Bett gelegt wie auf einen Präsentierteller, damit ich sie überall küssen und berühren konnte. Als ich ihr den Schlüpfer auszog, streckte sie mir ihren Unterleib entgegen, so dass nur ein Sexuallegastheniker sich hätte weigern können, mit dem Kopf zwischen ihre Beine zu tauchen. Mit einer Hand hielt sie meinen Hinterkopf fest und dirigierte Geschwindigkeit und Intensität. Kurz bevor sie kam, holte sie ein Kondom aus ihrer Tasche, streifte es mir über und zog mich in sich hinein. Zwei Minuten später bin auch ich gekommen.

Wir schmeißen unsere Kippen in das halbvolle Weinglas auf dem Nachtschränkchen. Das Zischen der Glut ist für ein paar Minuten das einzige Geräusch.

Wir liegen nur ruhig da.

Und dann macht sie dieses Geräusch, das mir immer das Blut in den Adern gefrieren lässt. Sie schnieft. Ganz kurz. Kaum hörbar zieht sie die Nase hoch.

»Alles klar?«, sage ich und stütze mich auf dem linken Ellbogen ab.

»Ja, wieso?«

Ihre Stimme klingt völlig normal. Vielleicht hat sie nur etwas gekitzelt.

»Ach, nichts.«

Sie dreht sich zu mir um. Ihre Augen sind trocken. Zum Glück. Ich lasse mich wieder in das zerknüllte Bettlaken fallen.

»Erzähl, was ist los?«

»Ach, nichts.«

»Jetzt hör gefälligst auf mit deinem ewigen *Ach, nichts*!«

Und dann erzähle ich. Von meiner Mutter, die ich nie habe weinen sehen. Die immer ihre Tränen vor uns versteckt hat. Ein heimliches Weinen, und gleichzeitig ein unheimliches Weinen, ohne Ton, ohne Schluchzen, ohne Zittern. Aber wenn sie das Gesicht abwandte und die Nase hochzog, dann wussten wir Bescheid, Silvia und ich. Irgendwann hat sie ständig die Nase hochgezogen, und jedes Mal sind wir zusammengezuckt. Haben uns nicht getraut, etwas zu sagen. Obwohl wir genau wussten, was los war.

»Ist aber lange her. Jetzt geht's ihr gut. Wahrscheinlich so gut wie nie.«

Judith schaut mich an. Sie wartet, ob ich noch etwas sagen will. Ich will nichts mehr sagen. Dass ich ihr das überhaupt erzähle. Ich habe es noch nie jemandem erzählt. Verena einmal. Aber auch nicht so richtig. Außerdem war ich da besoffen. Am nächsten Morgen habe ich mich doof gefühlt. Wie am Tag nach einer Party, auf der man viel zu viel geredet und viel zu laut gelacht hat.

»Und gerade hast du gedacht, ich würde weinen?«

»Nee. Also, nicht direkt.«

Judith stützt den Kopf in ihre Hand. Obwohl der Mond draußen die einzige Lichtquelle ist, kann ich deutlich ihre Sommersprossen sehen.

»Na ja, ganz kurz vielleicht. Ich weiß auch nicht. Immer wenn jemand die Nase hochzieht, habe ich für einen kurzen Moment diese Assoziation. Hat sich irgendwie so eingebrannt. Vor ein paar Wochen noch, in so einem Diner in New Jersey, da hab ich mich richtig erschrocken. Mich reflexartig umgedreht und in die Augen eines Halbstarken geblickt, dem einfach nur die Nase lief.«

Sie sieht mich an. Katzengrün. Gerade als ich mich frage, ob ich mich jetzt völlig lächerlich gemacht habe, und mich schon dafür entschuldigen will, zaubert sich ein kleines Lächeln in ihr Gesicht.

»Der Typ sah aus wie Eminem«, sage ich.

Sie lacht. Ich lache auch.

Sie legt mir eine Hand auf die Wange und küsst mich. Sie küsst mich, als hätten wir nie etwas anderes getan. Dreht sich um und sagt leise: »Küss nochmal meinen Nacken.«

Ich küsse ihren Nacken, ihren Rücken, ihren Hals. Sie riecht wahnsinnig gut, besonders am Hals. Kein Parfüm, nur ein sehr angenehmer Körpergeruch. Sie seufzt und schiebt mir ihren Arsch entgegen. Ich fahre mit einer Hand darunter. Sie hebt ihr Becken. Sie greift mir zwischen die Beine, fummelt ein weiteres Kondom aus ihrer Tasche, zieht es mir über und bittet mich, sie langsam zu ficken. Ich ficke sie. Langsam. Als es kaum noch auszuhalten ist, dreht sie sich um, setzt sich auf mich, und wir ficken, und wir ficken, und wir ficken, bis wir nicht mehr können. Es ist, als wollten wir beide nicht kommen, damit wir nicht aufhören müssen. Irgendwann sitzt sie auf mir, die Beine angewinkelt, den Kopf auf meiner Brust und die Hände unter meinen Schulterblättern vergraben. Als ich schon gar nicht mehr damit rechne, reibt sie plötzlich ihren Unterleib an meinem immer noch erigierten Schwanz und hat nach höchstens einer Minute einen heftigen Orgasmus. Sie drückt ihr Gesicht neben meinem linken Ohr ins Kissen. Zuckt und atmet schwer und tief. Dann kommt es auch mir, ohne dass ich in ihr drin bin. Das Kondom sitzt noch auf der Penisspitze, die Suppe läuft an den Rändern heraus.

Ich habe schon mit ziemlich vielen Frauen geschlafen. Ich habe sie nicht gezählt, aber es waren einige. Große, kleine, laute, leise. Jüngere und ältere, erfahrene, vulgäre und verklemmte. Gelangweilte, bedröhnte, betrunkene. Verliebte und nymphomanische.

Aber selten habe ich eine Frau getroffen, die so genau weiß, was sie will und wie sie es bekommt.

Nur zwei Typen in zehn Jahren. Ich kann es einfach nicht fassen.

»Wusstest du, dass bei italienischen Mafiosi die Frauen niemals oben liegen dürfen? Das gilt als unmännlich«, flüstert Judith.

»Aha?«

»Ja, echt.«

»Ja, und?«

»Fiel mir nur gerade ein.«

»Bekloppte Katholiken«, sage ich. »Selbst schuld.«

»Ich bin auch katholisch.«

»Dafür bist du aber ziemlich verdorben.«

»Soll das ein Kompliment sein?«

»Auf jeden Fall!«

»Danke. Außerdem ist in der Mafia Oralverkehr unter Eheleuten verpönt, besonders wenn die Männer den aktiven Teil übernehmen. Das gilt als hündisch.«

»Wie blöd. Für beide.«

Sie zieht die Nase hoch. Sie weint nicht. Sie redet weiter.

»Und da das alles ganz rigide geregelt ist, Seitensprünge und neue Beziehungen nach dem Tod eines Bosses und einfach alles, kann man davon ausgehen, dass die Frauen von italienischen Mafiabossen niemals in den Genuss von Cunnilingus kommen.«

»Cunnilingus, gutes Wort«, sage ich. »Klingt auch italienisch irgendwie. *Herr Ober, einen Chianti bitte und eine Lasagne, und als Nachtisch Cunnilingus.*«

Ich lache. Sie lacht auch.

»Und woher weißt du das alles, bist du in der Mafia organisiert, in der Cosa Mosella oder so?«

»Machst du dich etwa über mich lustig?«

»Niemals.«

»Wollte ich dir auch nicht geraten haben. Ich hab neulich ein Buch über die Mafia gelesen.«

Ich wälze mich auf die Seite. An ihren Rücken. Küsse sie.

»Ein Leben mit Gesetzen beim Sex. Da darf man gar nicht drüber nachdenken, sonst kriegt man ganz schwere Schultern.«

»Schwere Schultern?«, fragt sie.

»Ja. Schwere Schultern«, sage ich.

»Verstehe«, sagt sie. Aus ihrem Mund klingt es nicht abwertend, es bedeutet nicht *Ach Gottchen, ich spar mir den Kommentar*, sondern *Ich verstehe, was du meinst*.

Ein Höchstmaß an unsentimentaler Empathie. Weder schneidend noch streichelnd, sondern berührend im allerbesten Sinn.

Du verstehst alles. Du bist einer der wachsten und klügsten Menschen, die ich jemals getroffen habe. Seit der kurzen Zeit, in der ich dich kenne, hast du noch nichts Blödes von dir gegeben. Nicht mal etwas Banales oder Uninteressantes.

Was machst du hier?

Warum versauerst du hier in diesem Nest, mit diesem netten, langweiligen Kerl? Warum um Himmels willen machst du dich kleiner, als du bist?

Du bist zu gut für diesen Ort.

Du könntest überall sein.

Du könntest alles haben.

15

Ich bin nackt, und ich bin allein. Um kurz nach fünf bin ich schon mal aufgewacht, und sie war weg. Ich habe mir die Socken ausgezogen und mich zugedeckt.

Jetzt ist es kurz nach zehn. Die Balkontür steht offen. Sie hat noch für Frischluftzufuhr gesorgt, bevor sie gegangen ist.

Oder habe ich das alles nur geträumt?

Ihre Sonnenbrille liegt nicht mehr auf dem Balkontisch. Auch ihr Weinglas steht nicht mehr dort. Es gibt keinerlei Anzeichen dafür, dass sie hier war. Ich rieche an dem Bettlaken. Es riecht nach Sex. Aber ob es nach Judith riecht, kann ich nicht sagen. Vielleicht ist es nicht mal Sex, den ich rieche, sondern nur ganz ordinärer Schweiß. Es liegen auch keine benutzten Kondome herum.

Aber ich bin ja nicht blöd, natürlich war sie hier. Sie war hier, und wir haben miteinander geschlafen, zweimal. Und nicht nur das, wir haben uns auch geküsst. Ich habe ihren Rücken gestreichelt. Und ihr gesagt, dass ich sie mag.

Genau so habe ich das gesagt: »Ich mag dich.«

Zur Freundin meines Gastgebers.

Ich muss eingeschlafen sein, während ich auf eine Antwort gewartet habe.

Im Badezimmerspiegel kontrolliere ich mein Gesicht. Meinen Hals, meinen Nacken.

Irgendwelche Knutschflecke, Kratzer oder so?

Nichts.

Nur die Unterlippe ist ein bisschen dick. Judith hat beim Küssen ein paarmal ganz schön reingebissen. Eine gute Küsserin, muss man sagen. Bis gestern Abend war sie für mich ein irgendwie geschlechtsloses Wesen, und dann so was. Wie eine ausgehungerte Hyäne ist sie über mich hergefallen. Kein bisschen schüchtern oder verklemmt. Im Gegenteil. Fordernd war sie, selbstbewusst und bestimmend.

Das mit der Lippe sieht man zum Glück kaum, wenn man es nicht weiß. Trotzdem ist mir nicht ganz wohl dabei, jetzt zum Frühstück zu gehen. Könnte sein, dass ich Judith treffe. Vielleicht ist Flo schon zurück.

Natürlich werde ich die beiden früher oder später treffen. Aber jetzt geht das nicht, das wäre einfach zu viel für mich. Besser erst nochmal hinlegen und abwarten, runterkommen, mich beruhigen.

######

Das Käsebrötchen schmeckt wie ein alter Reifen. Ich spüle den matschigen Klumpen mit einem großen Schluck Kaffee runter. Die dritte Tasse. Mein Blick fällt auf ein altes Transistorradio, das unter dem Hirschgeweih auf einem Schrank steht und mir gestern beim Mittagessen gar nicht aufgefallen ist. So eins habe ich als Möbel im Schlafzimmer. Ich weiß gar nicht, ob das noch funktioniert.

Flo und Judith sitzen mir gegenüber. Ich wollte eigentlich nur zum Dorfladen, um mir was zu essen zu holen, da kam Flo aus dem Haus gestürmt.

»Moin moin, der Herr!«, rief er mit seinem norddeutschen Slang. »Du hast auch noch nichts gegessen, oder? Ich bin eben erst wiedergekommen, wir nehmen gerade ein spätes Frühstück ein, setz dich doch dazu!«

Judith blickte nur kurz von ihrer Zeitung auf und wünschte mir ausdruckslos einen guten Morgen, als ich reinkam. Als wäre nichts gewesen. Ich hatte nicht unbedingt erwartet, dass sie mir um den Hals fällt oder mich mit den Worten »toller Fick gestern Nacht« begrüßt. Aber dass sie mich weder richtig ansieht noch wegschaut, dass sie also ganz normal distanziert ist, wie vor drei Tagen am Bahnhof, als sie nicht mal aus dem Auto ausgestiegen ist, um mich zu begrüßen, das schockiert mich doch ein wenig.

Ich versuche erst mal, mir nichts anmerken zu lassen. Blättere in dem Teil der Zeitung, den sie schon gelesen hat. Der Lokalteil des *Trierischen Volksfreunds*. Was für ein Name für eine Zeitung.

»Das ist unser Käseblatt hier. Die einzige Tageszeitung in der Gegend. Früher gab's noch eine andere aus Trarbach, aber die wurde vor Jahren eingestellt«, sagt Flo.

Dann erzählt er von gestern. Vom Stau auf der A 1 und dass die Osnabrücker gar nicht mehr aufhören wollten, Wein zu probieren, und am Ende ziemlich gut bestellt haben, zweiundsiebzig Flaschen insgesamt, weswegen er jetzt auch so gute Laune hat, und heute Morgen sind sie dann extra früh aufgestanden und zurückgefahren, als die Autobahn noch nicht so voll war, und alles in allem ist das ein lohnenswerter Trip gewesen, eine gute Investition in den Betrieb und ein Erfolgserlebnis für ihn als jungen Winzer, der Wein vom letzten Jahr, der erste Jahrgang, an dem er aktiv mitgewirkt hat, und dass das letzte Jahr klimatisch schwierig war, der viele Regen, die viele Säure, mehr als in den Jahren zuvor, die Weißweintrinker sind heutzutage viel weniger Säure gewohnt, früher waren vierzehn Gramm üblich, mittlerweile nur noch die Hälfte, na jedenfalls – er holt tief Luft, lässt seine Zunge wie eine gierige Schnecke über die ausgetrockneten Lippen huschen – trotz alledem ist der Wein super angekommen, und das ist so ein gutes Gefühl, die Bestätigung, der Zuspruch, die direkte Reaktion der Kunden, wie begeistert die waren, ein Zeichen, dass die Arbeit sich lohnt und der Aufwand goutiert wird, dass sie als Betrieb auf dem richtigen Weg sind und es die richtige Entscheidung war, das Studium abzubrechen und Winzer zu werden, allein für diese Erkenntnis hat sich der Ausflug in den Norden gelohnt …

»Und du, was hast du noch so gemacht?«, sagt er nach einer halben Ewigkeit, in der ich mich schon frage, ob er mir mit seinem Vortrag noch irgendetwas anderes sagen will: *Schau her, was ich Großes leiste und wie sehr ich mit mir im Reinen bin und was für ein Kunstwerk mein Gesöff ist. Und du, was machst du so, was hast du in deinem Leben erreicht, du mieser kleiner Hauptstadtwirt?*

»Och«, sage ich so beiläufig wie möglich. »Ich bin ein wenig rumgefahren, war in Bernkastel, und abends war ich echt müde, das Wetter wahrscheinlich …«

Meine Worte klingen absolut hohl und unglaubwürdig in meinen Ohren, doch Flo nickt nur, als hätte er mir gar nicht zugehört. Wahrscheinlich ist er in Gedanken immer noch bei gestern Abend und seiner strahlenden Zukunft als glücklicher Qualitätswinzer.

Judith zeigt keinerlei Regung. Sie liest, aber nicht so, als würde sie sich ängstlich hinter der Zeitung verstecken, sondern ganz entspannt.

Ich glaube, sie liest wirklich.

Oder kann sie so gut schauspielern?

Laut Veranstaltungskalender des *Trierischen Volksfreunds* stehen heute drei Veranstaltungen zur Auswahl:

1. die Weinprobe »Schnüffeln, Süffeln, Schwelgen – Weinnasen auf Aroma-Entdeckungstour« auf dem Hof Barzel hier in Renderich,
2. die Mallorca-Party inklusive Eimer-Saufen, Go-go-Dancing und Wet-T-Shirt-Contest in der Discothek Exclusiv in Traben-Trarbach – »Bikini-Ladies kriegen einen Longdrink gratis«,
3. die Weinkirmes in Sörz.

15:30 Abholung der Weinkönigin Marie I. mit ihren Prinzessinnen Nadine und Stefanie
17:00 Blaskonzert mit der Winzerkapelle »Sörz 1904 e.V.«
18:00 Tänze mit den Kindern
19:00 Autogrammstunde der Weinmajestäten
20:00 Öffentliche Weinprobe – Probieren Sie über 15 verschiedene Weine von Sörzer Winzern – Eintritt frei!
anschließend: Tanz und Unterhaltung im Festzelt mit der Tanzband SKYNAMITE

Flo sagt, dass Judith und er heute noch zum See fahren, »den schönen Tag genießen«. Abends wollen sie mit Freunden im Nachbarort Sörz an der Weinprobe teilnehmen. »Andrea und Yannik aus Wittlich, die musst du kennenlernen, die sind supernett.«

»Stimmt das?«, frage ich in Judiths Richtung und versuche, dabei möglichst souverän zu klingen.

Sie hebt nur die Schultern, sagt »Ja, klar« und gießt sich in Zeitlupe ein Glas Multivitaminsaft ein.

Ich versuche es jetzt offensiv und starre sie an. Aber obwohl ich es wirklich will, schaffe ich es nicht, ihrem Blick standzuhalten. Ihre grün-braunen Augen zucken kein bisschen, kühl und lässig liegen sie in einem Gesicht, das nur noch Oberfläche ist.

Ich wende den Blick ab und fühle mich nicht nur, als hätte ich eine Schlacht verloren, sondern als wäre ich nicht mal ansatzweise ein ernstzunehmender Gegner gewesen.

Ich stehe auf und gehe zur Tür.

»Ruf mich an, wenn ihr wegen heute Abend etwas abgemacht habt«, sage ich zu Flo. Was ziemlich bescheuert klingt, weil er zu meiner Ferienwohnung ja nur zwanzig Schritte über den Hof gehen muss. Aber die Vorstellung, dass er das Zimmer betritt, in dem ich diese Nacht mit Judith verbracht habe ... besser gar nicht dran denken. Einfach nicht dran denken und schnell raus hier.

»Aye-aye, Captain!«, ruft mir Flo gut gelaunt hinterher.

Er lacht. Ich lache nicht.

Beinahe erliege ich der Lust, die Esszimmertür hinter mir zuzuwerfen, dass es scheppert und kracht. Damit Judith aufschreckt aus ihrer dämlichen Zeitungslektüre. Damit sie begreift, dass es so nun auch nicht geht, dass sie mich nicht einfach so ignorieren kann. Damit sie von Flo gefragt wird, was denn mit mir los sei, ob gestern irgendwas passiert sei, von dem er wissen müsse.

Ich kann mich gerade noch beherrschen, es nicht zu tun.

Ich weiß nicht, was das heute noch alles wird. Ich weiß nur, dass es ohne Schnaps nicht auszuhalten sein wird. Ich sollte mich also lieber vorbereiten, und ich sollte mich dabei beeilen. »Unser Dorfladen« schließt samstags schon um dreizehn Uhr, und die nächste Tankstelle befindet sich wahrscheinlich in Paris.

Auf der Hauptstraße kommt mir schon wieder der dicke Junge mit dem roten Fahrrad entgegen. Verfolgt der mich, oder was? Seine Mutter hat ihm offenbar endlich mal ein neues T-Shirt angezogen, er trägt jetzt ein gelbes. Seine Ballergeräusche macht er immer noch. Als er auf meiner Höhe ist, zische ich ihm etwas zu: »Verpiss dich, du Affe!«

Als er erschrocken zu mir rübersieht und dann dermaßen in die Pedalen tritt, dass er bestimmt jeden Moment einen Herzkasper erleidet, legt sich das Gewicht von hundert dicken Jungen auf meine Schultern.

Das Bedürfnis, Türen zu knallen und Menschen anzuzischen – das kleingeistige Verhalten meines schwächlichen Vaters, sein lächerlicher Sprachersatz, der ihn niemals auch nur einen Millimeter weitergebracht, sondern nur einen Klumpen aus aufgestauter Wut in seine Brust gepflanzt hat, ein Hass, der sich von sich selbst ernährte und sich über die Jahre wie Gift in jeder Zelle seines Körpers breitmachte, bis er versteinerte und sich nicht mehr bewegen konnte, nein nein nein nein nein, so tief darf ich nicht sinken, so will ich nicht sein, tut mir leid, war nicht so gemeint, Junge, tut mir leid tut mir leid tut mir leid.

Sofia Coppola ist bereits dabei, den Laden zu fegen. Trotzdem winkt sie mich noch lächelnd hinein. Ich gehe schnurstracks zum Getränkeregal. Greife mir eine Flasche Gin und eine Flasche Tonic. Nein, besser zwei. Dann gehe ich zu dem kleinen Fach mit Alufolie und Butterbrotpapier, und ich denke noch, nein, Eiswürfelbeutel haben sie in diesem Mini-Markt sowieso nicht, da liegt sie auch schon vor mir: eine einsame Packung Eiswürfelbeutel.

Das überrascht mich nicht nur, es erleichtert mich geradezu. Frau Coppola drückt die Tasten der Kasse. Sie sieht wirklich sehr nett aus. Ich hoffe, sie hat ein gutes Leben.

Beim Rausgehen wünscht sie mir ein schönes Wochenende. »Tschöö!«, und ich sage auch »Tschöö«, obwohl ich finde, dass das total bescheuert klingt, *tschö mit ö*, aber irgendwie weiß ich sowieso nicht mehr, wo oben und wo unten ist. Vielleicht will ich auch die Zischattacke von vorhin wieder ausgleichen, und weil sie ja auch so nett zu mir ist, das Frollein Coppola in ihrem Tante-Sofia-Laden, die gute Seele, meine Schnapsfee.

######

Der Kühlschrank hat gar kein Tiefkühlfach.

Ich fülle trotzdem zwei Eiswürfelbeutel mit Wasser, stelle den Kühlschrank auf maximale Leistung und baue einen Turm aus Tellern und Schüsseln, mit dem ich die Beutel so fest wie möglich an die hintere Kühlschrankwand drücke.

Eiswürfel sind wichtig. Genau wie Kopfkissen oder Kleiderbügel – minimaler Aufwand für maximalen Effekt. Im Radetzky dagegen meckern die Leute manchmal, ich solle ihren Longdrink mal nicht so »amimäßig« mit Eiswürfeln vollmachen, sie verdächtigen einen immer gleich, man wolle am Alkohol sparen.

Die Sonne nervt. Erinnert mich daran, dass ich rausgehen sollte. Ich will nicht rausgehen. Will nichts und niemanden sehen. Also sperre ich die Sonne aus und lasse die Jalousien runter. Nur aus dem Flur scheint noch ein wenig Licht ins Zimmer. Schwach. Dezent. Angenehm. Nicht alles ausleuchtend wie dieser unbarmherzige Ball am Himmel.

Ich ziehe mich bis auf die Unterhose aus, stelle das Radio an und lege mich aufs Bett. Es riecht immer noch nach Schweiß. Und jetzt doch auch ein bisschen nach Judith.

Auf SWR1 läuft eine Sendung namens »Songbook«. Das Konzept der Sendung: Klassiker der Rock- und Popmusik werden ins Deutsche übersetzt und von dem Sprecher vorgetragen, als wären sie Gedichte.

»Du kannst schon an meinem Gang erkennen, dass ich ein Frauentyp bin,

– da muss man nicht lange drumherumreden.

Laute Musik und warme Frauenkörper – das ist meine Welt.

Ich bin von klein an herumgeschubst worden, aber jetzt ist für mich alles in Butter,

– du brauchst dich nicht mehr um mich zu kümmern.

Wir könnten uns gemeinsam darüber Gedanken machen, welche Auswirkungen die Lektüre der *New York Times* auf die Menschheit hat,

– wir können's aber auch lassen.

Egal, ob du ein Bruder oder eine Mutter oder sonst was bist:

Sieh zu, dass du überlebst!

Fühl nur, wie die Stadt förmlich explodiert und alle zittern und beben,

– wir jedenfalls überleben!«

Mir ist noch nie aufgefallen, dass in diesem Song so ein Quatsch gesungen wird. Nicht, dass ich ein großer Bee-Gees-Fan wäre. Aber dass die was weiß ich wie viele Jahre vor dem Siegeszug von Gangsta-Rap mit so einem Unsinn durchgekommen sind, alle Achtung.

Nach den Bee Gees kommt Werbung, unter anderem für eine Tanzveranstaltung mit Still Collins, der »besten Phil-Collins-Coverband der Welt«, wie eine tiefe Männerstimme behauptet.

Dann geht es weiter mit Petula Clark, die in »Downtown« davon erzählt, dass ich, wenn ich einsam bin, doch einfach in die Stadt gehen und mich im bunten Licht der Schaufenster die Straße entlangtreiben lassen soll.

Das verstehe ich auch ohne Übersetzung. Bevor der Moderator mir diese an sich gute, hier in Renderich aber völlig unumsetzbare Idee nochmal auf Deutsch und in Gedichtform vorträgt, schalte ich das Radio lieber schnell aus und drücke meinen Kopf in das Kissen.

######

Erst die Türklingel, dann das Pfeifen draußen vorm Balkon, und schließlich versucht Flo es auf meinem Handy. Erleichterung, als er endlich aufgibt. Kurz darauf höre ich den Golf vom Hof fahren.

Ich habe mindestens zweieinhalb Stunden geschlafen. Draußen läuten die Kirchenglocken für die Siebzehn-Uhr-Andacht. Ich stehe auf, ziehe mir ein Hemd über und gehe pissen. Auf dem Rückweg schaue ich nach den Eiswürfeln. Es hat geklappt, die eine Hälfte des Beutels ist schon gefroren.

Ich mixe mir einen Gin Tonic und setze mich damit an den Tisch.

Das Schönste auf der Welt ist der allererste Drink des Tages. Der scharfe Geschmack des Gin zieht direkt die Nase hoch. Ich kann spüren, wie der Alkohol die Blutbahn erreicht. Die besten Dinge auf der Welt sind so einfach. Gin, Tonic, Eis. Eine klare Sache. Wenn alles so unkompliziert wäre wie dieses Getränk, die Menschheit hätte ein paar Probleme weniger.

Ich rauche eine Zigarette und mixe mir einen zweiten.

Er schmeckt noch besser als der erste. Ein leichtes Vibrieren im Kopf. Die erste winzige Veränderung in der Wahrnehmung von Licht, Klang, Bewegung.

Alle Gesetze des Rausches befolgend, meldet sich als Nächstes das dringende Bedürfnis, gute Musik zu hören. »Bizarre Love Triangle« von New Order zum Beispiel. Was für ein fantastisches Lied.

»Every time I think of you I feel shot right through with a bolt of blue ...«

Ich weiß nicht mal, was das heißen soll, »a bolt of blue«, keine Ahnung, aber das ist ja egal, das ist vielleicht sogar das Schöne daran. Der Song ist größer, als es jede noch so schlaue Aussage jemals sein könnte. Er hat die Macht, sämtliche Stupidität des Daseins zu kompensieren, und eine Melodie, die die Menschheit überleben wird.

»Every time I see you falling I get down on my knees and pray ...«

Was würde ich dafür geben, dieses Lied jetzt hören zu können. Aber es geht nicht, weil ich Idiot ja meinen iPod vergessen habe. Also stelle ich das Radio wieder an und lege mich mit einem neuen Getränk aufs Bett.

Das »SWR1 Songbook« ist beendet, aber die Musik ist immer noch auszuhalten. Sie spielen »You Really Got Me«, »Sitting on the Dock of the Bay«, »Solsbury Hill«, »I'm on Fire« und allerhand anderen Kram, den ich nicht kenne, der mir aber immerhin nicht die Krätze in die Ohren treibt. Nach jedem Lied ertönt der Anfang von »Bizarre Love Triangle«, dieser herrlich synthetisch klingende Snarewirbel, *Tatata-ta-ta-tatatatatatata*, aber leider nur in meinem Kopf. Aus dem Radio kommen stattdessen die Stones. »You can't always get what you want«. Haha, was du nicht sagst,

Mick. Ein Satz, der schon als Binsenweisheit auf die Welt gekommen ist. Er war bereits abgeschmackt, als er vor zwei Millionen Jahren zum ersten Mal von einem sarkastischen Höhlenmenschen geäußert wurde. Aber jetzt gerade passt er eigentlich ganz gut. Nur »You can't always know what you want« wäre noch passender.

Ich stehe auf und ziehe die Jalousien hoch. Die Abendsonne ergießt sich ins Zimmer. Das Licht flutet den Raum wie flüssiges Blei, wie Lava, wie ... na ja, wie sehr helles Licht halt. Der Boden hebt und senkt sich. Ich mixe mir den vierten Gin Tonic, und als ich mich mit leichter Schlagseite wieder aufs Bett fallen lasse, beginnen Nancy Sinatra und Lee Hazlewood gerade, von Sommer und Wein zu singen.

»Take off your silver spurs and help me pass the time and I will give to you: Summer Wine.«

SWR1, was für ein seltsamer Sender. Egal, was dort läuft, es scheint immer irgendwas mit mir und diesem verfluchten Tal zu tun zu haben. Ist das Zufall, oder will mich hier irgendwer verarschen?

Warum musste Flo eigentlich ausgerechnet gestern Abend seine Mutter zu dieser Weinprobe begleiten?

Warum kam Judith zufällig in dem Augenblick nach Hause, als ich nach diesen bekloppten Turmfalken gesucht habe, genau in dem Moment, als ich mich ein bisschen übers Geländer lehnte, so dass sie mich vom Hof aus sehen konnte?

Und warum hatte sie eigentlich rein zufällig Kondome dabei!

Ganz ruhig. Nicht paranoid werden, Meise, das passt doch gar nicht zu dir.

Was passiert ist, ist passiert. War eigentlich die ganze Zeit abzusehen. Hat sich in all den Spielchen und Blicken angedeutet, es war folgerichtig, und vielleicht ist das ja auch gar nicht so schlimm. Sie wird ihm die Neuigkeiten schon nicht brühend heiß auftischen, während ich noch hier bin.

Und eigentlich habe ich ihm gar nichts getan. Er kann seine Freundin ja behalten. Ich finde sie zwar cool, viel cooler, als ich dachte, und es war eine gute Nacht, und vielleicht ist sie auch noch etwas mehr als nur cool, und die Nacht war nicht nur gut, sondern wunderbar, und der Sex war grandios, und ich habe mich lange nicht so gut gefühlt, das befreiende Gefühl, benutzt zu werden, benutzbar zu sein, und wenn sie jetzt hier wäre und wir uns besaufen würden und nackt wären ... jajajaja, ich geb's ja zu, das ist eine gute Vorstellung.

ABER: Ich fahre ja wieder weg. In zwei Tagen werde ich aus ihrem Leben verschwunden sein, und dann bleibt da nur ein kleines Geheimnis, als wäre nie etwas passiert. Vielleicht bringt es ihnen ja sogar was. So ein kleiner Seitensprung soll in einer langen Beziehung ja mitunter sehr erfrischend sein. Nur zwei Typen im Leben, das hätte sie eh nicht durchgehalten. Jetzt sind es immerhin drei, und besser, sie hat das mit mir erlebt als mit irgendeinem Trottel von hier, so ein Eingeborener, ein weiterer Weißwein-Aborigine, der sich dann womöglich Hals über Kopf in sie verliebt, und dann endet alles in Mord und Totschlag, Rosenkrieg im Weinberg, das will ja auch keiner.

Alles halb so wild. Ganz ruhig bleiben. Alles ist gut.

Alles gut.

Alles gut alles gut alles gut.

I feel fine and I feel good
I feel like I never should
Whenever I get this way
I just don't know what to say
Why can't we be ourselves like we were yesterday.

######

»hey meise, sind jetzt bei yannik und andrea und um spätestens 8 am weinfest in sörz. konnte dich nicht erreichen. meld dich doch mal. bis später, flo.«

######

Ich muss mehr trinken.
Ich muss mehr trinken.
Ich muss mehr trinken.

16

Ich tippe einfach mal, dass dieses Weinfest direkt an der Mosel stattfindet, also biege ich nach dem Ortseingang links ab Richtung Wasser. Aus der Ferne ertönen schon die Geräusche einer Menschenmenge. Klänge von Musik. Dann tauchen vor mir die ersten bunten Lichter der Buden auf, die einen schmalen Korridor zum Festplatz bilden.

Kirmes nennen sie das. Weinkirmes. Ich dachte immer, Kirmes wäre so was wie Rummel, also mit vielen Karussells und so. Hier gibt es aber nur einen Autoscooter und ein Kinderkarussell, das schon geschlossen hat, obwohl es gerade mal halb zehn ist und noch jede Menge Kinder hier herumtoben.

Es gibt einen Schießstand, eine Losbude und einen Süßigkeitenwagen. Dort kaufe ich mir eine kleine Tüte gebrannte Mandeln. Seit dem Frühstück habe ich nichts mehr gegessen, was in Kombination mit der halben Flasche Gin deutliche Spuren hinterlässt. Ich war schon etwas wacklig auf den Beinen, als ich vor einer Dreiviertelstunde losgegangen bin, aber ich dachte, scheiß drauf, bloß raus aus diesem Bunker, sonst werde ich noch wahnsinnig.

Benny von der Olsenbande reicht mir die Mandeln, ich stopfe sie sofort in mich rein. Dabei betrachte ich die Aufschriften auf den Lebkuchenherzen. Neben den üblichen Liebesschwüren scheinen in diesem Jahr Pöbeleien angesagt zu sein. »Du miese Ratte«, »Du bist das Allerletzte«, »Schäm dich«. Mein Favorit ist »Jetzt gib dir doch endlich mal ein bisschen Mühe«. Eine schöne Demütigung, damit hinter seinem echt witzigen Lebensabschnittsgefährten hinterherzudackeln.

An der Losbude nebenan gibt es allerlei Stofftiere zu gewinnen. Hund, Rabe, Schaf, Giraffe, Maus, eins hässlicher als das andere. Als Trostpreis haben sie einen aufblasbaren Spongebob-Gummiknüppel, mit dem auf dem Festplatz mehrere Menschen herumfuchteln.

Der Trostpreis geht wohl ziemlich gut heute.

Die Weinfeste werden ja laut Flo von Jahr zu Jahr kleiner, trotzdem ist das ein ganz schönes Gewusel hier. Die vielen langen Tische auf dem gepflasterten Platz sind voll besetzt. Die Gesichter der Menschen glühen von Alkohol und Hitze. Sie sehen alle sehr aufgeregt aus. Es sind sämtliche Altersstufen vertreten, nur meine Generation, die der Zwanzig- bis Fünfunddreißigjährigen, ist ein bisschen unterrepräsentiert. Sind wahrscheinlich alle zum Studieren in Trier oder Koblenz oder Vollhorsthausen und kommen erst mit Mitte dreißig wieder. Oder sie wohnen jetzt alle in Berlin. Flo hätte bestimmt eine genaue Erklärung parat, inklusive Zahlen.

In dem großen weißen Festzelt spielt eine Tanzband. Hinter ihnen hängt ein Banner mit ihrem Logo: SKYNAMITE. Hinter den metallicblauen Lettern des Bandnamens schießt mit einer großen Explosion ein Sektkorken in einen sternenklaren Nachthimmel. »Zwischen Eifeldampf und Hunsrock«.

Alle sieben Bandmitglieder tragen Uniform: weiße Hosen und weiße Westen über roséfarbenen Hemden. Sie spielen gerade den Song »Moviestar« von keine Ahnung wem. Der Sänger hat einen Notenständer vor sich, von dem er offenbar den Text abliest. Mein Gott, den kann ja sogar ich fast auswendig. Und ist das im Refrain noch ein falsch platziertes »th«, oder schon ein Lispeln?

Vor der Bühne tanzen ein paar ältere Semester den Discofox. Das ist so ein bekloppter Tanz mit Rumwirbeln und so, Silvia hat den damals gelernt. Sie wollte Tänzerin werden und hat immer vor dem Wohnzimmerspiegel geübt. Manchmal kam mein Vater rein, drehte die Stereoanlage runter und verschwand wortlos. Ehrlich gesagt, hat mich die laute Musik auch oft genervt. »I Just Can't Get Enough«, immer und immer wieder. Aber wenn mein Vater dagegen war, konnte es so falsch nicht sein. Ich war jedenfalls immer auf Silvias Seite.

»Du bist dafür, dagegen zu sein«, behauptet meine Mutter so oft sie kann. Aber das stimmt nicht. Sie hat Unrecht. Ich bin nicht aus Prinzip dagegen. Ich bin nur dafür, nicht immer dafür zu sein, beziehungsweise dagegen, immer dafür zu sein, oder was weiß ich.

Hinter den Tänzern steht eine Armada von Bierbänken, auf denen sich Flaschen, Gläser, Spucknäpfe, Luftschlangen und Pommesschalen stapeln. Der Müll wird von Frauen in schwarzen Kitteln abgeräumt, während ein paar Männer die Bierbänke zusammenklappen und hinten im Zelt in eine Ecke stapeln.

Flo und Judith kann ich auch hier nirgends entdecken, also gehe ich wieder raus. Nachdem ich einmal die Runde gemacht habe, sehe ich vorm Zelt jemanden winken.

Flo. Er sitzt mit Judith und zwei anderen an einem der Tische.

»Na, lebst du auch noch?«

Was soll man darauf antworten – *Nein, ich bin ein Untoter, und als solcher treibe ich mich gerne auf Zombiepartys wie dieser herum*.

Er klopft neben sich auf die Bierbank und sagt, ich solle mich doch setzen. Ich setze mich.

»Wie bist du denn von Renderich hierhergekommen?«

»Kleiner Abendspaziergang.«

Flo schiebt die Unterlippe hervor. »Respekt«, sagt er, als würde er es einem faulen Städter wie mir gar nicht zutrauen, mal mehr als drei Meter zu Fuß zu gehen.

»Wir haben an der Weinprobe teilgenommen, die ging bis gerade. Sind schon ein bisschen betüddelt.«

Er wedelt die rechte Hand hin und her und lacht. Die anderen beiden lachen auch. Judith lacht nicht, sie trägt wieder ihr Pokerface. Keine Regung, nichts.

»Vorhin waren wir alle zusammen am See. Wir wollten dich mitnehmen, aber du warst nicht da. Bist auch nicht ans Handy gegangen.«

»Ich war im Wald spazieren«, lüge ich.

Ich schaue kurz zur Seite, Richtung Losbude, um Judith aus dem Augenwinkel sehen zu können. Ich weiß nicht, was sie denkt, ob sie mir glaubt oder nicht, oder ob sie mir überhaupt zugehört hat. Sie schaut aber auch nicht demonstrativ weg. Sie behandelt mich einfach wie Luft, wie heute beim Frühstück, und das macht mich schon wieder ganz irre.

Ich weiß, dass sie jetzt gerne eine rauchen würde. Ich kenne ihre echte Haarfarbe, ich weiß von den Sommersprossen auf ihrem Rücken und ihrem schneeweißen Hintern. Ich kenne ihre Intimfrisur, ich weiß, wie ihr Gesicht beim Orgasmus aussieht, und meine Unterlippe ist immer noch leicht angeschwollen von ihren Küssen.

Kurz gesagt, unser Verhältnis ist ein anderes als vor drei Tagen. Ihre Distanz wirkt jetzt nicht mehr schüchtern, sondern arrogant. Ich kann sie nicht mehr als das zurückhaltende Mädchen vom Lande sehen, sondern nur noch als unterkühlte Tante, von der ich nur das bekomme, was sie mir gibt. Und im Moment ist das rein gar nichts.

Flo stellt mir das andere Pärchen am Tisch vor. Yannik und Andrea aus Wittlich. Sie strahlen mich an und halten mir ihre Hände entgegen.

Yannik hat einen leicht offen stehenden Mund, was ihn etwas debil wirken lässt. Die schulterlangen blonden Haare trägt er zum Zopf gebunden, wahrscheinlich, damit man die vielen Ringe besser sieht. Beide Ohren sind voll damit. Er hat auch einen dieser Fleischtunnel, wie Flo, nur dass Yanniks Ohrläppchen noch weiter gedehnt sind. In ein paar Jahren werden die beiden sich dafür in Grund und Boden schämen. Oder auch nicht, noch schlimmer.

Yannik hat außerdem beide Nasenlöcher gepierct und eine Schlange auf den Arm tätowiert. Sein schwarzes Motörhead-T-Shirt sieht aus wie eins von den Bootlegs, die Yolandas Kumpel Mücke in seinem Keller druckt und im Internet zu horrenden Preisen verscherbelt.

»Meise? Geiler Name!«, sagt Yannik, schiebt sich ein Stück Speckbrot in den Mund und kaut wie ein Kamel darauf herum. Meine Güte, es kann doch nicht so schwer sein, beim Essen das Maul geschlossen zu halten. Itchy schmatzt auch, und wenn ich ihn darauf aufmerksam mache, behauptet er immer, es würde besser schmecken, wenn man mit offenem Mund isst. Macht mich ganz wahnsinnig, dass ein erwachsener Mensch so einen Unsinn redet und wirklich glaubt, er würde damit durchkommen.

Seine Freundin Andrea ist schlank, hat aber ziemlich dicke Backen. Vielleicht hat man beim letzten Zahnarztbesuch ein paar Wattebäusche in ihrem Mund vergessen. Vielleicht wurden ihr auch gerade sämtliche Weisheitszähne gezogen. Über den Wangenhügeln sitzen zwei weit aufgerissene Glubschaugen. Als stünde hinter ihr ein unsichtbarer Mensch, der ihr den Zopf eine Spur zu fest zieht.

»Haa-looo, schön, dich kennenzulernen, wir haben ja schon sooo viiiel von dir ge-hööört.«

Sie singt fast, jeder Vokal bekommt eine kleine Melodie verpasst, was ihrer Stimme einen jammernden Ton verleiht, etwas Leierndes, Nörgelndes.

Andrea ist Lehrerin. Referendariat am Gymnasium in Wittlich. War ja klar. Geboren, um das ganze Leben an Schulen zu verbringen. Kindergarten, Schule, Uni, Schule, Rente. Na herrlich. Sie war mit Sicherheit eine dieser Streberinnen, die immer gute Noten schreiben, aber unfähig sind, auch nur einen interessanten Gedanken zu denken. Typ Klassensprecherin. Ihr Studium hat sie in Rekordzeit durchgezogen, denn Ehrgeiz ist ihr zweiter Vorname. Ich wette, sie hat irgendwo ein Piercing versteckt, vielleicht am Bauchnabel, oder ein Tattoo mit chinesischen Schriftzeichen zwischen den Schultern, die irgendeine Message haben wie »Carpe Diem« oder »Lebe deinen Traum«, sie interessiert sich für Psychologie und Tibet, und im Flur der stets aufgeräumten Neubauwohnung, die sie seit drei Jahren mit Yannik bewohnt, hängt ein gerahmtes Poster von James Dean oder Marilyn Monroe an der Wand, vielleicht auch was von Janosch oder U2 oder Amnesty International, Hände in Ketten, ein schreiendes Kind, irgend so was, schließlich ist Protest wichtig, aber bitte immer schön zivilisiert, den Mantel ordentlich an die Garderobe, die Schuhe vor der Tür ausziehen, zu Hause gemütlich in Puschen und Wohlfühlkleidung, immer eine gute Flasche Wein im Haus, und italienisches Knabbergebäck, falls mal Gäste kommen, »Rauchen bitte nur auf dem Balkon!«, ist klar, ein paar teure Fotobücher wie zufällig liegen gelassen auf dem flachen Glastisch im Wohnzimmer positioniert, CDs und DVDs sauber geordnet in den Vitrinen, ein riesiger Flachbildfernseher in der Ecke, denn Yannik steht total auf Filme, Filme findet er echt cool, sein Lieblingsregisseur ist Quentin Tarantino, sein Lieblingsschauspieler Robert De Niro, seine Lieblingsschauspielerin der Pornostar Sasha Grey, aber das darf Andrea nicht wissen, Pornografie kommt ihr nicht ins Haus, und auch zum Fernsehen hat sie eine kritische Haltung (»Also die Flimmerkiste habe ich nur ganz selten an, ab und zu mal eine Doku auf 3sat, aber sonst?«), doch wenn man nachfragt, gibt sie kichernd zu, dass sie fünf Jahre lang keine Folge von *Marienhof* verpasst hat, und ein- bis zweimal im Monat gibt es einen *Sex and the City*-Abend mit ihren alten Schulfreundinnen, die sie »meine Mädels« nennt, dann drehen die Mädels total auf, eine echt verrückte Clique, und die Eltern schauen auch regelmäßig mal rein, sie sind ja so stolz auf ihre Tochter, Andrea erzählt immer gerne, dass ihre Mutter für sie so was wie eine Freundin ist, »eine Seelenverwandte«, und auch mit ihrem Papi versteht sie sich einfach super, manchmal werfen sie einen kurzen Blick ins Arbeitszimmer, »das ist Yannis Reich!«, sagt Andrea dann, sie nennt ihn gerne »Yanni«, obwohl das kaum kürzer ist als Yannik, aber Verniedlichungen sind wichtig, und Yanni lächelt ihnen aus seinem riesigen Chefsessel zu, von dem aus er im World Wide Web surft, an der Wand ein Motörhead-Poster, über das sie auch schon gestritten haben, weil Andrea gehört hat, dass der Sänger ein übler Macho ist, vielleicht sogar ein Nazi, aber Yannik hat sich durchgesetzt, das hier ist sein Reich, und er findet Motörhead total cool, er hat zwar nur eine Best-of-CD von ihnen, die er sich so gut wie nie anhört, aber Lemmy ist ein echt authentischer Rock 'n' Roller, 'ne richtige Charaktertype, neben dem Drucker steht ein Gitarrenständer mit einer schicken Gibson Les Paul, von der einmal im Monat der Staub gewischt wird, und im Schlafzimmer haben sie sich ein richtiges Kuschelnest gebaut, auf dem Nachtschränkchen Bilder von sich selbst in verliebten Posen, sonntags frühstücken sie meistens im Bett, obwohl ihnen das eigentlich gar keinen Spaß macht, weil dann immer alles voller Krümel ist, aber keiner von beiden würde dieses Ritual jemals infrage stellen, das gehört irgendwie dazu, so wie er auch immer die Ober- und sie die Unterseite des Brötchens nimmt, ist jetzt einfach so, wird auch für immer so bleiben, und zwischen zwei Aufbackbrötchen fragt Andrea ihn mit lüsternem Blick, ob sie ihn jetzt noch ein bisschen »verwöhnen« soll, sie benutzen auch ganz selbstverständlich und ironiefrei Begriffe wie »Pärchenabend«, »Liebe machen« oder »Quality Time«, früher haben sie manchmal die Nasen aneinandergerieben, jedes Mal wusste Yannik anzumerken, dass so die Eskimos küssen, und das fand Andrea immer unheimlich knuffig von ihm, aber das machen sie jetzt nicht mehr so oft, dafür hat er sie an ihrem letzten Geburtstag überrascht und das ganze Bad mit Kerzen und Teelichten vollgestellt und den Weg dorthin mit Rosenblättern ausgelegt, richtig romantisch, »raue Schale, weicher Kern«, das sagt Andrea über ihren Yanni, und sie schließen jedes Jahr eine neue Versicherung ab, Auto Leben Alter, man weiß ja nie, »et cetera pp.«, sagt Andrea dann gerne, ist so 'ne Angewohnheit aus dem Lehrerzimmer, und manchmal äfft er sie nach, das kann sie gar nicht leiden, so wie er manchmal an die Decke gehen könnte, wenn sie ihn vor allen Leuten verbessert oder im Supermarkt ruft: »Brauchst du nicht mal wieder eine neue Zahnbürste, mein Herz?«, beim Einkaufen streiten sie sich immer öfter, neulich noch, als Yannik eine Fußmatte mit dem Satz »Tritt mich, ich steh drauf« kaufen wollte, was Andrea vor den Nachbarn peinlich gewesen wäre, schließlich haben sie sich auf ein Exemplar mit dem Aufdruck »VIP Lounge« geeinigt, wie bei den Arends, das fanden sie echt witzig, und dann hat Andrea noch ganz süße Topflappen in Form von Fliegenpilzen gefunden, die jetzt in der Küche am Regal hängen, tipptopp eingerichtet ist die Einbauküche, alles da, und Andrea macht wirklich eine ganz hervorragende Gemüse-Quiche, Kochen ist ihr Hobby, da kann sie so gut bei abschalten, eine schöne CD aufgelegt, Kerzen an und ein gutes Glas Wein, das ist ihre Welt, »für ihre Quiche könnte ich sterben«, sagt Yannik, der selbst eher Kochmuffel ist und sich, wenn Andrea mal nicht da ist, lieber eine Pizza oder »was vom Schinamann« bestellt, die Sprüche aus den Glückskeksen legt er Andrea dann aufs Kopfkissen, denn da haben sie sich das erste Mal geküsst, beim Date im China-Restaurant Lotus, als Andrea in ihrem Glückskeks den Spruch »Wer nicht wagt, der nicht gewinnt« fand, womit ja nur gemeint sein konnte, den Typen endlich klarzumachen, während auf Yanniks Zettel »Die Augen sind der Spiegel der Seele« stand, was in Andreas Fall auf eine riesige Seele schließen ließ, und da haben sie sich gleichzeitig vorgebeugt, um sich zu küssen, drei Jahre ist das her, die Geschichte erzählen sie heute noch bei jeder passenden oder unpassenden Gelegenheit, und jetzt: Post-it-Zettel am Kühlschrank, mit denen man sich gegenseitig an den Zahnarzttermin oder das Müllrausbringen erinnert, vielleicht auch eine Kreidetafel, auf die sie ihm kleine Herzchen malt, und einmal hat er einen Penis daneben gemalt, drei Berge, der in der Mitte am höchsten, da hat sie gegluckst und ihm einen Klaps auf den Arm gegeben und »Hey, du Schwein« gerufen und das schnell wieder weggewischt, worauf sie sich gegenseitig ausgekitzelt und auf dem flauschigen Flokati im Schlafzimmer gewälzt haben, er wollte mit ihr schlafen, aber sie hatte noch so viel zu tun, Unterricht vorbereiten, »später, mein Ferkelchen«, sagte sie und küsste ihn auf die Nasenspitze, aber später sind sie dann doch einfach eingeschlafen, egal, er hatte sowieso schon vor dem Computer gewichst, als sie unter der Dusche stand, Sasha Grey ist aber auch echt heiß, hoffentlich erwischt Andrea ihn niemals dabei, er löscht auch immer akribisch den Verlauf des Browsers, wenn er auf Pornoseiten war, er ist da wirklich vorsichtig, weil die Andrea, die kann eine ganz schöne Furie werden, beim Autofahren zum Beispiel, wenn er sie darauf aufmerksam macht, dass die Scheibenwischer noch laufen, obwohl es gar nicht mehr regnet, er hasst es, wie die Scheibenwischer dann auf der längst trockenen Windschutzscheibe quietschend ihre monotonen Runden drehen, ist ja auch nicht gut für die Wischblätter, aber sie geht dann immer gleich an die Decke, »Willst du vielleicht fahren?«, und dann geht das große Diskutieren los, deswegen sagt er jetzt meistens gar nichts mehr, die Andrea, die kann einen wirklich in Grund und Boden reden, ihre Waffen sind die Wörter, und sie macht gern davon Gebrauch, im Regal stehen ihre zahlreichen Aktenordner aus der Unizeit, darüber Ratgeber mit Titeln wie »Exploratives Lernen: Der persönliche Weg zum Erfolg«, »Energiekompetenz: Produktiver denken, Wirkungsvoller arbeiten, Entspannter leben« oder »Ich rede – Kommunikationsfallen und wie man sie umgeht«, auch einer über kreatives Schreiben, denn Andrea würde unheimlich gerne ein eigenes Buch schreiben, sie hat nur die dunkle Ahnung, dass ihr Roman »Mein stinködes Leben in Wittlich« nicht unbedingt ein Kassenschlager werden würde, aber sie hat ja Zeit, das ganze Leben liegt noch vor ihr, und mit dem Job ist sie ja nun auch wirklich genügend ausgelastet, sie kniet sich da echt rein, sie will nicht so eine zynische Lehrerin sein, sondern eine mit Engagement und tollen Ideen, und mit Yannik, das ist zwar nicht mehr wie am ersten Tag, aber das kann man ja auch wirklich nicht erwarten, na ja, sein Schmatzen geht ihr manchmal wirklich auf den Zeiger, und dass er, wenn er getrunken hat, nachts mit den Zähnen knirscht, überhaupt trinkt er manchmal ein bisschen zu viel, und dann seine blöde Angewohnheit, den Wagen immer erst zu tanken, wenn die Tankanzeige schon leuchtet, und wie er sie immer anpflaumt, dass sie die Scheibenwischer ruhig abstellen kann, manchmal bereits fünf Sekunden, nachdem es aufgehört hat zu regnen, diese typisch männliche Schlaumeierei regt sie wirklich auf, da hätte sie ja gleich Mario Barth heiraten können, aber ein paar Differenzen gibt es ja immer, und alles in allem, einen Besseren als ihn wird sie wohl in diesem Leben nicht mehr finden, also kein Grund, sich zu beklagen, und jeder hat einen lustigen Zahnbürstenhalter im Bad, sie ein grienendes rotes Teufelchen, das die Zahnbürste wie einen Speer hält, er einen Bart-Simpson-Zahnputzbecher, haben sie sich gegenseitig zum Valentinstag geschenkt, beide dieselbe witzige Idee, absoluter Zufall, vielleicht Telepathie, große Liebe in jedem Fall.

So wird es sein. Oder so ähnlich. Jedenfalls, die beiden langweilen mich jetzt schon zu Tode.

Das Blöde ist nur, dass sie so freundlich sind. Sie bieten mir Wein an und fragen alles Mögliche. Wo ich herkomme und was ich hier mache. Ich antworte einsilbig.

»Berlin. Urlaub. Nur so. Ja. Nein.«

Aber das scheint sie nicht zu stören. Andrea strahlt mich honigkuchenpferdig an, die Mundwinkel in Stellung und die Glubscher auf Anschlag. Yannik kaut einfach munter weiter. Er mahlt die ganze Zeit auf demselben Stück herum, oder dem gleichen, was weiß ich. Es kann sich jedenfalls nur noch ein völlig zermatschter Brei in seinem Mund befinden, den man gar nicht mehr zerkauen kann.

Oder er kaut gar kein Speckbrot, sondern hat einfach nur zu viel Speed gezogen und zermalmt sich gerade den Kiefer. Vielleicht ist er hier ja der örtliche Drogendealer. Das würde auch die Augen seiner Freundin erklären.

»Und wie gefällt's dir hier so, bei uns in der Provinz?«

Bevor ich mir ein weiteres Mal eine unverlangte Rechtfertigungsrede fürs Landleben anhören muss, sage ich: »Sehr gut.«

Flo erzählt, dass er seine Ohrlöcher von Yannik hat. Der hat nämlich ein Piercingstudio in Wittlich. Ein *echt kultiges*, nehme ich an.

»Piercer, das sind so was wie die Surflehrer der Städte, oder?«

Ganz gute Feststellung eigentlich. Allerdings habe ich das gerade laut gesagt, statt es nur zu denken. Alle am Tisch glotzen mich an. Außer Judith, die hockt immer noch da wie die neueste Kreation von Madame Tussaud.

Yannik hört auf zu kauen. Andrea scheint ihre Augen noch ein Stück weiter aufzureißen. Flo macht ein Geräusch wie »ts-ts-ts«.

»Typisch Meise«, sagt er entschuldigend und lacht kurz und schrill auf, als hätte man einen Spritzer Anzünder in einen vor sich hin lodernden Kohlegrill geschossen.

Yannik hebt die Schultern und schaut sich um. »Wenn er meint.«

»Wie meinst du denn das, *Surflehrer der Städte*?«, fragt Andrea und fixiert mich mit ihren untertassengroßen Pupillen.

Mir fällt nichts anderes ein, als zu sagen, dass es nur ein blöder Scherz sein sollte. Dass Piercer bestimmt ein *interessanter* Beruf ist. Dass ich selbst viele Piercer kenne, die alle *total gut drauf* sind.

Judith senkt ihren Kopf zu Boden. Wahrscheinlich kann jetzt nicht mal mehr sie ihre Gesichtszüge beherrschen.

»Ich gehe mir ein Bier holen. Will noch jemand was?«

Nein.

Nein.

Nein.

Die Bar ist in einem Pavillon untergebracht, ein großes Rondell aus dunklem Holz mit aufgeklappten Fensterläden zu allen Seiten. Die Kellnerinnen dahinter sind blutjung. Keine älter als achtzehn, würde ich sagen. Vielleicht ist das so ein Jugendtreffding. Oder das Altherrenpublikum ist bei den jungen Dingern kauf- und saufwütiger, kann auch sein.

Die Mädchen tragen eine Art Uniform, schwarze Schürzen und rosa Spaghettiträger-Shirts, auf denen in Druckbuchstaben »HOT CHICAS – Wir haben uns umgesehen, wir sind die Geilsten hier« steht.

Ich weiß nicht, worauf sich das »Hier« beziehen soll, aber die meisten der Hot Chicas sind höchst ungeil, und das Ungeilste auf der Welt sind ungeile Leute, auf deren Kleidung steht, dass sie die Geilsten sind.

Bedruckte Kleidung, ohnehin ein Thema für sich. Lustige T-Shirts zum Beispiel. Ich brauche mich nur einmal umzudrehen und sehe gleich ein halbes Dutzend davon.

Wie oft am Tag schämt man sich wohl, wenn man mit einem Satz wie »Ich war als Kind schon scheiße« auf der Brust herumläuft? Wie fühlt man sich, wenn man vom Tod der Schwiegermutter erfährt, während man ein »Zickenbändiger«- oder »Bikini Inspektor«-T-Shirt trägt? Wenn man am Flughafen ein verlorenes Gepäckstück meldet und den Slogan »Ich Chef, du nix« auf der Brust stehen hat? Oder wenn man mit einer Alkoholvergiftung vom Notarzt abgeholt wird und ein »Saufen bis der Notarzt kommt«-T-Shirt trägt, wie der sechzehnjährige Boris-Becker-Klon da vorne?

Am Flughafen London-Heathrow sah ich beim Einchecken einen Mann, auf dessen Shirt »If you don't like the way I drive, stay of the sidewalk« stand. Das »off« hatte nur ein »f«. Der Mann sah furchtbar traurig aus. Das Deprimierendste auf der Welt ist ein traurig dreinschauender Mensch, der ein lustig gemeintes T-Shirt trägt.

Bei einer der Hot Chicas bestelle ich ein Bier. Sie sagt, sie hätten hier nur Wein. Sie bückt sich, um eine laminierte Getränkekarte hervorzuholen, dabei schiebt sich ein roter Stringtanga aus ihrer schlabbrigen Stoffhose.

Ich denke an letzte Nacht. Wie erleichtert und glücklich ich war, dass Judith so was nicht trägt. Überhaupt, die letzte Nacht. Kommt mir mittlerweile völlig surreal vor. Wie wir gelacht haben. Geraucht. Uns angefasst.

War das wirklich dieselbe Person, die jetzt versteinert da vorne am Tisch sitzt?

Die Hot Chica starrt mich an. Ich starre auf die Karte. Es gibt zwölf verschiedene Weine, alle von Winzern aus Sörz. Sonst nur Wasser, das hier Sprudel heißt, und andere Softdrinks. Bier jedenfalls gibt es hier nicht.

»Nur drüben am Bierkarussell.«

Wo es Schnaps gibt, weiß sie nicht, das hier jedenfalls ist der Weinausschank, und da gibt es Wein. Und weil ich keine Lust habe, mich jetzt nochmal woanders anzustellen, kaufe ich halt Wein.

»Den teuersten bitte.«

»Die kosten alle gleich viel. Sieben Euro die Flasche.«

Tatsächlich. Ich kaufe gleich zwei. Trockener Irgendwas von Heinz Schießmichtot, mir doch egal. Schmeckt eh alles gleich, besonders wenn man es sich in einen Gin-Tonic-verklebten Schlund schüttet.

An der Wurstbude nebenan gibt es Streit. Ein Mann mit einem Asterix-der-Gallier-mäßigen Schnauzbart beschuldigt die Wurstfrau, sie habe einem Jungen ein Brötchen verkauft, das ihr vorher auf den Boden gefallen war.

»Ich hab genau gesehen, wie Sie das aufgehoben und dem jungen Mann auf den Pappteller gelegt haben. Das ist ja wohl unerhört, ich kann das gar nicht glauben, das ist ja wohl, das ist ja wohl ...« Asterix fuchtelt mit den Händen in der Luft herum, als suche er dort nach dem passenden Ausdruck. »Eine absolute Frechheit ist das!«

Die Wurstfrau schüttelt nur den Kopf und bedient den nächsten Gast.

»Wenn das nochmal vorkommt, ruf ich das Gesundheitsamt, dann ist die Bude ruckzuck dicht!«, ruft Asterix so laut, dass es alle Umstehenden mitbekommen. Dann marschiert er zu einem Stehtisch, wo er seinen Kollegen wild gestikulierend von dem skandalösen Vorfall erzählt, der sich soeben zugetragen hat.

Ich lege fünfzehn Euro auf den Tresen. Einen Zehner und einen widerlichen, zerfledderten Fünfer. Die Flaschen zwischen die Finger geklemmt, gehe ich zurück zum Tisch der anderen.

Andrea trompetet gerade ihre Erfahrungen von irgendeinem Festival in die Runde, auf dem Yannik und sie neulich mit der ganzen Clique waren. Sie sagt wirklich »Clique«. Sobald ich mich setze, wechselt sie von ihrem Moseldialekt ins Hochdeutsche, als wäre ich ein Kleinkind oder ein dementer Greis, mit dem man ganz besonders deutlich sprechen muss.

Ganz ruhig. Ist ja nicht böse gemeint. Hier ist ja nichts böse gemeint, weil niemand böse ist. Alle sind gut drauf, alle sind nett und zuvorkommend, und zwar immer und zu jedem, sogar zu mir.

»Das war soo su-per da-a, wir hatten soooo einen Spa-aß.«

Bei den langen Vokalen treten die Sehnen und Adern an ihrem Hals deutlich hervor. Während sie verträumt in den Erinnerungen an ihr bekacktes Scheißfestival schwelgt, zupft sie an einem Bändchen am rechten Handgelenk. Es ist ein Eintrittsbändchen. *Rock am Ring, 05.–07. Juni.*

Igitt, das ist schon zwei Wochen her, findet die das nicht eklig?

Ich hebe den Arm, um mir ein Glas einzuschenken. Mit einem schmatzenden Geräusch löst sich meine Haut von der müllsackähnlichen Plane, mit der die Tische bezogen sind. Das finde ich so ekelhaft, dass ich zusammenzucke und dabei das Glas umstoße. Es zerspringt am Boden. Guter

Sound. Ich schiebe die Scherben grob mit dem Fuß zusammen und trinke aus der Flasche weiter.

Die anderen tauschen beunruhigte Blicke aus. Sie denken, ich merke es nicht, weil ich zu besoffen bin. Dass ich auf euch nicht reagiere, heißt nicht, dass ich nichts mitkriege.

Judith schaut mich an. Ich schaue sie an. Sie dreht den Kopf weg. Sie sitzt sehr gerade. Aber nicht das verkrampfte *Stock im Arsch*-Gerade, eher als wäre sie ein Kunstwerk, die perfekte Statue, mächtig und erhaben an eine längst vergangene Zeit erinnernd.

Andrea erzählt von Christina und Manuel, die sich am Nürburgring total gezofft haben. »Dabei waren die beiden immer das Traumpaar in der Clique.«

Yannik nickt zustimmend mit dem Kopf. »Da war die Kacke am Dampfen, das sag ich dir. Den ganzen Zeltplatz haben sie zusammengeschrien.«

Andrea ist der Meinung, dass sie mit jedem einzeln befreundet bleiben könne, auch wenn die beiden sich trennen würden. Beziehung, das bedeute ja wohl nicht nur Liebesbeziehung, sondern immer auch Freundschaft, und die lasse sie sich von niemandem verbieten, so weit käme es ja noch.

Die anderen stimmen ihr zu. Yannik sagt, ihm sei die heile Welt der beiden ohnehin immer suspekt gewesen, in einer Partnerschaft müsse man ja auch mal streiten können.

Flo sagt, über Manuels Sozialkompetenz solle man sowieso besser den Mantel des Schweigens legen.

Beziehung? Partnerschaft? Sozialkompetenz?

Ich fühle mich wie das sprichwörtliche fünfte Rad am Wagen.

Scheiße, ich denke schon wieder so, wie Flo spricht.

Außerdem fällt mir zu jedem zweiten Satz irgendeine ätzende Bemerkung ein, und ich muss mich extrem beherrschen, diese für mich zu behalten. Weil alle hier so unerträglich mittelmäßig und stupide und langweilig sind, und weil es mich rasend macht, dass Judith überhaupt nicht auf mich reagiert.

Warum besorgt sie sich nicht einfach irgendwo einen fixen Abstandhalter, damit ich ihr bloß nicht zu nahe komme! Eine Abschleppstange zum Beispiel, mit der könnte sie mich doch prima auf Distanz halten.

Die erste Weinflasche ist leer.

Nächste.

Wenn man sich das Zeug direkt aus der Flasche in den Hals kippt, schmeckt es gar nicht mehr so süß.

Na ja, eigentlich schmecke ich eh nicht mehr viel.

Immer rein mit dem Gesöff.

Trotzdem muss ich jetzt mal was anderes trinken. Schnaps wäre gut.

Vorher nochmal schnell aufs Klo.

Im Toilettenwagen stinkt es beißend nach Urin, der zu lange in der Sonne stand. Ich pisse mit vollem Strahl, dabei löst sich ein quietschender Furz. Als ich mich umgucke, steht da ein Typ am Waschbecken und grinst mich kumpelmäßig an. Ich grinse übertrieben zurück und mache einen Ausfallschritt auf ihn zu. Er zuckt zusammen und verschwindet.

Ich klatsche mir etwas Wasser ins Gesicht und betrachte mich im Spiegel. Ich wirke sehr blass hier im Neonlicht. Meine Frisur sieht aus, als hätte mich jemand einmal an den Haaren durchs Festzelt gezogen. Die Augen sind blutunterlaufen. Aber irgendwie steht mir das alles ziemlich gut.

Richtig gefährlich sehe ich aus.

Wie viel kann ein Mensch eigentlich saufen?

Auf der Treppe nach draußen lege ich mich fast aufs Maul. Weil sie so schlammig und rutschig ist.

Ich schwebe über den Platz. Alle Bewegungen sind flüssig.

Eine Zigarette fällt mir runter. Ich hebe sie auf, sie ist dreckig, ich zerknülle sie in meiner Hand. Der Tabak bricht durch das Papier und zerbröselt zwischen meinen Fingern. Ich nehme eine neue, zünde sie an, inhaliere. Schwebe noch ein bisschen höher. Über mir nur noch Himmel und Sterne. Unter mir alles andere.

Der Autoscooter ist nicht mehr in Betrieb, auch die Schießbude wird gerade zugeklappt. Auf dem Bootssteg steht eine Gruppe von Jungs, die die Mosel als Toilette benutzen. Sie haben sich gegenseitig die Arme um die Schultern gelegt und pinkeln synchron in den Fluss, der wie dickflüssiger Teer im Mondlicht schimmert. Einer stülpt seine Hosentaschen nach außen und rennt mit heraushängendem Schwanz an den anderen vorbei.

»Guckt mal, Elefant!«

Es ist der Typ mit dem »Saufen bis der Notarzt kommt«-T-Shirt. Eduardo würde über diesen Witz herzlich lachen. Überhaupt würde Eduardo sich hier prächtig amüsieren. Er passt hierher wie die Faust aufs Auge. Wie der Baseballschläger in die Magengrube.

Der Platz hat sich geleert, dafür ist es im Zelt jetzt rappelvoll. Die Band spielt gerade »Ich war noch niemals in New York«. Feuchte Luft strömt aus dem Zelteingang. Am sogenannten *Bierkarussell* bestelle ich bei einem Mann mit rotem Gesicht fünf braune Tequila.

Der Mann schüttelt den Kopf. »Tequila haben wir nicht.«
»Anderen Schnaps?«
»Wodka, Korn oder Obstbrand.«
»Dann Wodka.«
Er holt eine Flasche Billigwodka hervor, Zaranoff oder Jelzin oder so ein Fusel, den wir nicht mal unseren Dive-Bar-Gästen auftischen würden. Aber was soll's, besser als nichts.
Die beiden Männer neben mir streiten darüber, wer von ihnen mehr getrunken hat.
»Ich hab schon mehr kleine Bitburger intus wie du.«
»Aber ich hatte auch noch den Prosecco. Und den Kräuter hatten wir noch!«
»Der Kräuter war gut.«
»Ja, der Kräuter war gut.«
»Ich muss den Kalle mal fragen, wo er den Kräuter herhat, das ist ein geiler Schluck!«
»Zweiunddreißig Prozent ist schon viel.«
»Das ist gar nichts.«
»Für'n Kräuter ist das viel!«
Warte mal, sind das nicht zwei von den Stammtischbrüdern, Comicverkäufer und Handwerkertyp? Ach nee, doch nicht, bloß zwei Schnapsdrosseln, die so ähnlich aussehen. Ich sehe jetzt wirklich schon ein bisschen verschwommen.
»In diesem Sinne, hinein in die Rinne!«
»Durch diese Rinne, hinein in die Sinne!«
»Stößchen!«
»Stööööößcheeeeeen!«
Haltet die Fresse haltet die Fresse haltet die Fresse.

Ich lasse einen Zehner auf den Tresen fallen und balanciere die Plastikgläser zurück zum Tisch. Dort angekommen, stolpere ich fast über Andreas Umhängetasche. Ich gerate ins

Straucheln, rudere mit den Armen in der Luft herum und verliere fast das Gleichgewicht, kann mich aber gerade noch halten. Wodka läuft mir über die Finger.

Judith und Andrea wollen keinen. Flo muss ebenfalls überredet werden.

»Los, du alte Spaßbremse!«, ruft Yannik.

Dann sagen wir »Prost« und schütten uns den Fusel in den Hals.

Flo verzieht angewidert das Gesicht.

Yannik schmatzt dreimal laut und brüllt: »Aaaah, ist das GEIL oder ist das GEIL!«

Ich trinke die Schnäpse von Judith und Andrea auch noch aus.

Flo, Yannik und Andrea vertiefen sich wieder in ihre Diskussion. Es geht um den Busbahnhof in Wittlich, dass es da so asozial ist, was man dagegen machen kann, wer daran schuld ist. Die Stadt? Die misslungene Integration der Menschen mit Migrationshintergrund? Wir alle?

»Also ich bin der festen Überzeugung, dass …«

»Versteht mich nicht falsch, aber …«

»Man müsste …«

»Man sollte …«

»Man könnte …«

»Ich hab da neulich eine alarmierende Studie …«

Bürgerversammlung. Überwachungskameras. Todesstrafe.

Judith sitzt nur dabei und sagt nichts. Ich halte es nicht mehr aus, nehme meinen ganzen Mut zusammen und beuge mich zu ihr rüber. Frage sie leise, ob sie Lust hat, eine kleine Runde mit mir zu drehen. Ich schaue ihr in die Augen. Nicht so verliebtmäßig, sondern so, na was weiß ich, so ganz normal halt.

Und sie sagt: »Nein.«

Sie sagt nicht »Später vielleicht« oder »Ich glaube, das ist keine so gute Idee« oder »Verzieh dich, du Hornochse«, sie sagt einfach nur: »Nein.«

Sie wendet sich von mir ab und hört weiter der bescheuerten Unterhaltung zu, in der Yannik gerade die Theorie ausspricht, dass das alles mit Stellenentlassungen bei Dunlop und Dr. Oetker zusammenhängt, er benutzt Worte wie »sozialer Frieden« und »Pulverfass«, und Andrea hat die Stirn in Falten gelegt und erklärt, wie wichtig es ist, den »Makrokosmos« im Auge zu behalten, und Flo sagt, dass irgendein Kind irgendwann in irgendeinen Brunnen gefallen ist, und Judith sitzt da und guckt, sitzt einfach nur da und guckt mich mit dem Arsch nicht an, als wäre ich nur ein alter Daddelautomat, an dem sie nach ein paar Spielen das Interesse verloren hat, ihr lächerlicher Sexsklave von letzter Nacht, ein Vollidiot, der froh sein kann, dass sie einen Krümel hat fallen lassen, und der ihr jetzt gefälligst nicht auf die Nerven zu gehen hat.

Hat sie das gestern Nacht extra gemacht?

Hat sie das alles arrangiert?

Bin ich ihr ins Netz gegangen?

Will sie mich testen?

Will sie mich verhöhnen?

Will sie mich provozieren?

Spielt sie mit mir?

»Mensch, Meise. Du bist ja ganz blass, alles gut bei dir?«

Ich drehe mich ruckartig zu Flo um. Mein Hirn schwappt in seiner alkoholischen Wanne hin und her, Blitze zucken in den Rändern meiner Augen. Flos Gesichtsausdruck kann sich zwischen Belustigung und Besorgnis nicht so recht entscheiden.

Was würde wohl passieren, wenn ich seine Frage jetzt ehrlich beantworten würde?

Nein Flo, nicht wirklich.

Weißt du, gestern Abend, als du bei deinen Kunden warst, kam deine Freundin bei mir vorbei und hat mich richtig rangenommen. Es war wundervoll. Wir haben geredet, gelacht, geküsst, gefickt.

Aber heute ignoriert sie mich schon den ganzen Tag.

Kannst du ihr vielleicht mal sagen, dass das völlig unnötig ist? Ich will sie schließlich nicht heiraten. Ihr könnt euch behalten.

Sie soll mich nur bitte nicht so aggressiv anschweigen, das kann ich nicht haben.

Ich sage ihm, dass natürlich alles gut ist, hervorragend, geradezu fantastisch. Ich lache mein falschestes Lachen, dann entschuldige ich mich aufs Klo.

Ich schließe mich in einer Kabine ein, setze mich ins kreischende Neonlicht auf den Klodeckel und starre die Tür an. Über die Klinke hat jemand mit Edding geschrieben, dass Corinna S. eine abgefickte Hure ist und auf den Strich geht.

Wenn ich doch nur irgendwas für die Nase dabeihätte. Ein bisschen Kokain. Ein kleines Näschen von Itchys Schrottspeed würde auch schon reichen. Das Kribbeln in der Nase. Der taube Gaumen. Der bittere Geschmack, der langsam den Hals runterläuft. Das wäre schön.

Oder einfach irgendein Kick. Irgendetwas, das irgendetwas mit mir macht.

Ein Tequila mit Orange und Zimt.

»Bizarre Love Triangle« hören, über Kopfhörer, so laut es geht.

Eine schnelle Nummer hier auf dem Klo, mit einer der Hot Chicas oder Corinna S. oder sonst wem.

Selbst der Gedanke an einen schönen heißen Kaffee mit viel Zucker erfüllt mich mit gierigem Verlangen.

Rausch Rausch Rausch. Was wäre das Leben ohne Rausch? Was bliebe dann noch, außer der schnöden Realität, dieser lähmenden Seuche, die alles beherrschen und sich überall breitmachen will, die sich ständig als einzig legitime Autorität aufspielt, einen überrollt und stranguliert, bis man ist wie alle anderen und einen langen, leisen Erstickungstod stirbt.

Vielleicht hat Silvia ja Recht, und ich leide wirklich an Dopaminmangel.

Vielleicht hat Flo Recht, und ich habe wirklich Bindungsangst.

Vielleicht haben Holger und Yolanda Recht, und mein Ekel vor letzten Schlucken und Fünfeuroscheinen und Post-it-Zetteln und Glückskeksen ist total neurotisch.

Und vielleicht hat meine Mutter Recht, und ich bin wirklich dafür, dagegen zu sein.

Und wenn schon. Was immer die Quacksalber an Diagnosen anzubieten haben, mir soll's recht sein.

Wenigstens einen Nikotinkick kann ich mir hier und jetzt verschaffen. Ich zünde mir eine Zigarette an, nehme drei kräftige Züge, muss husten und zertrete die halb weggerauchte Kippe auf dem Boden. Ich stütze meine Ellbogen auf die Knie und lege das Gesicht in meine Hände. Meine Augen tränen vom Rauch und vom Licht.

Es ist Samstagabend. Warum bin ich nicht bei meinen Freunden? Warum bin ich nicht bei Holger, bei Yolanda oder bei Verena? Was habe ich hier zu suchen? Was habe ich hier verloren? Ich muss hier weg. Aber wohin? Ich kann jetzt nicht einfach gehen. Die Waffen strecken. Aufgeben. Judith so davonkommen lassen. Es muss etwas passieren.

Sie ist anders. Anders als die anderen. Besser, schlauer, größer. Sie gehört hier nicht hin. Dieses Umfeld verdirbt sie. Man sollte ihr einen Gefallen tun und sie von hier entführen. Sie umtopfen. Irgendwohin, wo sie atmen und gedeihen kann. Sie hat nur Angst. Ich muss mit ihr reden. Sie muss mit mir reden.

Wieso, verdammt nochmal, redet sie nicht mit mir?

Und dann passiert etwas mit meinen Augen. Tatsächlich. Sie werden feucht. Nicht vom Rauch, nicht vom Licht. Eine salzige Flüssigkeit, ein verschwommener Blick, ein zitternder Ozean unter den Augenlidern.

Warum muss ich denn jetzt heulen?

Zum ersten Mal seit Jahren.

Eine einsame Träne rollt schüchtern mein Gesicht herunter, zögerlich, als müsste sie sich in dieser neuen Umgebung erst mal orientieren. Für eine Sekunde bleibt sie an meinem Kiefer hängen und zerschellt dann auf dem versifften Boden des Klowagens.

Wie gut sich das anfühlt! Weinen. Auch ein guter Rausch. Hatte ich schon fast vergessen. Etwas fühlen. Sich suhlen in einem warmen Bad aus Selbstmitleid, hemmungslos und frei.

»Ist da jemand drin?«

Es rüttelt an der Klinke. Bollert gegen die Tür.

»HALLO? IST DA JEMAND DRIN?«

»Da sitzt jemand, ich seh doch die Schuhe.«

»Bestimmt beim Scheißen eingepennt.«

So unvermittelt, wie es angefangen hat, so schnell ist es auch wieder vorbei. Ich quetsche noch zwei bis drei Tränen hinterher, dann muss die schöne Traurigkeit wieder dieser unbändigen Wut weichen, diesem irren Biest, das in mir tobt, ein autarkes Wesen mit großem Hunger, unersättlich, nicht zu bändigen. Ich fühle mich auf einmal wahnsinnig bescheuert, heulend in dieser Klowagenkabine mit zwei nervenden Typen vor der Tür.

Mit dem Ärmel meines Hemdes wische ich mein Gesicht trocken, ziehe die Nase hoch wie meine Mutter in ihren schlimmsten Zeiten und spucke den Rotz auf das Geschmiere des Idioten, der ein Problem mit Corinna S. hat. Als ich aus der Kabine trete, ist da nichts Schönes mehr, nur noch zwei Siebzehnjährige, die mich doof anstarren, und dieses unbändige Verlangen nach mehr mehr mehr.

######

»Sexy, was hast du bloß aus diesem Mann gemacht …«

Der Sänger sieht jetzt, wo er diesen Evergreen deutscher Sexrockkultur darbietet, tatsächlich ein wenig aus wie Marius Müller-Westernhagen. Sein Kopf scheint nur noch aus Stirn zu bestehen. Er schwitzt stark und greift sich frivol in den Schritt.

»Sexy, was hat der alte Mann dir denn getan …«

Auch unter den Armen seiner Bandkollegen haben sich dunkle Ränder auf den roséfarbenen Hemden gebildet. Es sind mindestens tausend Grad im Zelt. Klebrige Luft, schwer wie Mayonnaise. Alkohol, Schweiß und ein übler Mix aus verschiedenen Parfüms, letztes Jahr zu Weihnachten bekommen von gutmeinenden, unbeholfenen Ehemännern und -frauen, Töchtern und Söhnen und Eltern und Großeltern und Arbeitskollegen und Nachbarn, heute zum ersten Mal aufgetragen, und das nicht zu knapp. Was früher noch halbwegs von Zigarettenrauch im Zaum gehalten wurde, kann sich jetzt frei entfalten und zu einem Cocktail des Ekels vermischen.

Gemischte Sauna. Pumakäfig. Beduinenpuff.

Es gibt keine eindeutig definierte Tanzfläche mehr. Vorne wird immer noch der Discofox getanzt, gleich dahinter drängeln sich die Menschenmassen. Zwischendrin gibt es immer wieder kleine Grüppchen, die ihren eigenen kleinen Dancefloor gebildet haben. Manche tanzen einfach nur so auf der Stelle, wie festgewachsen, angewurzelt. Unterhalten sich weiter, während sie ihre Knie vorschieben und wieder durchdrücken und den Oberkörper hin und her schaukeln wie hospitalistische Wackeldackel. Am anderen Ende des Zeltes tanzt eine Armada von Frauen in hellgrünen Polohemden auf den Bierbänken. Sie beklatschen eine aus ihrer Gruppe, die sich durchs Zelt gekämpft hat und nun umständlich auf die Bühne klettert. »Kegelclub *Die Kugelrunden* – Karin« steht auf ihrem Hemd. Karin torkelt auf den Saxofonisten zu und drückt ihm ihre Brüste entgegen.

»Du bist 'ne Waffe, für die es keinen Waffenschein giiiiibt ...«

Der Saxophonist dreht jetzt richtig auf und spielt ein leidenschaftliches, schiefes Solo zwischen Karins kugelrunden Titten.

»Sexy, es ist mir scheißegal, mach ich mich lächerlich ...«

Die Kegelschwestern springen auf den Bänken herum wie kleine Mädchen. Eine schüttelt eine Flasche Sekt und spritzt das Blubberzeug in die Luft. Gläser klirren.

Beim nächsten Lied explodiert die Stimmung endgültig.

»Tausend und eine Nacht, und es hat ZOOM gemacht ...«

Die Leute reißen ihre Arme in die Luft und singen lauthals mit. Sie klatschen, schunkeln, brüllen und kreischen. Manche stieren sabbernd ins Leere, aber sogar das tun sie mit Hingabe. Ein leidenschaftlicher Stumpfsinn, konsequent und kompromisslos.

Auf einmal verstehe ich den Begriff »Feierwut«. Die Sörzer sind wild entschlossen, entschlossen zu feiern. Einmal im Jahr wird mit enthemmter Stupidität die Langeweile kompensiert, und in diesem EM- und WM-losen Sommer erst recht. Dies ist ihr Tag, den kann ihnen keiner nehmen. Heute wird sich amüsiert. Komme, was wolle.

Der Skynamite-Frontmann bringt es auf den Punkt, als er mit signalrotem Kopf nur ein Wort ins Mikro schreit: »Paaaaaaaa-deeeeeyyyyyy«, das »t« so weich wie der Oberarm des Mannes neben mir, der aussieht, als würde er vor lauter Ekstase gleich anfangen zu schreien.

Ich befinde mich in der Höhle des Löwen, und der Löwe heißt Skynamite. Diese stilresistenten Tausendsassa reiten auf der enthemmten Welle der Feierlust wie mit allen Wassern gewaschene Provinzpartyprofis, geübt auf tausend Jahren Weinfest, wahrscheinlich sind sie alle auf einem gezeugt worden. Sie schwenken um zu immer übleren Liedern, die ich noch nie gehört habe, die aber von allen im Raum frenetisch mitgesungen werden.

»Komm, hol das Lasso raus, wir spielen Cowboy und Indianer…«

Plötzlich steht Flo neben mir. »Ach, hier bist du, ich hab dich schon gesucht.«

»Ja. Wahnsinn. Guck dir die Leute an, wie die durchdrehen!«

»Sollen wir nicht rausgehen? Yannik und Andrea wollen demnächst los, und Judith und ich müssen auch nicht mehr so ewig bleiben.«

»Ich will mir das angucken.«

»Wieso das denn?«

»Weil ich's kaum fassen kann. Das ist zehnmal krasser als alles, was ich im Berghain je gesehen habe.«

»Wo gesehen?«

»Was?«

»Wo?«

»So wie ein Cowboy in der Einsamkeit, auf seiner Suche nach Geborgenheit …«

»Mann, ist das laut. Was ist das denn eigentlich für eine unglaubliche Scheißmusik!«

»Kennst du das nicht?«

»Nee, sollte ich?«

»Das ist ›Cowboy und Indianer‹, so 'n Fastnachtslied.«

»Ein was?«

»Ein Fastnachtslied. Das kennt man doch!«

»Für dich ist mir kein Weg zu weit, bei dir vergesse ich die Zeit …«

»Unfassbar.«

»UND JETZT ALLE!«

»Komm, hol das Lasso raus …«

»LAUTER!«

»… wir spielen Cowboy und Indianer!«

»LAUTER!!!«

»O Gott, die da vorne schwingen alle einen unsichtbaren Penis als Lasso.«

»Wir reiten um die Wette …«

»Sogar die Frauen!«

»… ohne Rast und ohne Ziel!«

»Ja, normal. Lass uns hier raus, das ist peinlich.«

»Wahnsinn.«

»… stell mich an den Marterpfahl, komm, hol das Lasso raus, so wie beim ersten Mal …«

»Ich kotz gleich.«

Auf dem Weg nach draußen verfängt sich mein Fuß in einem Knäuel aus schmutzigen Girlanden. Ich verheddere mich und stolpere gegen eine dünnlippige Frau mit Strohhut, die mir ihre schwitzigen Skeletthände auf die Schultern legt und dabei quiekt wie ein Schwein auf der Schlachtbank. Ich schiebe sie von mir weg und laufe Flo hinterher.

Er wartet vor dem Zelt auf mich. Schaut mich mit seinen treudoofen Hundeaugen an.

»Ganz schön was los da drin, oder?«, lacht er.

»Ich kann nicht verstehen, was ihr hier macht«, sage ich.

»Wie meinst du das?«

»Na gut, du wirst Winzer, da musst du hier sein. Aber was macht Judith hier?«

»Wie, was ist das denn für eine Frage? Wir kommen halt von hier!«

»Na und?«

»Wie, *na und*?«

»Das heißt ja nicht, dass man hier versauern muss. Steht ja keine Mauer drum herum.«

»Uns gefällt es hier.«

»Euch gefällt es hier? Das ist doch alles eine elende Scheiße. Guck dich mal um – da drinnen stehen Zweiundzwanzigjährige und grölen Schlagerlieder und versuchen, der minderjährigen Nachbarin an die Wäsche zu gehen!«

»Na ja, da muss man ja nicht hingehen. Wir sind wegen der Weinprobe hier, wir dachten, du wolltest so was vielleicht mal mitmachen.«

»Ich kann den ganzen Scheißwein nicht mehr sehen, der kommt mir schon zu den Ohren raus«, sage ich.

»Ach so. Hättste ja mal sagen können«, sagt Flo und sieht sehr enttäuscht aus.

»Und außerdem, wo soll man denn sonst hingehen? Zur Mallorca-Party, Wet-T-Shirt-Contest, oder was? Hier ist doch nichts!«

»Klar ist es anders als in der Stadt. Aber wir mögen das.«

»Ihr?«

»Ja, wir. Der springende Moment ist …«

»Das heißt der springende *Punkt*!«

»Der springende Punkt ist, dass wir von hier kommen. Hier sind wir zu Hause, hier ist unsere Familie. Vielleicht findest du das spießig, aber das ist auch wichtig, wenn wir Nachwuchs kriegen, dass Oma und Opa in der Nähe sind. Blut ist dicker als Wasser, gell!«

»*Blut? Wasser?* Was redest du denn für eine Scheiße!«

»Hey Meise, vielleicht sollten wir das nicht jetzt und hier diskutieren, oder?«

»Du sagst immer *wir* und *uns*. Merkst du nicht, dass Judith hier eingesperrt wird, dass sie viel mehr auf dem Kasten hat?«

»Wie meinst du das?«

»Vielleicht ist Judith gar nicht so scharf auf die heile Welt. Vielleicht bist du derjenige, der Harmonie mit Langeweile und Liebe mit Gewohnheit verwechselt.«

»Jetzt lass mal die Kirche im Dorf, Meise. Judith und ich haben es uns ausgesucht, hier zu leben. Wir hätten schon längst weggehen können, wenn wir gewollt hätten. Ich war ja sogar ein paar Jahre in Köln und bin freiwillig zurückgekehrt. Wir sind glücklich hier. Beide. Ich schwöre.«

Er spreizt Zeige- und Mittelfinger und lächelt mich versöhnlich an. Nichts kann ihn aus der Ruhe bringen. Das Härteste, was er je gemacht hat, war, einen sarkastischen Kommentar auf der Facebook-Pinnwand eines Bekannten abzugeben. Das dickste Ding, das er je gedreht hat, war der Spickzettel in der Matheklausur vor zehn Jahren. Er hat sich nie weiter gehenlassen, als neulich auf dem Jahrgangstreffen mal an einer Zigarre zu ziehen. Er ist so dermaßen geerdet, dass er niemals abheben und seine Welt von außen betrachten wird. Das Leben als langer ruhiger Fluss, welcher hier Mosel heißt.

Ich bin nicht einfach nur wütend auf ihn, ich bin vor allem wütend darauf, dass ich nicht ruhigen Gewissens wütend auf ihn sein kann. Weil er so nett nett nett ist. Seine beschissene Gutmütigkeit ist nichts als Provokation. Sein unerschütterlicher Glaube an die Mittelmäßigkeit ist wie ein Tritt in die Eier. Seine bescheidene Zufriedenheit kotzt mich an.

Wieso bleibt er so gelassen, während ich ihm all diese Dinge an den Kopf werfe?

Wieso redet er überhaupt noch mit mir?

Und wieso lächelt er jetzt so dämlich?

»Wir ziehen los mit ganz großen Schritten ...«

Das Gegröle muss man noch meilenweit hören können. Der Chor der Verdammten. Eine Polonaise des Grauens. Und Erwin fasst der Heidi von hinten an die schweren Schultern.

Und dann ist es so weit. Ein Impuls. Der letzte Tropfen auf dem Fass meiner Selbstbeherrschung. Die ganze Zeit habe ich mich zurückgehalten. Jetzt kann ich nicht mehr. Ich sage es.

»Ach ja?«, sage ich. »Dann möchte ich bloß wissen, was das letzte Nacht war.«

»Wieso, was war denn letzte Nacht?«, sagt Flo.

»Ach, egal«, sage ich und gebe ihm eine wegwerfende Handbewegung statt einer Antwort. Ich drehe mich um und gehe. Flo folgt mir.

»Was ist egal?«, ruft er. Bei der ersten Silbe überschlägt sich seine Stimme ganz leicht. Sein Ton verliert die Sanftheit. Endlich. »Ey, ich rede mit dir!«

Ich bleibe stehen. Flo baut sich vor mir auf. Seine Augen haben sich zu Schlitzen verengt, die Zunge flippt zwischen den Mundwinkeln hin und her wie ein Fisch auf dem Trockenen. Ein Gewitter zieht auf. Ich heiße es willkommen. Es soll nur nicht zu schnell vorüberziehen, sondern sich bitte genau jetzt und genau hier über uns entladen, mit Blitz und Donner und allem Drum und Dran.

Meine Eltern haben am liebsten morgens gestritten. Schön scheiße den Tag anfangen. Die Sonntage waren am schlimmsten. Sie waren dabei zwar aggressiv, aber trotzdem sehr leise. Sie wurden auch nie ausfallend. Im Gegenteil, bei Streits wurde ihr Tonfall immer förmlicher. Meine Mutter versuchte immer, vernünftig zu argumentieren, woraufhin mein Vater begann, sie zu siezen. »Ach, so hat Madame sich das gedacht!«, sagte er dann. »Kann ich sonst noch was für Sie tun, gnädige Frau?«

Statt Schimpfwörtern benutzte er Hohn und Spott, statt Gewalt Ironie und Sarkasmus, statt zu schreien, wurde gefaucht. Und wenn er gar nicht mehr weiterwusste, fing er an, sie nachzuäffen. In physischer Hinsicht war das Türenknallen der einzige Luxus, den er sich gönnte.

Manchmal knallte mein Vater die Tür hinter sich zu und ging danach ganz ruhig aus dem Haus, als wäre nichts gewesen. Die Nachbarn sollten bloß nicht mitbekommen, dass bei den Meissners irgendetwas nicht in Ordnung war.

Einmal sah ich, wie er wutentbrannt das Haus verließ und eine Minute später mit Herrn Hübner von nebenan am Wagen stand und scherzte. Ein anderes Mal stand Herr Hübner bei uns in der Wohnungstür und bot meiner Mutter an, uns Gummilippen in den Türfalz einzubauen, damit sie nicht mehr so knallte. Er meinte das ernst. Er dachte wohl wirklich, bei uns würde die Tür vom Durchzug so krachend zuschlagen. Herr Hübner hatte keine Ahnung, was für ein kaputter Haufen da neben ihm hauste. Woher auch. Man hörte ja nie irgendwelchen Streit, nach außen hin waren wir immer die Vorzeigefamilie.

Bei unserem Auszug gab es ein paar hässliche Szenen, Schubsen und Spucken, ein paar Handgreiflichkeiten, davor jedoch verliefen die Streitereien immer im unteren Dezibelbereich. Zischlaute, geflüsterte Codes, ein lautloser Krieg. Zisch zisch zisch. Man wusste nie genau, worum es ging, nur dass man jetzt besser nichts Unpassendes sagte. Am besten, man sagte gar nichts und verkroch sich unauffällig in irgendeine Ecke. Gepolsterter Hass, leiser als der Fernseher. Das Nasehochziehen meiner Mutter als Symbol stummer Erniedrigung.

Dann wurde alles immer ruhiger und schwerer, bis nur noch geschwiegen wurde und man sich gar nicht mehr zu atmen traute. Die Luft war zum Schneiden, schwer und bleiern lag sie auf allem und drückte einen zu Boden. Ich habe den Ausdruck »dicke Luft« sehr früh verstanden.

Dicke Luft hinter dicken Wänden. Dicke Augen hinter dicken Türen. Dicke Brocken Hass, schnell runterschlucken, aussitzen, abwarten.

Ich habe genug runtergeschluckt. Ich habe genug ausgesessen, und ich habe genug abgewartet.

»Frag sie doch einfach. Ihr seid doch so offen miteinander. Ihr habt doch keine Geheimnisse. Ihr teilt doch alles, oder etwa nicht?«

Diesmal lächle ich. Flo starrt mich an, als würde ich plötzlich chinesisch sprechen. Er hat's immer noch nicht gerafft. Ich muss noch einen draufsetzen.

»Da fällt mir ein, hast du die Sommersprossen auf ihrem Rücken eigentlich schon mal gezählt? Müssten ja in die Zehntausende gehen, oder was schätzt du?«

Ich kann genau den Moment sehen, in dem er versteht. Seine Gesichtszüge entgleiten ihm, alles zerfällt zu einem Ausdruck von Fassungslosigkeit und Entsetzen.

Du mieses Schwein, sagen seine Augen, *das kannst du nicht wirklich gemacht haben, mit der Frau, die ich liebe, nach allem, was ich für dich getan habe, du undankbares Arschloch, du Banause, was glaubst du eigentlich, wer du bist, kommst hierher aus deinem Scheißberlin und führst dich auf wie die Axt im Walde, hau ab in dein eigenes Leben und lass uns hier in Frieden!*

Doch es ist eine Wut, die sich niemals entladen wird. Statt sie mir entgegenzuschleudern, geht Flo einen Schritt zurück, als hätte ich eine ansteckende Krankheit. Er schüttelt langsam den Kopf und sagt: »Lieber ein Ende mit Schrecken als ein Schrecken ohne Ende.«

Ich kann nicht glauben, dass er sogar in diesem Moment eine Redewendung raushaut, das kann doch nicht wahr sein! Was soll das überhaupt heißen, *Schrecken ohne Ende*, das passt doch gar nicht in den Zusammenhang, was redet der für einen Mist!

Und warum dreht er sich jetzt um und geht einfach weg, statt mir eine zu zimmern?

»Du solltest mir lieber danken, vielleicht hab ich ja deine Beziehung gerettet!«, rufe ich, während ich ihm hinterherlaufe. Ich muss noch ein Brikett zulegen, Öl ins Feuer gießen, die Flamme am Brennen halten. Funken soll sie schlagen, ich will, dass alles hier endlich explodiert, die ganze Fassade muss uns um die Ohren fliegen. »So ein kleiner Seitensprung kurbelt das festgefahrene Eheleben manchmal ganz schön an, frag die Experten!«

Flo hat den Tisch mit den anderen erreicht. »Komm, wir gehen«, sagt er zu Judith.

Sie sieht ihn erschrocken an. Dann mich, dann wieder ihn, dann wieder mich, und endlich zeigt sich eine Emotion auf ihrem Gesicht: die totale Verachtung. Jetzt hat auch sie verstanden. Sie verliert die Kontrolle über ihr Pokerface, es zeigt Risse, beginnt zu splittern, droht jeden Moment in verschiedene Teile zu zerfallen. Gleich kann sie es unter dem Tisch als Puzzle wieder aufsammeln.

Die Eiserne Lady zerbröselt vor meinen Augen. Ein wundervoller Anblick.

Sie fragt nicht, was eigentlich los ist. Auch Andrea und Yannik sind sprachlos. Ich sehe es in ihren Köpfen rattern, sie haben einen schlimmen Verdacht, trauen sich aber nicht, ihn zu Ende zu denken.

»Ich melde mich morgen bei euch«, sagt Flo in aller Ruhe zu ihnen, bevor er geht.

Ich nehme beide Hände an den Mund und rufe ihm mit norddeutschem Akzent seine eigenen dämlichen Sprüche hinterher: »Tschüssikowski! Bis dannimannski! Schön in die Horizontale! Sleep you well in a Bettgestell!«, und ich fühle mich dabei, wie mein Vater sich gefühlt haben muss, wenn er in seine Hohn-und-Spott-Orgien verfiel, was soll ich sagen, es fühlt sich gut an, es macht Spaß, ich ereifere mich an meinem eigenen Eifer, je böser, desto besser, und wie schön wäre es, wenn Flo darauf reagieren würde, doch er verschwindet im Getümmel, ohne sich nochmal umzudrehen. Judith ruft seinen Namen, steht auf, greift sich ihre Tasche und kommt einen Schritt auf mich zu. Die Band spielt schon wieder Westernhagen.

»Hey Mama, was ist mit mir los, Frauen gegenüber bin ich willenloooooos!«

»Du hältst dich für total cool, oder?«

Ihre Lippen beben. Die Augen sind heute wieder mehr braun als grün. Das böse Funkeln darin steht ihr gut. Dunkles Feuer, in Stahl gegossener Zorn, das Ganze als Silberblick.

»Du siehst gut aus«, sage ich.

»Du arme Sau. Du tust mir echt leid«, sagt Judith. Und geht.

Yannik und Andrea sitzen da wie bestellt und nicht abgeholt. Oder eher wie abgeholt und nicht bestellt.

»Tja, der Drops ist wohl gelutscht«, sage ich zu ihnen und muss lachen, weil ich mir vorstelle, dass Flo das gerade denkt.

Andrea hat die Augen so weit aufgerissen, dass ihre Pupillen kurz davor sind, herauszufallen und ihre dicken Backen runterzukullern. Yannik kaut wie ein Wahnsinniger auf einem Kaugummi herum.

»Sag mal, Yannik, hast du vielleicht Drogen dabei? Speed, Koks oder Teile, vielleicht Pappen oder ein bisschen MDMA? Und wenn's nur Poppers sind, egal, ich nehm alles, ich hab Bock«, sage ich.

Yannik hört auf zu kauen und glotzt mich fragend an. Man könnte sein offen stehendes Karpfenmaul jetzt gut als Aschenbecher benutzen.

»Oder kennst du jemanden, bei dem ich was bekommen könnte?«

Er dreht sich zu Andrea um. Sie haben jetzt beide die Augen aufgerissen und den Mund sperrangelweit offen. Partnerlook. Wie süß.

Andrea klimpert aufgebracht mit ihren garagentorgroßen Augenlidern. »Ich würde sagen, wir gehen dann mal besser.« Sie packt Yannik am Arm und zieht ihn hinter sich her.

»Dann mal gute Nacht, ihr zwei Hübschen«, sage ich.

»Jau, hau rein«, sagt Yannik. Ich bin mir sicher, dass er dafür gleich noch einen schlimmen Anschiss von seiner Freundin kriegt.

######

Alle, die ich anspreche, starren mich genauso entgeistert an wie Yannik und Andrea. Als wäre es das Ungewöhnlichste auf der Welt, samstagnachts Drogen nehmen zu wollen. Kann mir doch keiner erzählen, dass das auf dem Dorf niemand macht.

Aber sogar die jugendlichen Punks, die im Kreis auf der Wiese sitzen und eine Flasche Wein rundgehen lassen, fragen mich, ob ich sie verarschen will. Einer von ihnen weist mich empört darauf hin, dass sie mit Drogen nichts am Hut hätten. Er hat niedliche Teddybäraugen und trägt einen herunterhängenden Iro, der sich am Montag in der Schule wieder problemlos zu einer netten Zopffrisur zurechtbinden lässt. Die Schnürsenkel seiner Springerstiefel sind offen, so dass man mit ihnen weder ordentlich zutreten noch gut wegrennen kann.

Die Punks von heute sind auch nicht mehr das, was sie mal waren. Sitzen knopfäugig im Schneidersitz auf dem

Weinfest rum und verabscheuen Drogen. Was kommt als Nächstes, das Ehrenamt im Heimatverein?

Ach, fast vergessen, hier sind ja alle total auf dem Teppich geblieben. Der einzige Teppich, auf dem ich jetzt sein möchte, ist ein fliegender.

Ein Junge mit halblangen Haaren kommt mir hinterher, als ich Richtung Bierwagen torkele. Er sieht mit seinem Slipknot-T-Shirt eher aus wie ein Metalfan, doch auf dem Dorf kann man sich solch feine Unterscheidung wahrscheinlich einfach nicht leisten, da wird Unity noch mit langem »U« geschrieben.

Er sagt, er kennt einen, der einen kennt, der vielleicht noch »einen Pickel Piece« hat. Es dauert ein bisschen, bis ich verstanden habe, dass er von Haschisch redet.

»Ja, mach mal klar, ich warte am Bierkarussell«, sage ich, torkele weiter und bestelle ein Bier und zwei Wodka bei dem Rotgesichtigen, dessen Blick so wirr ist wie sein Haar. Er sieht aus wie Wolfgang Thierse, der alte Fürst der Langeweile, die fleischgewordene Freudlosigkeit. Wolfgang Thierse bei seinem Nebenjob auf einem Weinfest an der Mosel, herrlich, diese Sörzer Freakshow. Gib her den Schnaps, mein Kopf verlangt nach Explosion, mein Körper dürstet nach Inferno.

Ich kippe den Wodka im grellen Licht des Bierwagens, er reißt mich fast aus den Schuhen. Dunkle Flecken erscheinen vor meinen Augen wie gierige kleine Käfer. Ich kneife sie zusammen und halte mich an der nassen Theke fest. Als ich die Augen wieder öffne, erscheint mir alles noch greller und konturloser als vorher. Ich taumle einen Schritt aus dem Scheinwerfer heraus. Drehe mich um. Stolpere beinahe gegen ein Mädchen.

»'tschuldigung!«

»Nichts passiert«, sagt sie lächelnd.

In ihrem Haar sitzt eine kleine, mit Weinblättern verzierte Krone. Die Weinkönigin! Ich habe um ein Haar die Weinkönigin über den Haufen gerannt!

Sie hat ein riesiges Weinglas in der Hand und trägt ein langes, glänzendes Kleid. Es ist mintgrün, hat auf der Brust festgezurrte lila Schnüre, und davon abgesetzt ockerfarbene Puffärmel.

»Du siehst ja aus wie die Britische Botschaft!«, sage ich.

»Was?«, sagt die Weinkönigin.

»Die Britische Botschaft! Wilhelmstraße, Ecke Unter den Linden!«

Keine Ahnung, wie ich da jetzt drauf gekommen bin. Aber es stimmt, der komische Bau in Mitte hat die gleichen Farben wie das Kleid der Sörzer Weinkönigin, die jetzt mit gespielter Empörung die Arme vor der Brust verschränkt und lacht.

»Also, ich muss doch sehr bitten!«

»Verzeihung, Hoheit«, sage ich. »Mein Name ist Meise, ich bin hier nur zu Besuch.«

Das Schlimmste auf der Welt ist, wenn man sich selbst lallen hört, so wie ich mich gerade. Nein, stimmt nicht, noch schlimmer ist, wenn man einen Schluckauf vom Saufen bekommt. Das darf mir jetzt nicht passieren. Es ist fünf vor Schluckauf. Ich halte den Atem an und versuche mich zu konzentrieren. Auf Radio Eins habe ich mal gehört, das beste Mittel gegen Schluckauf sei eine Rektalmassage. Keine Ahnung, wie sie das herausgefunden haben.

»Meise?«, sagt die Weinkönigin.

»Ja«, sage ich.

»Schöner Name. Aber ich hoffe, du hast keine Meise?«

»Doch!«, sage ich.

»Na gut, Meise.« Sie lacht und gibt mir die Hand. Die Hand ist ganz weich und sauber. Es ist die Hand der Weinkönigin. Ich fühle mich irgendwie dreckig, als würde ich mit Kacke an den Fingern ein wertvolles Gemälde betatschen. »Ich bin Marie.«

»Marie! DAS ist ein schöner Name!«

»Danke.«

»Nice to meet you, Marie!«

»Ebenso.«

»Dann bist du also die Weinkönigin?«

»Sieht so aus«, sagt Marie und erzählt mir, wie das so ist als Ortsweinkönigin. Im Wesentlichen lässt es sich so zusammenfassen: Sie muss alle möglichen Feste und Veranstaltungen eröffnen, Reden halten, dumm rumstehen und freundlich und schlagfertig sein. Rein repräsentativ also. Ein bisschen wie der Bundespräsident, nur mit weniger Komfort und ohne Security, die sie vor lallenden Typen wie mir schützt, die sie einfach dumm von der Seite anquatschen. Ich versuche aufrecht zu stehen, schwanke dabei aber bedenklich. Als hätte ich Sprungfedern unter den Füßen.

»Tut mir leid, ich habe heute meine runden Schuhe an.«

Marie lacht. Sie lacht die ganze Zeit. Sie ist sehr freundlich, und sie stört sich nicht daran, dass ich ganz offensichtlich sternhagelvoll bin. Der souveräne Umgang mit offensichtlich Sternhagelvollen gehört wahrscheinlich zu ihrem Job.

Sie sagt, dass sie das jetzt schon das zweite Jahr macht, dass sie zwar in Mainz studiert, aber immer noch ein Zimmer bei ihren Eltern hat, und dass sie heute schon seit fünfzehn Uhr auf dem Weinfest ist. Es muss mittlerweile weit nach Mitternacht sein. Dafür sieht sie noch ziemlich frisch aus. Als wäre sie gerade erst geschlüpft, so munter und fröhlich und sauber. Das Dorf ist bestimmt stolz auf sie.

Marie aus Sörz.

Ein leuchtendes Juwel in dieser johlenden Jauchegrube.

Die Blume im Müll.

Vielleicht tut sie ja heimlich Wasser in ihren Weinkelch. Eine Schorlenkönigin.

Je mehr sie mir erzählt, desto mehr glaube ich, dass ich unbedingt mit ihr schlafen muss. Was sie wohl unter dem Kleid trägt?

Vielleicht gar nichts. Ziemlich gute Vorstellung.

Vielleicht ist sie ja nur noch da, weil sie auf einen wie mich gewartet hat. Einen paarungswilligen Kerl, den sie nicht schon seit der Grundschule kennt wie alle anderen hier. Ein leichtes Opfer, das sie ohne großes Palaver in ihr Liebesnest entführen kann, in das sie ihr altes Kinderzimmer umgewandelt hat. Wahrscheinlich ist sie eine von denen mit dem ausgeprägten Mutterinstinkt, mit einer großen Schwäche für Verpeilte, Verwirrte und Versoffene.

Die gibt es wirklich, das weiß ich aus eigener Erfahrung. Sie stürzen sich wie wild auf Typen wie Itchy, Holger oder mich, weil sie uns für bedürftig und liebenswert halten. Sie ziehen uns aus den Kneipen, wo wir fertig am Tresen hängen, schleifen uns in ihre Betten und ficken uns die Seele aus dem Leib, aus lauter Dankbarkeit, sich kümmern zu können. Kümmern kümmern kümmern, das ist ihre große Passion. Bevor wir erschöpft einschlafen, streicheln sie uns den Rücken, geben unseren Schwänzen lustige Namen, flüstern uns Sweet Nothings ins Ohr und hoffen, dass wir eine leichte Erkältung kriegen, damit sie uns morgen im Bett behalten, uns eine Buchstabensuppe kochen und still und heimlich ihren seidigen Liebeskokon um uns stricken können.

So sind sie, die Mutterinstinktbräute, sie können nichts dafür, es liegt in ihrer Natur, und wir geben ihnen eine Nacht lang, was sie brauchen, und lassen sie dann mit angeknackstem Herzen zurück. Es tut uns leid, aber es geht nicht anders, denn wir können in ihrem Gefängnis aus Zuneigung und Sorge nicht atmen. Bald darauf gehen sie wieder auf die Pirsch und suchen nach einem anderen schwachen Jungen, der an ihrer Brust saugen möchte.

Weinkönigin Marie gehört auch dazu. Wenn sie nicht dazugehören würde, hätte sie mich schon längst abserviert.

Irgendwie erscheint es mir plötzlich als das Beste, was ich machen kann, das einzig Wahre: an die Mosel kommen und mit der Weinkönigin nach Hause gehen. Eine Nacht mit dem alkoholischen Adel, die Krönung meiner Reise, was für ein Finale!

Und vielleicht wird es sogar die Sache mit Judith relativieren, wenn ich nicht nur mit ihr, sondern auch mit der Weinkönigin des Nachbarortes im Bett war. Der liebeskranke Heini aus Berlin hat gewütet und alles vernascht, was nicht bei drei auf den Bäumen war, wird Flo denken, wenn er davon erfährt. Erfahren wird er es auf jeden Fall, auf dem Dorf spricht sich so was ja schneller rum, als man »Promiskuität« sagen kann.

Marie hat zu Ende erzählt und wartet auf eine Reaktion von mir. Ihre Brüste heben und senken sich unter ihrem Weinköniginnenkleid, ihre Krone blitzt und blinkt im Neonlicht der Bierbude.

Ich frage sie, ob ich die Krone mal berühren darf.

Sie lacht und sagt Ja.

Ich fasse ihr vorsichtig ins Haar. Ich muss ein Auge leicht zudrücken, um nicht danebenzugreifen. Ihr Haar ist ganz weich. Sie lächelt. Ich lächle auch.

17

Um mich herum stehen große schwarze Bäume. Es ist dunkel.

Ich liege auf einer Bank. Richte mich auf und setze mich hin.

Vornübergebeugt würge ich einen Schwall Flüssigkeit ins Gras und lege mich ächzend zurück auf das harte Plastik.

Mir ist schlecht. Mir ist kalt.

######

Es fühlt sich an, als würde das Auto direkt an meinem Ohr vorbeifahren. Ich liege jetzt in Embryonalstellung auf der Bank. Es dämmert. Die Bank ist rot. Der Wind streicht geräuschvoll durch die Bäume. Meine Klamotten sind klamm. Ich friere. Mein Mund fühlte sich an, als wäre er von innen mit einer alten Rosshaardecke ausgelegt worden. Irgendjemand hat einen Backstein in meinen Kopf gelegt.

Schemenhaft zeichnen sich verschiedene Gegenstände vor mir ab. Eine Schaukel. Eine Wippe. Ein kleines Häuschen mit einer Rutsche.

Ich bin auf einem Kinderspielplatz gelandet.

Mühsam setze ich mich hin und lege den Kopf in die Hände. In meiner Brust zieht sich alles zusammen und entlädt sich Sekunden später als bellender Husten. Ein süßer Klumpen Schleim schießt mir aus dem Hals in den Mund. Ich spucke ihn in den Sand.

Hinter mir befindet sich eine kleine Straße. Leises Plätschern. Zwischen meiner Parkbank und der Straße gibt es nur eine schmale Hecke. Ich linse hindurch. Ein Vorgarten mit kleinem Teich. Zwischen den Pflanzen glüht das matte Licht von Solarlampen. Auf den Fensterbänken dunkel schimmernde Katzen aus Keramik.

Ich schaue an mir herunter. Die seltsamfarbigen Flecken auf den Schuhen und am Hosenbein riechen nach einer Mischung aus Gin, Wodka, Bier, Wein und Magensäure, garniert mit den rotbraunen Splittern gebrannter Mandeln.

Als ich mir mit feuchten Fingern den Schlaf aus den Augen reibe und dabei meine Nase berühre, durchfährt mich ein stechender Schmerz. Unter der Nase fühlt es sich krustig an.

Gibt es für den Bereich zwischen Nase und Oberlippe eigentlich einen Namen?

Und wieso habe ich Kotze am Bein und getrocknetes Blut im Gesicht?

Da war irgendwas mit der Weinkönigin.

Ach ja. Marie aus Sörz. Ich meinte irgendwie, ich müsste mit ihr schlafen, und wir haben so ein bisschen rumgeschäkert. Das war aber alles ganz harmlos. Ich hab nur gefragt, ob ich mal ihre Krone berühren darf. Sie hat gelächelt und Ja gesagt, und aus heiterem Himmel, wie aus dem Nichts, ist dieser Kerl aufgetaucht. Hat sich zwischen uns gedrängt und so was gesagt wie: »So, Marie. Zeit zu gehen.«

Da erst fiel mir auf, dass es der Typ mit dem Asterix-Schnäuzer war. Der, der am früheren Abend schon mal die Frau vom Wurststand zusammengeschissen hatte. Eine Art selbst ernannter Ordnungshüter. So 'n Aktivbürgerarschloch.

Ob das ihr Vater war?

Der Onkel oder Nachbar?

Hauptsache nicht ihr Freund, das wäre wirklich eklig.

Jedenfalls packte er sie grob am Arm. In der anderen Hand hatte er einen dieser aufblasbaren Spongebob-Gummiknüppel. Der Trostpreis an der Losbude. Passt ja ganz gut, dass dieser Trottel mir den Hauptgewinn streitig machen will, dachte ich, und so habe ich ihn dann auch genannt: »Trottel.«

Asterix sah mich feindselig an. Er war mindestens so voll wie ich, er schielte schon auf einem Auge. O Gott, dachte ich, wenn ich genauso aus dem Maul stinke wie dieser Idiot, dann wird das mit der Weinkönigin heute sowieso nichts mehr.

Dann haben wir uns ein bisschen angepöbelt. Ich weiß noch, dass er mich »Birnenpflücker« genannt hat, was ich ziemlich lustig fand.

»Nimm deine Wichsgriffel weg, du Pissnelke«, antwortete ich. Den Spruch habe ich wahrscheinlich das letzte Mal vor zwanzig Jahren auf dem Schulhof gebracht.

Asterix sagte, er werde mich gleich ungespitzt in den Boden rammen.

Ich fragte ihn, ob er denn auch seinen Zaubertrank dabeihabe.

Er antwortete, ich sei ein Spasti.

Ich sagte, man habe ihn wohl mit dem Hammer gekämmt.

Er sagte, ich sei ein Spasti und kriege gleich die volle Packung.

Ich sagte: »Noch so 'n Spruch, Kieferbruch.«

Er sagte irgendwas mit Spasti und Schnabeltasse.

Ich sagte: »Noch so 'ne Erwähnung, Querschnittslähmung.«

Er fragte mich, aus welchem Loch ich denn gekrochen sei.

Ich schnupperte an meiner linken Faust und sagte, sie rieche derbe nach Krankenhaus. Dann machte ich dasselbe mit der rechten Faust und Friedhof und lachte.

So ging das eine Weile hin und her. Ich fand das ziemlich amüsant, ich dachte an Verena und an Eduardo, wie wir über genau solche Sprüche gelacht haben, auf den langen staubigen Straßen auf dem großen weiten Kontinent. Die Weinkönigin war weniger angetan von unserem kleinen Battle.

»Ey, beruhigt euch mal, kein Streit, okay?«

Asterix sagte irgendwas mit »gut gewesen« und »abhauen« und zog an ihrem Arm.

»Jetzt lass doch mal die Finger von der Königin«, sagte ich.

Er bezeichnete mich als »Kaiser von Spastihausen«.

Ich nahm den Titel dankend an und fragte ihn, ob sein IQ eigentlich schon als Behinderung durchgehen würde.

Das reichte ihm. Er machte einen Schritt auf mich zu und stieß mit beiden Händen gegen meine Brust. Ich stolperte einen Meter nach hinten, geriet ins Schlingern, konnte mich aber fangen. Ich weiß nicht mehr, wie es genau passierte, aber plötzlich hatte ich seinen bekloppten aufblasbaren Knüppel in der Hand. Eine Sekunde später flog Spongebob mit raushängender Zunge durch die Sommernachtsluft und landete ungebremst in Asterix' linker Gesichtshälfte.

KLATSCH!

Ein lautes, irgendwie feuchtes Geräusch, das zwischen den Hügeln von Eifel und Hunsrück über die Mosel hin und her schallte. Es konnte eigentlich nicht besonders wehgetan haben, es war vom Style her eher wie eine Backpfeife mit der flachen Hand, die ja auch nicht so sehr schmerzt, sondern vielmehr etwas extrem Herablassendes hat.

Ohne Vorwarnung donnerte Asterix mir seine Faust aufs linke Ohr. Grelle Blitze erschienen vor mir, für einen kurzen Moment war ich auf einem Ohr taub. Ich hob die Hände vors Gesicht und versuchte mich zu sammeln.

Weinkönigin Marie fing an zu schreien. »AUFHÖREN! SPINNT IHR? AUFHÖREN!«

Ich nahm meine Deckung wieder runter und grinste Asterix an. »Mehr hast du nicht zu bieten, du Saftsack?«

Als Nächstes gab es eine kleine Explosion auf meiner Nase. Ich hatte den Schlag nicht mal kommen sehen und flog rückwärts aufs Pflaster. Den Knüppel hatte ich nicht mehr in der Hand. Musste ihn fallen gelassen haben. Ein Tritt in den Magen. Asterix keifte, Marie kreischte, ich krümmte mich zusammen.

Als ich mich wieder aufgerappelt hatte, waren die beiden weg. Keines Blickes wurde ich mehr gewürdigt. Außer von zwei Frauen im Alter meiner Mutter. Sie standen am Weinpavillon und schüttelten traurig die Köpfe.

Ich spürte überhaupt keine Schmerzen, obwohl mir tiefrotes Blut aus der Nase lief und aufs Hemd tropfte. Kein Ketchup, kein Gummi, kein Roboteröl, nein, echtes Blut! Ich fühlte mich gut. Lebendig. Endlich hatte sich mal was entladen. Endlich ein Gegner. Endlich Action!

Mit blutendem Gesicht und beiden Händen zu Fuckfingern geballt, stolperte ich über den Platz und sang. »Kein schö-ner Land in die-ser Zeit! Da-Da-Da-Daaa-Da-Dada-Daaa!« Beim Anblick der erschrockenen Gesichter musste ich furchtbar lachen, ich fand das alles einfach nur lustig und absurd. »Tatata-ta-ta-tatatatatatata« machte ich, ein Maschinengewehrfeuer gewordener Snarewirbel, und dann begann ich zu schreien. »E-DU-AR-DO!«, schrie ich aus vollem Halse und trommelte mir mit den Fäusten auf die Brust, und »ALBUQUERQUE!«, immer wieder, mit Betonung auf der dritten Silbe. »Al-bu-QUER-que!«

Die Leute wichen vor mir zur Seite, sie dachten, ich wäre verrückt geworden, und wahrscheinlich war ich das auch.

Vor einem älteren Ehepaar blieb ich stehen. »Kochen kann ich wohl!«, grinste ich. Sie sahen mich erschrocken an und liefen weg. »NUR ESSEN KANN DAS KEINER!«, schrie ich ihnen hinterher.

Asterix und die Weinkönigin waren wie vom Erdboden verschluckt. Vielleicht besser so. Flo und Judith waren weg. Andrea und Yannik waren weg. Die Dorfpunks waren weg. Alle waren weg.

Bloß einer war da noch: Marek.

Er stand auf einmal in seiner Jeanskluft vor mir und fragte, was los sei, ob er mir helfen könne, ob er mich nach Hause bringen solle. »Nichts ist los, mir geht's super, richtig *GEIL* geht's mir!«, sagte ich und ließ ihn stehen.

Die Band hatte schon abgebaut, stattdessen lief im Zelt jetzt Konservenmusik, schrill und laut aus einer miesen Anlage plärrend. Es waren nur noch jüngere Leute da, und von denen auch nicht mehr viele. Nur der Ausschuss. Die Resterampe. Veteranen einer öden Schlacht, Aasgeier im geplünderten Garten der guten Laune, die unbeholfen in den Scheinwerfern der Jugendzentrumsdiscolichtanlage zappelten. Ich erinnere mich an »American Idiot«, und obwohl ich das Lied wahnsinnig peinlich finde, fing ich an zu tanzen. Diese ganzen Moves, die Brian mir in New York beigebracht hatte – Regale einsortieren, Kippe austreten, Tennisspielen, sich an unsichtbaren Strängen durch den Raum ziehen und so. Das passte natürlich überhaupt nicht zur Musik, und ich wurde ziemlich dumm angestarrt.

Ein spastisch zuckender Fremder, ein blutverschmierter Eindringling, ein abgefuckter Alien, nach Amoklauf und Zeitbombe riechend.

»Take me down to the paradise city …«, ich sank auf die Knie, »where the grass is green and the girls are pretty«, ich reckte meine Hände in die Luft wie ein krankes Äffchen, »oh won't you please take me home«, ich hatte mich noch nie größer gefühlt, weit weg von Zweifel oder Scham, nichts mehr zu verlieren, keine Wurzeln, kein Gewicht auf den Schultern, unbeschwert, ein Ausdruck, der es wirklich gut trifft, hinter mir nur verbrannte Erde, abgefackelte Brücken, die ultimative Freiheit, oder wie Itchy immer sagt: *Ohne Bewusstsein, das muss kein Verlust sein.*

Danach verschwindet alles in einem dichter werdenden Nebel. Ich weiß noch, dass ich halb auf dem Biertisch des DJs lag und ihm zurief, dass ich unbedingt »Bizarre Love Triangle« hören müsse, und zwar so laut wie möglich.

»BI-ZARRE LOVE TRI-ANG-LE! Von NEW OR-DER!«

Er sah mich nur ausdruckslos an. Ich glaube, er kannte nicht mal die Band. DJ ist auch übertrieben. Das war irgend so ein Jugendtreffheini, der mit seinem Laptop aufgelegt hat.

»Das ist der beste Song, der jemals geschrieben wurde!«, brüllte ich und legte ihm einen Zwanziger hin. Stimmt, jetzt fällt's mir wieder ein, ich habe tatsächlich versucht, den DJ zu bestechen. Doch der beachtete weder mich noch das Geld. Stattdessen legte er irgendeine Neunziger-Jahre-Scheiße auf. »E-xit light! E-nter ni-ight!«

Als ich den Kids beim Headbangen zusah, wurde ich mit einem Mal schrecklich müde. Es hatte alles keinen Zweck mehr, ich musste da raus. Das Geld ließ ich liegen. Der DJ war zu stolz, es anzunehmen, und ich war zu stolz, es zurückzunehmen. Zwanzig Euro. Na und. Nur ein alter Lappen mit Bakterien dran.

Draußen vorm Zelt fand ich eine halbvolle Flasche Wein auf einem der leeren Tische und trank sie in einem Zug komplett aus. Ich erinnere mich genau an das Gefühl, wie mir der letzte Schluck warm und sauer in den Mund lief. Meine Lippen hingen noch an der Flasche, ich musste aufstoßen, und einen Moment später lehnte ich am Kinderkarussell und kotzte mir die Seele aus dem Leib.

Im Hintergrund lief dieses fürchterliche Lied aus den Neunzigern, dieses irische Rockgejodel mit der japsenden Sängerin, ich würde mal sagen: das schlimmste Lied, das je geschrieben wurde. »Zombie« heißt es, genau.

Passte ja mal wieder. Der Zombie war in dem Fall ich.

Das ist das Letzte, an das ich mich erinnern kann.

Irgendwie bin ich dann wohl hier gelandet.

Angespült. Gestrandet. Verschollen und zerschossen.

Ich weiß nicht, ob ich mich in meinem ganzen Leben schon mal so habe gehenlassen. Das gute Christian-Dior-Hemd ist total eingesaut. Verena hat es in einem Second-Hand-Laden in Brooklyn gekauft und mir zum Geburtstag geschenkt. Mein bestes Hemd. Jetzt kann ich's wegschmeißen. Wie ich aussehe, mit dem Blut und der Kotze! Wenn man im Lexikon nach dem Begriff »jämmerlich« sucht, ist da bestimmt ein Bild von mir.

Ein schmutziger Clown, durch die Mangel gedreht und irgendwo wieder ausgespuckt. Von allen verlassen. Inklusive aller guten Geister.

Der Missionar, den niemand wollte.

Das dreckige Dutzend, nur dass die anderen elf längst fort sind.

Last man standing, in gebückter Haltung auf der Parkbank eines Kinderspielplatzes.

Fear and loathing im Moseltal.

Leckt mich doch alle am Arsch.

Ich fummle ein zerknittertes Päckchen Benson & Hedges aus meiner Hemdtasche. Es sind noch fünf Zigaretten da. Das bedeutet, dass ich in den letzten sechsunddreißig Stunden fast drei Schachteln geraucht habe.

Ich zünde mir eine an und muss würgen. Das Traurigste auf der Welt ist, wenn die Zigaretten nicht mehr schmecken.

Ich inhaliere trotzdem. Es zieht in meinen Rippen.

Es wird doch nichts gebrochen sein?

Vielleicht auch nur ein Muskelkater. Ein Muskelkater vom Saufen und Rauchen. Das gibt's wirklich. Glaube ich zumindest.

Als ich mich gerade nach vorne beuge, um etwas Galle ins Gras zu spucken, fällt Lichtschein über meinen Kopf hinweg auf den Spielplatz. Jemand in dem Haus hinter mir hat das Licht in der Küche eingeschaltet. Fleißige Bürger, die auch am Sonntag vor Sonnenaufgang aufstehen. Sie haben noch nie ein Frühstück verpasst. Freuen sich wahrscheinlich schon richtig auf die Sonntagsmesse.

Saubere Christenmenschen. Frühaufsteher. Keramikkatzenbesitzer. Ich ducke mich noch etwas tiefer hinter die Hecke.

Muss bald halb sechs sein. Hinter dem Hügel wird es langsam hell. Ich habe gestern früh zufällig im *Trierischen Volksfreund* gelesen, dass heute um 05:22 Uhr die Sonne aufgeht.

Heute ist nämlich Sommeranfang.

Ich krame in meiner Tasche nach meinem Handy.

Tatsächlich, gleich halb sechs.

Ich habe eine Kurzmitteilung erhalten. Von Verena, um 02:35 Uhr.

»ist sonst nicht meine art einfach aufzulegen, aber ich bin grad auf einer party & du kannst nicht mehr sprechen. hab kein wort verstanden. kannst dich ja melden, wenn du wieder nüchtern bist.«

Ach du Scheiße, habe ich sie wirklich noch angerufen?

MENÜ.
ANRUFLISTEN.
GEWÄHLTE RUFNUMMERN.
VERENA MOBIL, 02:26.

Tatsache. Kann mich nicht mehr dran erinnern. Totaler Filmriss.

Wie erbärmlich das ist. Ich habe mich tagelang nicht bei ihr gemeldet, weder ihre E-Mail noch ihre Anrufe beantwortet, und dann rufe ich sie mitten in der Nacht an, aus einem Kaff an der Mosel, nachdem ich mit der Freundin meines Gastgebers im Bett war, meinem Gastgeber davon erzählt habe, dann die Weinkönigin angebaggert und schließlich aufs Maul bekommen, ihr Geburtstagsgeschenk vollgeblutet und mir auf die Schuhe gekotzt habe.

Da kann ich ja fast froh sein, dass sie mich nicht mehr verstanden hat.

Ihre SMS ist allerdings eindeutig. Diese knappen Sätze, der angepisste Tonfall, absolut untypisch für Verena, und normalerweise setzt sie auch immer eine Begrüßung an den Anfang und ihren Namen ans Ende.

Scheiße.

18

Susi liegt vor ihrer Hundehütte und hebt den Kopf, als ich den Hof überquere, ist zum Glück aber zu alt oder zu faul oder zu uninteressiert, um zu bellen. Das Schlimmste wäre, wenn Judith oder Flo oder seine Eltern mich jetzt sehen würden. Leise stecke ich den Schlüssel ins Schloss, schleiche die Stufen hoch, schließe die Wohnungstür auf und lasse mich aufs Sofa fallen. In dem Birnbaum neben dem Balkon sitzen zwei Vögel und zwitschern gackernd, als wollten sie sich über mich lustig machen.

Ein wunderschöner Tag bricht an. Je schöner er wird, desto elender werde ich mich fühlen. Jetzt ins Bett zu gehen, ein paar Stunden zu schlafen und gegen Mittag verkatert aufzuwachen, früher oder später Flo oder Judith oder beide zu treffen, mit ihnen reden zu müssen, oder, noch schlimmer, so zu tun, als wäre nichts gewesen – diese Vorstellung bereitet mir so irre schwere Schultern, dass ich von einer Sekunde auf die andere ganz genau weiß, was zu tun ist.

Ich schütte den Inhalt meines Portemonnaies auf dem Esstisch aus. 582 Euro und 36 Cent.

Ich habe die Ferienwohnung für fünf Übernachtungen gemietet, bis einschließlich morgen früh. Vierunddreißig Euro pro Tag, plus zwanzig für die Endreinigung, das macht hundertneunzig.

Ich lege zweihundert Euro auf den Tisch und greife mir

das Telefonbuch. Der Ort Renderich nimmt genau sechseinhalb Seiten ein.

»Mersch«, sagt eine verschlafene Stimme.

»Guten Morgen, Birnbaum mein Name«, sage ich.

»Wer ist da?«

»Birnbaum.«

»Wissen Sie eigentlich, wie spät es ist, Herr Birnbaum?«

»Ich brauche einen Wagen.«

»Sie brauchen was?«

»Ich brauche einen Wagen. Ein Taxi. Ich bin doch da beim Taxiunternehmen Mersch?«

»Es ist Viertel nach sechs!«

»Ich weiß, aber ich brauche jetzt einen Wagen.«

»Ach Gottchen, ach Gottchen.«

Ich frage ihn, was eine Fahrt nach Frankfurt koste.

Er fragt mich, ob ich den Flughafen Frankfurt-Hahn meine.

Ich sage: Nein, das richtige Frankfurt, das am Main, Hauptbahnhof.

Er fragt mich, ob ich ihn verarschen wolle.

Ich sage: Nein.

»Frankfurt am Main, Hauptbahnhof, das sind gut und gerne anderthalb Stunden. Wenn die B 50 noch gesperrt ist, vielleicht auch mehr.«

»Was kostet die Fahrt?«

»Da muss ich mal überlegen.«

»Na, dann überlegen Sie mal.«

»Ja, also, ich würde sagen, also ... zweihundertfünfzig Euro muss ich da schon haben!«

»Gut. Wann können Sie hier sein?«

»Wo denn überhaupt?«

»Im Wingert 21.«

»Renderich?«

»Ja klar.«

»Bei Arends?«

»Kennen Sie die?«

»Natürlich kenn ich die.«

»Halten Sie bitte hinten am Gästehaus. Und nicht hupen oder klingeln, ich sehe den Wagen vom Balkon aus.«

»Sind Sie sicher, dass Sie mich nicht verarschen wollen, Herr ...«

»Birnbaum.«

Ich sage ihm, dass ich sicher sei, ihn nicht verarschen zu wollen.

Er sagt, er wolle das Geld bar und im Voraus.

Ich sage: Kein Problem.

Er sagt, er sei in ungefähr dreißig Minuten hier.

Ich frage ihn, ob er nicht in zwanzig Minuten hier sein könne.

Er sagt, er beeile sich.

»Mann Mann Mann«, stöhnt er noch, dann legt er auf.

######

Vierzig Minuten später fährt der Wagen vor. Ein Mercedes. Natürlich.

Lieber Vater, falls du oben im Himmel auf einer Wolke sitzt und dich fragst, was dein Sohn da eigentlich die ganze Zeit für einen Mist mit deiner Kohle anstellt – ich hoffe, es stimmt dich wenigstens ein wenig versöhnlich, dass ich dein letztes Geld für eine zweihundertfünfzig Euro teure Fahrt in einem Mercedes ausgebe.

Ich erhebe mich vom Balkontisch, wo ich gewartet habe, damit mich niemand an der Straße stehen sieht. In den letzten vierzig Minuten habe ich meine Tasche gepackt und das schmutzige Geschirr in die Spüle geräumt. Die Flipflops und den Langhaarschneider habe ich liegen lassen, den alten Mann und das Meer in den Müll gestopft, nach ganz unten, unter die Zeitungen. Die Schlüssel habe ich zu dem Geld auf den Küchentisch gelegt und kurz überlegt, ob ich noch etwas dazuschreiben soll, es dann aber gelassen. Stattdessen habe ich mir die Zähne geputzt, die Blutkruste von der Oberlippe gewaschen und notdürftig das Erbrochene vom Hosenbein geschrubbt.

Herr Mersch mustert mich skeptisch. Ob wir uns in den letzten Tagen schon mal begegnet sind? In der Linde? In Bernkastel? Oder gar gestern auf dem Weinfest?

»Das Geld will ich aber vorher sehen!«, sagt er, als er den Kofferraum öffnet.

Ich schiebe meine Tasche hinein, setze mich hinter den Beifahrersitz auf die Rückbank und reiche ihm das kleine Bündel Scheine. Fünf Fünfziger. Herr Mersch hält sie allen Ernstes prüfend gegen das Licht.

»Sicher ist sicher«, sagt er entschuldigend und kramt umständlich nach seiner Brieftasche.

»Ja, sicher«, sage ich.

Ein Hahn kräht angeberisch seine Verse in die Luft. Bald werden die ersten Menschen zur Kirche gehen, oder zum Dorfladen, Brötchen holen bei Sofia Coppola, von der ich mich am liebsten noch verabschieden würde. Eine Frau und ein Mann spazieren die steile Straße hinauf. Der Mann zeigt mit dem Finger auf das Taxi. Ich versuche mich auf dem Rücksitz klein zu machen.

»Können wir losfahren? Ich ... ich muss meinen Zug kriegen.«

»Ich weiß aber nicht, wie lange das dauert, kommt wie gesagt auf die B 50 an«, sagt Herr Mersch.

»Egal. Nur fahren Sie bitte los.«

Der Mercedes windet sich die schmale Landstraße hinauf. Es ist dieselbe Strecke, die ich vor drei Tagen mit Judith und Flo gefahren bin. Ich kurble das Fenster runter und zünde mir eine Zigarette an. Meine vorletzte. Herr Mersch blickt mit zusammengekniffenen Augen in den Rückspiegel. Ich erwarte eine Standpauke, doch er greift nur in die Mittelkonsole und schüttelt sich ebenfalls eine Zigarette aus einer Schachtel HB. Ich gebe ihm Feuer. Er bedankt sich.

Dampfend brausen wir durch den frühen Morgen. Der Wald duftet so frisch, wie noch nie irgendwas geduftet hat. Nach zwanzig Minuten Fahrt überholt uns rechts neben der Straße ein Flugzeug. Es ist eine Maschine der Ryan Air. Sie beschleunigt. Hebt langsam ab. Das Fahrgestell wird eingefahren, dann schießt das Flugzeug pfeilgerade in den hellblauen Himmel. Erhaben. Majestätisch. Elegant. Darin sitzen lauter aufgeregte Menschen, unterwegs zu einem fernen Ziel, auf das sie sich schon lange gefreut haben. Eine schöne Vorstellung.

Auf den Straßenschildern ist jetzt in Blau die Autobahn ausgeschildert. Wir sind auf dem Weg nach Osten. Ich bin auf dem Weg raus. Ich schnippe meine Kippe aus dem Fenster und lasse es einen kleinen Spalt weit geöffnet. Der Wind streichelt mein Haar, die Sonne wärmt meine Schulter. Sommeranfang.

Ich habe noch genau hundertdreißig Euro. Dafür sollte ich ein Zugticket nach Berlin bekommen, vielleicht sogar noch eine Schachtel Zigaretten und eine Flasche Wasser. Dann ist das Geld weg. Dann ist das Geld endlich weg. Fürs Erste kann ich mir die Miete bestimmt bei Silvia oder Holger leihen, und dann werde ich eben wieder Stunden kloppen, so viele Schichten übernehmen wie möglich, wird schon hinhauen, hat ja immer irgendwie hingehauen.

Die Autobahn ist leer. Es ist, als wäre sie nur für mich gebaut worden, eine Rampe zurück in das Leben, in das ich gehöre. Ich bin der Wal, der zurück ins Meer geschoben wird, nachdem er fast von seinem eigenen Gewicht erdrückt worden wäre. Der Russe, der sich aus Polen zurückzieht. Der Amerikaner, der Vietnam verlässt.

Geschlagen, aber nicht vernichtet.

Besiegt, aber am Leben.

Heute Nachmittag werde ich wieder in der Stadt sein, bei den breiten Bürgersteigen, dem Südseewind auf meinem Badewannenrand und den gardinen- und jalousienlosen Fenstern der Altbauwohnungen gegenüber, bei der Hundescheiße auf den Straßen, den Graffiti, den Junkies, den Verrückten, den Türken und Arabern und Skandinaviern und Amerikanern und Spaniern, bei den Touristen und den Praktikanten, bei meinem hustenden Nachbarn, dem Nichtstuer, und Frau Schenk, bei Holger, Yolanda und dem Radetzky, bei Psycho-Heiko und Itchy.

######

»Herr Birnbaum? Herr Birnbaum, aufwachen! Wir sind da!«

»Was?«

»Wir sind da.«

»Wo?«

»Frankfurt Hauptbahnhof.«

»O ja, alles klar.«

»Hier, Ihre Tasche.«

»Haben Sie vielen Dank.«

»Der Haupteingang ist da vorne.«

»Danke. Sind wir gut durchgekommen?«

»Ja.«

»Schön.«

»Also, gute Fahrt dann noch.«

»Ebenso.«

Mit meiner Tasche auf dem Rücken stolpere ich durch ein Meer aus Taxis. Es ist Sonntagmorgen, kurz vor halb zehn. Am Hauptbahnhof herrscht schon geschäftiges Treiben. Der längste Tag des Jahres. Der Sommer hat gerade erst begonnen.

19

Die Abendsonne sieht aus wie ein großer roter Lampion, der nur an ein paar dünnen Fäden hängt und irgendwo in Mitte oder Charlottenburg langsam in den Kanal getaucht wird. Ich sitze auf meiner Bank und schreibe in die Kladde, die ich mir heute Mittag gekauft habe. Ich schreibe, um mich zu sortieren. Weil ich mir selbst in letzter Zeit etwas unsortiert vorkam. Ich hatte das Gefühl, mal den Deckel vom Topf nehmen zu müssen.

Neben mir hockt der Nichtstuer. Er tut, was er immer tut: nichts.

Ich habe gerade umgeblättert, da landet ein Haufen Vogelscheiße auf der leeren Seite. Ich schaue nach oben in das Geäst der Buche. Der Übeltäter ist nirgends zu sehen.

»Ist mir auch schon passiert«, sagt der Nichtstuer. »Aber auf den Kopf.«

Es ist das erste Mal, dass ich ihn sprechen höre. Seine Stimme klingt klar und voll und erstaunlich jugendlich. Er lächelt. Ich lächle auch.

Er holt einen Beutel Krümeltabak hervor und beginnt langsam, eine seiner dünnen Zigaretten zu drehen. Ich biete ihm eine Benson & Hedges an. Er lehnt dankend ab.

Wir rauchen schweigend.

Dann zieht er seine Sangriabombe aus dem Anorak und setzt sie vorsichtig an, eine Hand am Hals, die andere am

Boden der Flasche. Sie ist fast leer. Er legt den Kopf in den Nacken und nimmt einen kleinen Schluck.

Wie viele Flaschen er wohl geleert hat, während ich weg war?

Bei den winzigen Schlucken ist es vielleicht immer noch dieselbe wie letzte Woche. Ist das wirklich erst eine Woche her? Kommt mir vor, als wäre ich zwischendurch auf einer Weltreise gewesen.

Langsam tuckert ein Ausflugsdampfer vorbei. Es ist die Spree-Perle. Der Kapitän ist ganz allein auf dem Schiff und hört laut eine alte Hardrock-Ballade. »I Want to Know What Love Is«. Die Luft riecht nach Sommer. Der Nichtstuer riecht nach Sangria. Meine Kladde riecht nach Vogelscheiße.

Bald werden die Vögel verstummen und die Konversation ganz den Grillen überlassen. Dann wird der Himmel blau werden. Das wird heute keine schweren Schultern bei mir verursachen. Ich werde nur denken: Wow, was für ein Blau!

Das Schönste auf der Welt ist, wenn etwas schön ist und man bemerkt, dass es schön ist, und sich darüber freut, dass man bemerkt hat, dass es schön ist.

Ich mach mich gleich mal auf nach Hause. Vielleicht schau ich später nochmal bei Holger im Radetzky vorbei.

Der letzte Satz, den ich in meine Kladde schreibe, ist dieser:

Wenn mein Leben ein Buch ist, das jemand anderes schreibt, dann möchte ich gern der Vogel sein, der ordentlich von oben hineinscheißt.